朴啓馨小說集
歡喜 2.하권

三育出版社

차 례

2. 하권

제10장————5
제11장————46
제12장————88
제13장————149
제14장————190
제15장————221
제16장————293

제10장

2. 하 권

 설희 엄마의 배가 조금씩 내 눈에 불러 보이기 시작한 것은 그렇게 우리들의 크리스마스가 지나고 뒤이어 하루하루의 날들이 지나가고 있었던 어느 때부터였다. 한줌밖에 안되어 보이던 그녀의 허리가 살이 쪄 보인다고 생각했었지만 그녀에게 관심을 갖는 일 자체가 나에겐 싫었었기 때문에 부딪쳐도 고개를 돌리기에 바빴었다.
 그런데 음력설 때 아버지와 설희 엄마가 가게문을 닫고 형과 나를 가게에 붙어 있던 그들 방으로 불러서 우리와 같이 떡국을 먹던 날, 식사를 하던 도중,
 "야, 니 엄마가 너희들 동생 가졌다."
 아버지가 그렇게 말하면서 그 비죽이 웃는 웃음을 웃었다.
 그 말에 뒤이어 설희 엄마는,
 "준이야, 난 꼭 너 닮은 니 남자 동생 하나 낳았으면 좋겠다"

라고 끼여들었다. 그 소릴 듣는 순간 나는 울고 싶었지만 그런 나의 기색이 아버지의 비위를 건드려 매를 자초하는 일이 될까봐 억지로 얼굴에 좋은 기색을 지어 보였다.

설희 엄마가 아버지의 아이를 뱃속에 넣고 있다는 소식은 그해 설날 나의 떡국을 눈물의 홍수 속에 빠뜨리고 말았다. 아버지의 피를 받은 또 하나의 아이가 이 세상에 태어난다는 생각이 들자 왜 그렇게 갑자기 내 맘이 슬퍼지고 말았는지, 하마터면 내 두 눈에서 쏟아지는 눈물이 국안으로 떨어질 뻔하였다. 아버지의 눈에 들킬까봐 나는 고개를 푹 숙이고 안보이게 손등으로 눈물을 닦았다.

보였다간,——이 새꺄, 남자새끼가 청승스럽게 울긴 왜 울어, 새해 꼭두부터 재수 없게, 니 동생이 생긴다는 게 너한테 그렇게 싫어!——하고 벽력같은 아버지의 고함이 터져 나올지도 모르기 때문이었다.

그렇게 조심했지만 나의 두 눈에서 흐르는 눈물은 결국 떡국물 속으로 떨어졌고 나는 눈물 속의 떡국을 씹은 꼴이 되었다. 언제나 설움 안엔 가속이 붙는 법이어서 점차 늘어나는 봇물같은 것이 나의 가슴으로 치밀어 올라 와서 나는 그만 흑 하고 복받치는 울음을 더 이상 참지 못하고 터뜨려 버리고 말았다. 더 이상 거기 앉아 있을 수가 없어서 먹던 수저를 그대로 놓고 내가 울면서 밖으로 뛰어 나가니까 아버지가, 뒤에서 영문을 모르겠다는 듯이, 저새끼 왜 저러냐, 갑자기, 하면서 형에게 묻는 소리가 들렸다.

 나도 모르는 나의 깊은 어느 곳엔 언제나 눈물이 고여 출렁거리고 있었던 것 같다. 우리들 말고 또 하나의 아버지 아이가 태어난다는 소리를 듣자, 아버지 자식들로서 살아온 우리들의 지난 날들 속에 누적되어온 갖가지 슬픔들이 한꺼번에 와락 치밀어 올랐던가 보다. 그리고 연이어 우리 같은 아이가 또 하나 이 세상에 태어난다는 사실이 참을 수 없는 일로 느껴졌고 우리처럼 아버지 피를 받아 가지고 태어난 아이가 너무 가엾다는 생각도 들었으며, 그리고 불쑥 고향에 버리고 온 불쌍한 순희 생각도 갑자기 많이 났었다.

 그 애에게도 윤씨 할머니가 떡국은 끓여 주었는지, 시골 아이들은 색색가지 설빔을 모두 입었을 텐데 순희도 빠지지 않게 입혀 주었는지, 거기 있을 때 설이고 추석이고 명절이 닥치면 어른이고, 애고, 남자고, 여자고 모두 예쁜 새 옷으로 갈아입고 나와서, 마치 온 동네가 꽃밭처럼 되던 게 떠오르면서 그 중에서 유독 순희만 남루하게 입고 있으면 어떡하나,——하는 걱정도 되었다. 우리가 떠나올 때 그 큰 눈에 눈물이 가득 고여서 오빠, 오빠하고 울던 순희의 모습이 자꾸 어른거리면서 나의 쏟아지는 눈물을 더욱 걷잡을 수 없이 만들어 주었었다.

 나는 아버지가 지난번 추석 지나서 그 곳에 두고 온

논, 밭을 빨리 처분하려고 그 곳에 잠깐 다녀온 것을 알고 있었다. 그래서 내가 아버지에게 조심스럽게, 아버지 순희 잘 있어요? 하고 물었더니, 얘, 바빠서 그 산꼭대긴 못 들려 왔다. 전해 들으니까 잘 있다더라. 라고 아버지는 퉁명스럽게 아주 싫은 질문에 답하듯이 퉁박을 주듯이 말했다. 바빠서가 아닐 것이었다. 일부러 다녀오질 않았을 것이었다. 다니러 갔다가 윤씨네 부부가 이젠 아이를 데려 가라고 할까봐 바삐 서둘러 도망쳐 왔을 것이었다.

떠나올 때도 아버지는 아이를 맡기면서, 가봐서 일정한 거처가 정해지면 거기 주소를 이리로 알려 드리겠습니다. 편지를 띄우면 되니까요. 우리 주소를 알아야 아이에게 무슨 급한 일이 생기면 영감님이 저희들에게 연락을 주실 수 있지 않겠습니까. 지금은 우리가 정처없이 떠나니까 일정한 주소를 알려 드릴 수가 없습니다, 라고 아주 공손하게 말했었다.

그러나 이미 그때 아버지에겐 도착지가 정해져 있었다. D시에 와보니 이미 방도 정해져 있었고 가게도 얻어 놓고 있었다. 아버지는 윤씨네한테 능청스럽게 거짓말을 하고있었던 것이었다. 아버지의 의중엔 순희를 다시 데려올 의사가 없었다. 버릴 수가 없으니까 얼렁뚱땅 떠맡기고 도망쳐온 것이었다. 설마 죽이기야 할라고라는 뱃장이었다. 설령 죽인다해도 아버지의 손에서 떠난 일이니 상관없겠다는 태도였다. 나는 아버지의 속마음을 잘 알고 있었다.

 설이 닥치니까 갑자기 순희 생각이 몹시 났고, 잘 견뎌오던 것들이 제방이 터진 둑 처럼, 설희 엄마가 아이를 가졌다는 소리에 또 한번 범람하여 나를 뒤덮었다.

 그날 설날 아침 기와공장 마당에 놀러 나온 아이들 중에서 설빔과 관계없는 차림으로 나타난 아이들은 형과 나 뿐이었다. 그래도 설희 엄마는 아버지에겐 모조 비취단추가 달린 옥색 저고리에, 바지에, 조끼까지 근사한 한복을 날라 갈 듯이 해 입히고 자기도 노랑저고리에 빨강치마를 예쁘게 해 입고 아침떡국을 먹은 뒤 곧 아버지랑 둘이서 시내에 있는 극장으로 영화구경을 갔다.

 그날 아침에도 우리는 기와공장 마당에서 놀았는데 그날 기와공장 마당에 모인 아이들 중엔 그 근방에 사는 우리반 남자아이들도 꽤 여럿 끼어 있었다. 수지도 나와 있었다. 남자 여자 편을 짜서 노는 놀이를 시작하기 전에 나는 또 수지에게 언덕 위 도르레 우물이 있는 집에 가서 연희를 불러오라고 시켰다. 그날 여자 한 사람이 부족했고 거기서 연희네 집이 제일 가까웠으므로 모두들 그렇게 하자고 했었다.

 그러나 거기 있던 남자애들 모두가 연희를 좋아하고 있다는 것을 나는 알고 있었다. 연희를 반장인 성호가 좋아하고 있고, 연희도 성호를 좋아하고 있다는 것을 알고 있었지만 그래도 많은 남자애들은 아직도 포기하지 않고 연희의 주변을 얼씬거리며 가능성을 타진해보고 있었다.

　당시 우리들 사이엔 어떤 남자애가 어떤 여자 애를 좋아한다는 소문이 흔히 나돌고 있던 때였는데 나하고 수지하고의 사이엔 아무런 소문도 나 있지 않았다. 수지는 연희하고 친한 편이었으므로 나 외에도 여러 남자 애들이 수지를 통하여 연희와의 접선을 갖고자 하였다. 수지는 그 역할을 별 불평 없이 잘 해냈다.

　그날도 수지는 남자아이들이 시키는 대로 연희네 집으로 가서 연희를 불러 가지고 데리고 나왔다. 그날의 연희는 정말 예뻤다. 분홍 치마저고리에 어른처럼 머리를 올리고 올린 머리엔 예쁜 리본과 꽃핀도 꽂혀 있었다. 동그랗고 쌍꺼풀진 눈에 콧날이 오똑하고 입술이 앵두처럼 조그맣고 도톰한 연희의 예쁜 얼굴엔 즈이 엄마가 발라주었는지 약간의 화장기까지 있었다. 하얀 양볼이 밝으레한 게 연지를 바른 것도 같았는데 분홍치마저고리의 색조가 그녀의 얼굴에 만들어 놓았던 분홍그늘이었던 지도 모른다.

　거기에 비하면 수지의 설빔은 너무 칙칙해 보였다. 녹청색 치마저고리가 그 애의 까무잡잡한 얼굴을 더욱 죽여놓고 있었다. 내가 봐도 좀더 화사한 옷을 골라 입었으면 수지의 얼굴이 훨씬 돋보일 것 같았다. 그렇지만 그날 아침 아무런 설빔도 입지 못하고 구호물자를 파는 시장에서 사 입은 싸구려 겨쉐에타에 누우런 미국

군복을 줄여만든 웃옷을 평소 입던 대로 그대로 입고 나왔던 나에겐 그런 수지가 연희보다 더 맞았다.

저녁엔 거기서 꽤 떨어진 곳에 사는 작은집 식구들이 그래도 큰집이라고 과일이며 고기 등을 사들고 찾아왔는데, 우리들 형제의 옷새를 보곤 미처 거기까지 신경이 안 갔던 자신들에 대하여 잠깐 뉘우치는 것 같았다. 극장구경을 갔었던 아버지와 설희 엄마는 돌아와서 그들을 대접했는데 그래도 그렇게 사람이 많은 날이 우리끼리만 있는 날보다는 나에게는 훨씬 좋았었다.

설희 엄마는 자기가 아이를 가진 것을 알고 부터 전에 안 하던 짓을 계속 우리에게 시도하기 시작했는데 말하자면 화해신청 같은 것이었다. 우리 형제에게 자꾸만 친절하게 굴려하는 것이었다. 그러나 우리들에게 특별히 더 잘 해주기 시작한 것은 없었다. 그리고 우리들에게 자꾸만 친절하게 했던 것도 결국 따져보면 그녀의 이기적인 의도에서 비롯된 일이었다. 태어나는 자기아기를 위하여 그녀 주변에 원수를 두지 말아야겠다는 지극히 이기적인 의도에서 그녀에게 원수들과 화해를 하자는 생각이 든 것이었다.

"준아, 현아, 너희들 나 밉지? 미울 건 당연한 일이다. 내가 너희 엄마한테서 너의 아버지를 빼앗고, 너희 엄마가 그렇게 되도록 만들었으니. 그렇지만 다 지나간 일이니 우리 모두 잊어버리자. 너희들 용서라는 말 알지? 용서해라, 용서. 나를. 이젠 내가 너희 아버지의 씨까지 배었으니 다른 델 갈 수도 없지 않니? 또 내가 너희 아버지와 헤어진다고 해서 죽은 너의 엄마가 살아 돌아올 수도 없는 것 아니니?"

 우리와 만날 기회만 있으면 설희 엄마는 우리를 붙잡고 그런 말들을 했다.

 "처음엔 난 너의 아버지한테 전혀 마음이 없었다. 니 아부지가 날 이렇게 나쁜 년으로 만들어 놓은 거다. 난 죽은 설희 아버지하고 설희 생각만 하면서 나도 따라 죽을까 그러고만 있었다. 그런데 너희 아버지 강감독이 야밤에 뒷문으로 내 방엘 뛰어들어와서 슬픔에 잠겨 잘 먹지도 못하고 쇠약해질 대로 쇠약해진 날 덮친 거다. 니 아버지 얼마나 힘 좋은 사람이냐, 내가 무슨 수로 그 힘을 이길 수가 있었겠니? 당할 바에야 차라리 그 껌둥이한테 겁탈을 당하고 설희 아버지를 살려냈었던 게 나을 뻔했다는 생각도 많이 했단다. 물론 설희 아버지가 내가 당하고 나면 날 버릴지도 모르지만 그래도 설희 아버지 목숨만은 건질 수 있지 않았겠니? 다 지난 얘기고 생각해도 소용없는 일이지만 이렇게 나쁜 년이 되고 보니 쓸데없는 일로 설희 아버지를 죽인 것 같은 생각두 든다."

 설희 엄마는 우리가 묻지도 않았는데 아버지와의 시작에서부터 이런저런 얘기들을 슬슬 털어놓았다.

 "사람 마음이라는 게 달라질려니까 순식간에 달라지더라, 니 아버지한테 그렇게 한번 당하고 나선, 니 아버지가 하루라도 안 찾아오면 이번엔 내가 미쳐나갈 판이 되어버리고 말더라. 사람 마음이라는 게 그렇게 변덕스러울 수가 있는 거냐. 너희도 이담에 그런 일 생기면 그때 내 맘 이해할거다. 니 엄마나 너희들한테 내가 못할 짓하고 있다는 것을 알고 있었지만, 그래도 너희 엄마는 준이 너 같은 아들도 있고, 자식들이라도 있는데, 난 뭐냐? 악에 바쳐서 칠래면 쳐봐라. 이판사판이다. 이제 나한테 더 볼 게 뭐가 있어서 뭘 두려워 할거냐고, 눈을 딱 부릅뜨고 니 아버지 내가 붙잡고 안 놓은 거다. 준이야, 너 같은 아들하나 나도 낳고 싶은 욕심도 없지 않았었다. 마을에서 준이 너 볼 때마다 저런 아들 나도 한번 낳아봤으면 하는 생각을 해 봤거든. 설희 살아있고 설희 아버지 살아있을 때부터. 애초에 니 아버지하고 그런 생각하면서 만난 건 아니지만 만나고 나선 바짝 그런 욕심이 더 커졌던 건 사실이다. 너희 집 애들 중에서 너희 아버지를 제일 많이 닮은 게 준이 너 아니니? 이제 내가 준이같은 동생하나 낳아줄게, 우리 같이 살자. 준이야. 내가 너희 엄마한테 잘못한 거 모두 용서해. 너희 마음속에 나한테 대해 미워하는 마음 가지고 있으면 버려라. 너희 아버지하고 같이 나 빨가벗겨져서 매맞고, 머리끄덩이 잡히고, 얼굴에 똥물덩어리 받는 것 봤잖아? 그만하면 됐잖아? 그때 너희들 나한테 복수 다 했다고, 생각해."

우리는 그녀를 한번도 질타해본 적이 없는데 그녀는

아이를 갖고 나선 별소리를 다하며 우리에게 사죄를 구하는 것이었다. 볼장 다 본 년인데,──될 테면 돼봐라 하고 눈 딱 부릅뜨고 못할 짓 없다고 생각했던 그녀가 그녀 뱃속에 아이의 태동이 느껴지고, 벌써부터 자식에 대한 애착이 생기고부터 갑자기 마음이 약해져서 부쩍 겁이 생기고 있는 것 같았다. 그녀의 표정 안에 완연히 애걸하는 표색이 들어가 있는 것이었다. 설희를 잃어버린 데 대한 공포가 그녀의 잠재의식 안에 숨어있었을 것이었다. 한 마디로 표현하자면 그녀는 행복해지고 싶어하고 있었다고 말할 수 있었다. 나같은 아들을 낳아 잘 기르고 떳떳한 엄마로서 살고 싶은 데 그녀 마음속에서 무언가가, 필시 그것은 양심이란 이름의 그 무언가 일 것이었다, 아무튼 그녀 마음속의 그 무언가가 그녀의 그런 행복에의 소망을 용납해주지 않고 있었던 것이 분명했다. 그러므로 자꾸만 우리들에게 와서 그런 소리를 되풀이하고 있었던 것이다.

운명이란 것에 반항한다고, 마구 발길질을 해 버린다는 것이 결국 그녀는 그만 자신의 행복이란 보자기를 갈갈이 찢어놓고 만 것이었다. 자신에겐 이미 행복에 대한 희망이 없다는 것을 그녀는 깨닫기 시작하고 있었는지도 모른다. 아버지와의 치솟는 정염의 불길 속에서 아무 것도 깊이 생각할 수 없었던 그녀는 조금씩 정신이 깨어나고 있는 것 같았다. 차라리 그녀에겐 깨어나지 않았던 것이 좋았을런지도 모른다.

그러나 잠은 언젠가는 반드시 깨어나야만 하는 곳이다. 잠이란 언제나 깨어날 때를 전제하면서 들어가는 곳이기 때문이다. 잠의 의미와 주검의 의미는 다르다. 아버지가 주검이 들어가 있던 자라면, 설희 엄마의 경우엔 주검이 아니고 잠에 들어가 있었던 것인지도 모른다. 그러나 깨어나면서 그녀의 눈에 비쳐오는 그녀의 현실은 너무나 비참했다. 자신에겐 이제 행복이란 것은 영원히 사라져 버리고 말았다는 사실이 그녀의 눈에 조금씩 보여지고 있는 것 같았다. 이것이야말로 그녀에게 주어져 있는 운명이란 것이고 더 이상 발길질을 할래야 할 수도 없는 곳이었다.

  그녀는 이제 뿌린 대로 거두어야만 할 때가 온 것이다. 죽이고 죽고, 또 죽이고 죽고, 이일 역시 눈에 보이지 않는 자연계의 한 순환인 것이다.

  그러나 나의 눈엔 남들 눈에 보이지 않는 그 순환이 조금 더 일찍 보였고, 지금은 더 잘 보인다. 그러나 완전하게 잘 보고 있다고는 생각지 않는다. 허지만 그때 비록 나의 나이는 어렸고 거리에 방치되어 때묻어 가고 있었지만 내 눈엔 설희 엄마가 바라고 있는 것이, 어림없는 것으로 보였었다. 그녀가 바라는 대로 안될 것이라는 사실을 나는 말은 안하고 있었지만 내 마음속에선 알고있었다. 행복 그것은 이미 그녀가 바랄 수 없던 것이었다. 적어도 내 생각엔, 내가 그렇게 어렸음에도 내가 어떻게 그것을 알 수 있었는지 이상하다.

나는 설희 엄마를 전혀 미워하고 있지 않았다고는 할 수 없지만 몹시 미워하고 있거나 하지는 않았었다. 미워해야 된다고 생각했던 편이었고, 싫었으므로 가까이 오려할 때마다 피하려 했었다. 그러나 나의 감정과는 상관없이 적대의 대상으로 나는 늘 그녀를 생각하고 있었다.

그러나 아버지의 아이를 배고부터 나는 설희 엄마에 대해 측은한 마음이 문득문득 일곤 하였었다. 태어날 아이에 대하여도 먼저 태어나 있는 아버지의 아이로서 나에겐 계속 불쌍하다는 생각이 떠나질 않았다. 내가 내 아버지의 아들로서 태어난 것이 내 잘못이 아니었듯이 그 아이에게도 그들의 아이로 태어난 것에 대하여 아무런 잘못도 없다고 생각했었다. 형하고 내가 달랐던 것이 그것이었다. 형은 아이가 그녀의 뱃속에 있다는 소리를 들었을 때부터 계속, 태어나면 앙갚음을 하겠다고 벼르고 있었지만 나는 그렇지가 않았었다.

나보다 위의 형이었지만 형이라 해서 내가 따를 수 없는 것들이 형에겐 많았었다. 내 안엔 형의 견해와 많이 다른 것들이 있었다. 눈 높이의 차이에서 오던 건지도 모른다. 형은 눈앞의 것들만 봤는데 나는 저 멀리 너머의 것들까지 보고 있었는지도 모른다. 형은 아버지가 우리 엄마가 낳은 아이들에겐 구박만 하고 순희를 시골에 내버리고 왔으면서, 저 간신이 아이를 배었다니까 저렇게 좋아한다고 분개하며 내 옆에서 맨 날 투덜

거리고 있었지만 나는 도무지 그들이 부럽지가 않았다. 비록 내가 좋은 부모 밑에서 자라고 있는 다른 정상적인 아이들 속에서 그들에 대한 질투심을 아직 버리지 못하고 있었다 하여도 아비지와 설희 엄마와의 사이에서 태어날 아이에 대해서만은 부러운 마음도, 질투심도 느껴지지 않았다.

아버지의 아이가 들어있는 부른 배를 쓰다듬으며 돌아다니고 있는 설희 엄마를 볼 때마다 내 어린 마음 안엔 어린 마음이 수용할 수 있는 만큼 이상의 연민이, 마치 비참한 정경이라도 바라볼 때 처럼 밀려들어오곤 했었다. 먹구름같은 암운이, 확실치는 않지만, 불행의 징조가 그녀 머리 위에 짙게 내려져 있는 것이 나에겐 보이는 것 같았다.

내가 순희가 죽었다는 소식을 들은 것은 설희 엄마의 배가 확실하게 나와있어 누가 봐도 그녀의 임신을 알아볼 수 있었던 양력 7월말경이었다. 구두를 닦고 있던 역전에서 나는 낯익은 앞마을 사람 한 명을 만났다. 친척을 만나러 왔다가 못 찾고 돌아가는 길이라고 하였다. 내가 하고 있던 모양이 나는 좀 챙피했지만 그에겐 오히려 내가 잘 되어있는 것으로 보였는가 보았다. 예전부터 우리들의 사정을 잘 알고 있었기 때문이었다.

"아이구, 그동안 키 많이 컸구나. 얼굴도 좋은데."

그렇게 말하며 반가워하고 나서 그는,

"너, 아직 모르지? 순희의 일."

하였다.

그 표정이 수상쩍었다. 불길한 예감이 번갯불 치듯 내 머릿속을 스쳤다.

"너희 집 이사간 데를 몰라서 알리지도 못했다고 하는 소리를 들었다. 이리로 간 것까지는 아는데, 주소를 모르니 알릴 수가 있냐고".

"순희에게 무슨 일이 있었나요?"

"바로 지난달에 갔다."

"어떻게요?"

"갑자기 밤에 열이 나고 몸을 떨면서 경끼를 하였는데, 윤씨 어른이 집에 있던 청심환을 먹이고 혹시 체했나 해서 바늘로 손끝도 따서 피도 내 보고 해도 소용이 없었단다. 집이 외져서 당장 사람들한테 연락할 수도 없고, 또 워낙 나이든 노인네들이라 잽싸게 아이를 업고 그 한밤에 산길을 뛰어 내려와 황영감네 집에 갈 수도 없고, 병원은 좀 머냐? 감히 생각도 못하고 바라만 보다가 애를 죽였다는 구나. 다 지 명이다. 명."

"연씨 아저씨하고 연씨 아줌마는요?"

"연씨 아저씨하고 연씨 아줌마가 무슨 일을 할 수 있었겠냐? 거기서 거기가 어딘데. 알지도 못했다가 순희가 죽은 뒤에 가서, 연씨 아줌마가 껴안고, 주여, 이 영혼을 불쌍히 여기소서, 당신 품에 받아주소서, 하는 거 있잖니? 너희 엄마 죽었을 때 하던 거. 그 기도를 해 주었는데. 연씨댁 말로는 그때까지는 아이가 죽지 않고 조금 숨을 쉬고 있었다고 하는데, 괜한 소리다. 윤씨 어른 얘기는 숨이 떨어진지 오래 됐다고 하더라. 모르지, 노인네가 젊은이들보다는 귀도 어둡고 눈도 밝지 못하니까. 아무튼 연씨댁이 그렇게 말해서 혹시 깨어날까 해서 하루 더 두어보았는데, 깨어나긴 뭐가 깨어나니? 죽은 거지."

"그래서요?"

"너희 할머니, 어머니 때처럼 그렇게 동리 장정들 몇이 가서 땅파고 묻어줬다. 너희 집 여자들 세 무덤이 나란히 있게 된 셈이지."

세 무덤이란 말에 내 눈에선 꾸역꾸역 꾸정물처럼 눈물이 쏟아지기 시작했으므로 손등으로 눈물을 계속 훔치고 있었다.

"니 아버지는 잘 있냐? 설희 엄마하고 아직도 같이 사냐? 그 사람 언제 사람될 건지, 쯧쯧, 작년에 논 팔고 도지 받으러 거기 왔다 가면서도 윤씨네 집엔 안 들리고 갔다고 하더라. 넌, 니 아버지 본뜨지 말고 잘 커라."

내가 울고 있었으므로 동네 아저씨는 더 이상 무슨 얘기를 할 수가 없는 데다 기차시간도 촉박했으므로 역 안으로 들어가면서,

"만나서 반가웠다. 한번 오너라. 니 할머니, 엄마 봉분에 풀도 깎아주고 묘댁도 찾아봐야 하니까. 니 아버지가 안 하니까 니가 대신 해야지. 니 동생 무덤은 아

직 못 봤잖냐? 와서 한번 봐야지, 죽은 뒤지만 보기는 한번 와서 봐야지, 친동생인데. 참, 형은 잘 있냐?"

내가 고개를 끄덕이면서 형이 있었던,──나와 좀 떨어져 있던 저쪽을 가리켜 보이니까,

"그래 그래, 알았다. 모두 잘 커라. 난 이제 들어가 봐야겠다."

하면서 역 안으로 급히 뛰어 들어가 버렸다.

나는 그 아저씨가 사라지자 곧 구두통과 성냥통을 메고 집으로 돌아와 버렸다. 엉엉 울면서, 아직 훤한데 집으로 돌아오는 나를 보고 가게에 앉아있던 아버지가 설희 엄마한테,

"저 새끼 왜 일 안 하고 저렇게 일찍 들어와?"

하고 곱지 않은 목소리로 말하는 것을 들었지만 나는 때릴 테면 때려봐라 하면서 거들떠보지도 않았다. 그 때 종종 나는 손님들한테 욕을 먹거나 얻어맞고 그렇게 일찍 들어오던 때가 있었으므로 아버지는 또 그런 일의 하나인 줄 알았을 것이었다. 원래 설희 엄마는 아버지에게 우리가 매를 맞아도 상관을 안 하던 편이었지만 아이를 갖고부터는 약해져서 아버지에게서 우리한테 큰 소리가 나면 말리려고 했었다. 그날도 설희 엄마가 곁에서 나를 따라오려는 아버지를 막아주었었다.

나는 방으로 들어와 엎드려 엉엉 울기 시작했다.

떠난 뒤 줄곧 내 눈에 밟혀 온, 오빠, 오빠하며 큰 눈에 눈물이 가득 고여 내 눈을 붙잡고 애처롭게 늘어지

던, 떠나올 때 마지막 본 순희의 모습이——이젠 죽었다고 생각하니, 다시는 못 본다고 생각하니——가슴만이 아닌 나의 창자까지 끊어질 듯 아프게 하는 것이었다. 순희는 우리가 떠난 뒤 혼자 남아 아마 외로워서 죽고 말았을 것이다. 그 산꼭대기에, 두 오빠까지 다 보내고 순희는 혼자 남아 얼마나 외로웠었을까. 순희는 보나마나 우리가 간 쪽만 계속 바라다보고 있었을 것이었다. 하늘도 우리가 간 쪽 하늘만 그 애는 바라보고 있었을 것이다. 빨리 오라고,——그러나 우리는 누구하나 그 애를 데리러 갈 생각을 하지 않았었다. 나까지도, 순희가 거기 있는 게 나을거라고 생각했었다.

그러나 사실 나도 그 애를 데려오는 게 귀찮다고 여겼던 것이다. 그 애를 데려다 놓고 나서의 하나 하나의 일들을 생각할 때면 모두가 너무나 귀찮은 일들뿐이었다. 어린 그 애 혼자 두고 나가 내 마음대로 놀 수도 없었다. 밥은 누가 해 먹이고 빨래는 누가 해주고,——방에다 그 애만 혼자 왼 종일 있게 할 수도 없었다. 그 애가 와서 나를 귀찮게 할 일들을 생각하면 벌써부터 나는 짜증이 났었다.

아버지만 버린 게 아니고 사실 나도 그 애를 버렸던 것이다. 시골에 같이 있을 때도 아버지만 그 애에게 잘못했던 게 아니었다. 나도 역시 그 애에게 몹시 잘못했었다. 그 애가 나에게 도움의 손을 청할 때마다 나는 순순히 손을 주지 않고, 마지못해 손을 주긴 주면서도 그것이 나에게 얼마나 귀찮은 일인지 그 애가 알 수 있도록 인상을 쓰거나, 소리를 지르거나 퉁명스럽거나 아무튼 얼마쯤 심술을 부려서 그 애를 괴롭히고 나서 주었었다. 다른 사람들도 그랬고 나도 똑같이 그랬었다. 그래서 순희는 사람들에게 무엇을 청할 때면 야단맞을까 미리 겁부터 먹었었다. 커다란 눈에 언제나 겁을 먹고 늘 마음조리며 살던 순희. 태어났다는 것밖엔 아무런 잘못도 저지른 적이 없는데, 사람들 속에서 눈치꾸러기가 되어 늘 구박만 맞았었다. 아무도 그 애를 사랑해주지 않았었다. 더 어릴 땐 너무나 울어서 이 사람 저 사람에게 매를 맞으며 노상 계집애를 갖다 버리라고 했었다. 그러나 그 애가 운 것도 자기 딴엔 무언가 너무 슬퍼서가 아니었을까. 개가 끙끙거릴 때도 이유가 있듯이 아이가 울 때에도 그 마음이든 몸이든 어딘가에 아픈 데가 있어서였을 것이다. 좋고 기쁜데 괜히 울리는 없다. 앞으로 닥쳐올 일을 미리 알고 겁이 나서 운 것은 아니었을까.

  순희는 무엇 때문에 태어났을까. 할머니 때처럼 또 그렇게 물어볼 수밖에 없었다. 봄에 산에 가서 산 속에 무수히 피어있는 진달래꽃들을 볼 때든 또한 다른 때 산에 가서 절기마다 그곳에서 피어나는 갖가지 예쁜 꽃들과 열매들을 보면서 나는 어릴 때 이런 생각들을 했었다.

  아무도 보아주지 않는 이 깊은 산 속에 무엇 때문에

이렇게 예쁜 꽃들과 나무들이 자라고 열매들이 달리고 있을까,――따먹는 사람이 없어 열매는 익어서 저절로 떨어져 썩어버리고 마는데, 왜 열리고 있을까, 그런 이름 없는 산 속의 풀 한 포기처럼 순희는 사람들 눈에 띄지도 못하고 잠깐 살다 가버렸다. 무엇보다도 내가 견딜 수 없었던 것은 지금 내가 이렇게 그 애를 불쌍해 하고, 그 애에게 잘못한 걸 뉘우치면서 잘 해주고 싶어 하고 있는데, 그 애가 이젠 이 세상에 없다는 사실이었다. 이젠 정말 그 애에게 잘해 주고 싶고, 아무리 그 애가 귀찮게 일을 시켜도 웃는 모습으로 잘해주고 싶은데 순희가 이 세상에 없는 것이다. 그리고 다시는 그 큰 눈에 눈물이 가득 차 흐르는 순희의 얼굴을 나는 볼 수가 없을 것이었다. 순희가 다시 살아만 준다면 나는 무슨 일이든 할 수 있을 것 같았다.

  할머니 무덤과 엄마 무덤 곁에 또 하나의 조그만 무덤이 되어 누워있을 순희를 생각하면 자꾸만 눈물이 흘렀다. 할머니의 죽음, 덕이의 죽음, 엄마의 죽음. 이번엔 순희의 죽음,――그 죽음 마다마다가 각기 다른 슬픔의 색깔로 한번씩 나를 휘몰고 지나갔지만, 그렇게 어린 날 일찍이 가까운 이들의 죽음을 접했다는 것은 생에 대한 지나친 집착으로부터 나를 어느 만큼은 해방시켜 자유롭게 하여주었을 것이라고 생각한다. 사랑하는 사람들의 계속되는 죽음에 대한 나의 목격은 나에겐 매번의 죽음이었으므로 거기서 일어날 때마다 나는 새로운 마디로 급성장 되었다고 생각한다.
 순희의 죽음을 듣고 아버지는 별 다른 내색을 하지는 않았다. 가게문을 닫고 뒤늦게 나마 순희의 무덤에라도 가봐야겠다고 나선다는 것은 아버지의 행동으로서 우리가 기대해 볼만한 것들 중의 하나가 아니었다. 아버지는 우리들과 본디 대화를 별로 하지 않았었지만 설희 엄마가 사이에 낀 뒤로는 더욱 더 아버지와 우리들 사이엔 대화가 없었다. 대화가 없었으므로 아버지가 순희의 죽음에 대하여 무슨 특별한 소리를 했는지는 가까이 다가가 보지 않았으니까 모른다.
 별 특별한 감정의 내색 없이 평상시처럼 가게문을 열어놓고 장사하고 설희 엄마가 차려주는 밥상을 받아 매끼니마다 식사하고, 보통 때와 진배없이 그랬던 것 같다. 그러나 우리가 방바닥에 엎드려 울며 학교도 가지 않고 구두 닦으러 나가지도 않고 며칠씩 방안에서 뭉개고 있는 것에 대하여 잔소리를 하거나 소리를 지르거나 하지는 않았다. 어쩌면 아버지는 순희가 잘 죽어주었다, 라고 생각했을지도 모른다. 마음은 좀 아팠을지 몰라도 그것이 아버지에겐 은근히 바랐던 일의 성취였을지도 모른다. 설령 몹시 슬펐다 하여도 설희 엄마 앞에서 아버지가 그렇게 전실 자식에 대한 애정을 나타내 보였을 것인지는 의문이다. 우리 친 엄마 때보다 설희 엄마한테는 아버지가 몹시 비위를 맞추어 주려는 기색이 역력했었는데, 우리 눈엔 아버지의 그런 모습이 당연히 역해 보였었다. 그래야 고깃 맛이 연할 테니까. 아버지는 연한 고깃맛을 즐기기 위해서 그랬을 것이라고 생각한다.

 형도 순희가 죽었다는 소식을 듣고 나만큼 슬퍼하였었는데 형은 모두가 저 간신 때문이라며 이를 갈았다. 저 간신만 아니었으면, 동리에서 우리가 이렇게 쫓겨나 순희를 두고 오지도 않았을 것이라는 것이었다.

 형과 나 사이에 어떤 괴리가 생기고 있고, 그 골이 깊다라고 내가 확실히 느끼기 시작한 것은 그때였다. 형은 모든 화살을 간신에게 돌려놓고 미워하고 있었는데 이상하게도 나는 그렇게 되지가 않았다. 간혹 형 쪽으로 유인되곤 했지만 곧 나는 내 쪽으로 다시 돌아오곤 했다.

 솔직히 말해서 순희의 죽음에 대해서도, 우리 모두가 그 애에게 잘못했던 마다마다의 일들이 특히 내가 그에게 잘못했던 가지가지의 일들이 되돌아와서 내 마음을 때렸는데, 형에겐 언제나 우리들의 모든 이유가 간신한테 있었던 것이다.

 순희의 죽음 때문에 며칠간 집에 있다가 학교에 돌아가 보니 수지의 자리가 비어있었다. 아파서 결석을 한 것인가 했더니, 아이들의 말이 수지는 서울로 돌아갔다는 것이었다. 어디선가 계속되고 있던 전쟁이 휴전협정이란 이름으로 마악 막을 내리고 거기 피난 와 있던 아이들은 하나씩 하나씩 제가 있던 고장으로 돌려주고 있던 때였다. 수지도 서울에서 내려왔던 아이니까 이곳을 떠나야 할 것은 알고 있었지만 이렇게 빨리, 내가 가장 슬픔에 빠져있을 때 나에게 아무 말도 없이 떠나버릴 줄은 예상하지 못했었기 때문에 그 소식을 듣는 순간 나는 마치 내가 서 있는 땅 밑이 무너지는 듯 하였다. 진짜로 수지는 그때 내가 딛고 섰던 땅이었다. 그러나 지금 생각해보면 수지가 그때 나에게 아무 말도 안하고 떠났던 것은 아주 당연한 일이었다. 그 아이에겐 내 안에 있던 자기 자신을 확인할 기회가 주어지지 않았었다. 언제나 나는 그 아이 앞에서 연희 얘기만 꺼냈으니까,——선두자리는 언제나 연희에게 주고 나머지 몫만 바라고 있다가 수지는 소리 없이 떠나버린 것이다. 내 안의 있으나 마나한 존재라고 자기자신을 믿고있었으니까 굳이 내게 자기가 떠난다는 말을 꼭 안 해도 된다라고 생각했던지 모른다.

 기와공장 인부 사택에 함께 살던 사람들 얘기로는 느닷없이 서울에서 트럭을 가지고 누가 내려와서 수지네 식구들을 몽땅싣고 갔다는 것이었다. 수지네 식구들 자신도 그렇게 빨리 올라갈 생각이 없었고 이웃 사람들에게도 그렇게 하루 이틀에 올라갈 것이라고는 말하지 않았는데, 빨리 올라가야 할 급한 일이 생겼는가보다고 말했다. 어쩌면 수지 아빠가 사변 전에 일했던 회사가 상경하면서 워낙 요직에 있던 수지 아빠라 수소문하여 거기 있다는 소식을 듣고 급히 내려와 실어갔는지도 모르겠다는 추측도 있었다. 그런 얘기를 전부터 수지 엄마가 이웃들한테 했던가 보았다.
　수지 아버지는 그곳에 피난 내려와서도 염색원료를 만드는 화학공장에 다니고 있었다. 수지 아버지가 염료 방면에 있어서는 매우 뛰어난 기술을 가지고 있었던 사람이라는 인상을 수남이의 얘기를 통해서 나는 그때 받고 있었다.
　수지가 떠난 뒤 나는 예전처럼 또 다시 빨아 입지 않은 더러운 옷과 속옷으로 돌아가 버리고 말았다. 일주일에 한번씩 하던 목욕도 집어 치워버리고 천막 피난소 수용소 안에 있던 이발소에 가서 자주 머리를 깎던 일도 중지해 버렸다. 나의 모든 것들은 수지가 나타나기 전의 것들로 돌아가 버리고 말았다.
　그러나 수지가 나타나기 전과 달라진 것이 하나 있었다. 그것은 나의 가슴 안에 커다란 해처럼 떠있던 희망이었다. 수지가 나에게 돌아오리라는, 언젠가는 반드시 수지가 나를 찾아올 것이며, 우리가 다시 만날 것이라는,——그리고 그 희망 말고도 나에겐 수지와 함께 지냈던 여러 가지 일들을 반추하는 즐거움도 또 주어져 있는 것이었다. 달이 휑덩그레 떠 있는 기와공장 마당에서 뛰면서 같이 놀던 일, 손톱을 물어뜯으며 그 꿈꾸는 듯한 눈동자로 수지가 나를 쳐다보고 있던 일, 성탄이브 성당에서 어른들처럼 하이얀 미사수건을 쓰고 구유 안의 아기 예수님을 참배하기 위하여 서 있던 사람들의 줄 안에 얌전히 끼어 서있던 수지의 모습을 눈앞에 세워 놓고 볼 때면 나는 마치 하얀 눈이 덮혀 있는 산 속에 사슴 한 마리가 서 있는 크리스마스 카드의 그림을 볼 때처럼 마음이 맑고 깨끗하고 신선하고 환하고 평화로와 지고 마는 것이었다. 그러나 눈 속의 사슴 한 마리보다 그때의 수지의 모습을 반추해볼 때면 내 마음 안에 느껴지던 그런 것들은 훨씬 더 큰 것이었다.

가맛굴 속에서 수지가 나에게, 준이야, 난 어떻게 하는 줄 몰라, 떨리는 목소리로 말하던 소리와 또 내가 수지에게, 거리의 아이들을 흉내내서, 꺼져 수지야, 난 네가 아니고 연희였으면 좋겠어. 라고 말하던 일과 나의 그 말에 울며 뛰어나가던 수지,——그리고 우리의 떨리는 두 몸이 닿으려 하는 순간 어디선가 들려오던 폭음과 치솟는 검은 연기 속에서 벌거벗은 모습으로 뛰어나온 아버지가 수지를 겁탈하려고 하던 광경과, 저 뒤에서 들리던 덕이의 가녀린 흐느낌 소리와 이런 모든 것들도 물론 내 안에서 반추되었다.

그러나 나는 되도록 이 쪽은 자주 돌아보려 하지 않았고, 되도록 하얀 눈이 덮혀 있는 산 속에 사슴 한 마리가 서 있는 크리스마스 카드 안의 수지 쪽만을 바라보려 했다. 내게 더욱 필요했던 것은 그 쪽이었기 때문이었다.

그러나 내 마음속의 수지는 덕이처럼 저 높은 하늘의 별들 가운데만 있지 않았었다. 그녀는 언제나 살아있는 사람들 속에 끼어 있었다. 골목길을 걷고 있거나, 창으로 햇빛이 쏟아지고 있는 교실 창가자리에서 연필로 공책에 선생님이 흑판에 쓰고 있는 내용들을 적고 있거나, 이불을 덮고 쿨쿨 자고 있거나, 성당에 가서 하이얀 미사보를 쓰고 즈이 엄마랑 아빠랑 동생이랑 같이 신부님 말씀을 듣고있거나 두 손을 합장하고 열심히 기도를 하고 있거나,——지난 성탄 때 내가 보던 모습 그대로,——나의 상상 속에서의 수지는 언제나 그렇게 살아있는 사람들 속에 끼어 있었다.

그러나 수지의 모습들 가운데에서 내게 상상이 되지 않았던 모습이 하나 있었다. 그것은 수지가 다른 남자들하고 같이 뛰어놀거나 시시닥거리거나, 또는 나를 쳐다보듯이 또 다른 남자 애를 예전에 나를 쳐다볼 때 그랬듯이 손톱을 입에 물고 그 까무잡잡한 얼굴에 꿈꾸는 듯한 눈동자를 하고서 쳐다보고 있거나, 하는 모습은 내 마음 안에서 만들어지지가 않았다. 만일 그랬다면 거기에 대한 반항으로 나도 그런 짓을 꾀했을 것이기 때문에, 그 당시 내가 필요로 했던 안정이나 위로, 평화에 전혀 도움이 되지 않았을 것이었다. 도리어 방해가 되었을 것이었다. 질투심에 마음이 몹시 괴로워 내가 무슨 짓을 하였을지도 모른다.

언제 어디 있어도 나만 생각하고 있을 수지라고 내가 믿고 있던, 그 맹신에 가까운 수지에 대한 신뢰, 내 마음속에서 만들어지고 있던 그 신뢰의 바탕에 대하여 두

가지 연유를 지금 나는 유추한다. 하나는 성당에서 본 수지의 그 천사 같던 모습이 내 마음 안에 만들어 주었던 것과 가맛굴에서 내가 수지에게 저질러 놓은 일이 내 마음 안에 만들어 주던 것,——그 두 가지로 인하여 수지는 언제나 나만 향해 있으리라고 나는 믿을 수가 있었던 것이었다. 그런데 이상하게도 그런 나의 유추나 유추의 근거가 아주 틀렸던 것도 아니었다. 그리고 그것은 나의 길에서 잘 됐던 일들 가운데 하나였었다.

수지가 떠나고 한 달도 채 못되어 연희도 서울로 가 버렸다. 그리고 곧 뒤 미쳐 반장 성호도 떠나버렸다. 돌아갈 수 있는 아이들은 하나씩 하나씩 빠져나가고 있었다.

그러나 그 중엔 돌아갈 수 없는 아이들도 있었다. 1.4 후퇴 때 북에서 아군을 따라 고향을 버리고 자유를 쫓아 나온 사람들이었다. 그들에겐 전쟁이 끝나도 돌아갈 고향이 없었다. 우리가게 뒤의 천막수용소 안엔 그런 사람들이 많았다. 설희 엄마가 배가 불러오고 건강이 좋지 않아지면서 아버지가 집을 비울 땐 나도 가끔 반찬가게에 불려나가곤 했었는데 천막수용소에서 물건을 사러온 할아버지에게, "할아버지는 왜 고향에 돌아가지 않으세요?"라고 내가 물었더니, 그 할아버지가 무뚝뚝하게, "자유가 내겐 고향이다, 내겐 다른 고향이 없다"라고 말하던 게 기억난다. 제 몸이 태어난 정든 산천이나 제 같은 핏줄기들인 친척이나 동기간보다도 그 할아버지에겐 자유라는 게 더 좋았었다. 그때 할아버지 말의 의미를 다 알아들었던 것은 아니지만 나에겐 상당히 근사하게 들리던 말이었다. 지금까지 두고두고 음미해도 그 말은 정말 멋진 말이다.

진실로 자유란 우리들의 영원한 고향이다. 우리가 항상 돌아가고 싶어하는 곳이며 또한 항상 우리가 그리워하는 곳이다. 자유, 그 곳은 확실히 우리가 태어난 고향임에 틀림없다. 거기서 우리가 나지 않았다면 어떻게 우리가 그곳을 이토록 그리워하고 동경할 수가 있겠는가. 그러므로 우리는 자유에서 난 존재답게 짐승처럼 묶이거나 누가 시키는 대로 사역되어서는 안 되는 존재인 것이다. 자유를 갈구하는 일이야말로 우리가 인간으로서의 자기품위를 지키려는 일이며 또한 인간으로서의 자기 자리를 지키려는 일인지도 모른다. 6.25 전쟁은 많은 비참(悲慘)을 남겼지만 그 할아버지처럼 자유를 원하던 사람들에게 탈출로를 열어 준 바의 공헌도 이루었다.

우리집은 그 할아버지처럼 그런 고상한 이유도 없이 고향을 떠나 왔었고, 이제 돌아갈 고향이 없으므로 거기 돌아갈 수 없는 사람들 속에 남아 있었다. 이미 말했듯이 엄밀히 말하자면 우리는 피난민이라고 볼 수도 없었다. 그렇다고 그곳 원주민도 아니었다.

달이 차오면서 설희 엄마는 얼굴이 부석부석 부어오는 게 건강이 안 좋아 보였다. 배도 너무 많이 불러 보였다. 지금 생각하면 임신 중독중에 양수과다중의 혐의가 있었다.

　우리 가게에서 얼마 떨어지지 않은 목교 근처에 조그만 병원이 하나 있었는데, 지금으로 치면 가축병원 크기의 규모밖엔 안 되었다. 산부인과도 아니었고 전문의도 따지 않은 의사 하나가 산부인과, 내과, 소아과, 비뇨과, 닥치는 대로 다 보고 있었던 곳이었다. 거길 설희 엄마는 아기를 가지고 부터 자주 갔었다. 아버지는 가게를 본다는 핑계로, 핑계뿐이 아니었겠지만, 설희 엄마가 병원에 갈 때 거의 따라가지 않았다. 아버지의 속엔 들어가 보진 못했지만 그때의 내 생각으로도 아버지가 아이를 원하지 않는다는 사실은 쉽게 단정지을 수 있던 일이었다. 겉으로 설희 엄마의 비위를 맞추어주려고 아버지는 설희 엄마가 임신한 것에 대하여 좋아하는 척하고 있었던 것이었다.

　기실 아이를 그토록 바라고 있었던 쪽은 설희 엄마 혼자뿐이었다. 나이는 어렸지만 그래도 나는 그것을 이미 알고 있었다. 아이를 갖고부터, 특히 배가 불러오면서부터 설희 엄마의 어여쁨은 점차 온데간데없이 사라져가고 있었는데, 아버지가 그것을 좋아할 리가 없었다. 설희 엄마의 그 어여쁘고 앳띄어 보이던 모습들이 배가 불러오면서 범람하는 하천 속에 묻혀버린 정취 있던 옛 마을의 풍경들처럼 그녀에게서 사라져가고 있었다. 어디가 그 예쁜 궁둥이가 있었던 곳이고 어디가 그 예쁜 다리와 젖가슴이 있었던 곳이며 휘어진 자기(瓷器)병 처럼 굴곡저있던 날씬한 허리자리는 어디 있는지 도무지 분간할 수가 없이 되어버리고 말았다. 다리는 팅팅 부어서 허연 두부기둥 같고 그 가늘었던 허리는 왕창 불러버린 배 때문에 궁둥이부분보다도 더 굵어져 버렸으며 상큼하게 솟아 보였던 가슴께는 그 밑에서 그보다 더 솟아난 왕산 만한 배 때문에 오히려 푹 꺼져 보였다. 머리도 보통 아줌마들처럼 아무렇게나 핀으로 모아서 위로 얹어버려 그 자르르하게 흘러내렸던 머리태는 찾아볼 수가 없었다. 나중에 나는 미국영화에 나오는 마리나부라디(Marinabrady)란 여배우를 보면서 그 머리모양이며 생김새가 설희 엄마와 많이 닮았다는 생각이 들었었다. 그러나 섬세한 생김새와 그 여자다움은 설희 엄마 쪽이 훨씬 그보다 능가했었다고 기억된다.

어릴 때의 눈으로 봐서 그랬던 것이니까 과연 지금 봐도 그럴지는 모르긴 하다. 어릴 땐 커 보였던 방이 자라서보니 아주 작아 보이기 일쑤니까, 이미 말했듯이 보이는 눈 안에 또 하나의 눈이 더 있는 게 우리 눈이니까. 그러나 흑인병사가 한번 보곤 놓친 게 아까와 사람을 쏴 죽일 정도니, 그의 눈에 얼마나 들었으면 그런 광란을 벌였겠느냐 말이다. 누구라도 사람을 죽일 땐 무슨 큰 이유가 그에게 주어지기 때문인 것이다.

그때 시골여자들과는 비교가 안되었던 설희 엄마였었

다. 그런 설희 엄마의 어여쁨이 내 눈 앞에서 무너져가던 모습은 나에게 생 안에 엄존해 있는 주검의 운명뿐만이 아니고, 인간의 아름다움이란 것이 얼마나 순식간에 사라져버릴 수 있는지에 대한 실험물로서도 주어져 있었다.

설희 엄마 자신도 자기의 모습이 너무나 추해져가고 있는 것에 대하여, 무심하지만은 않았었다.
"얘, 준이야, 나 꼭 살찐 허연 백돼지 같지 않니?"
그러면서도 그녀는 아이를 낳고 나면 원래의 자기의 예뻤던 모습이 돌아오리라고 생각하고 있었다. 한시 바삐 아이를 낳기만이 그녀에겐 소원이었다. 그 다음엔 저절로 모든 게 원상복귀가 되리라고 그녀는 단순하게 믿고 있었다.

설희 엄마의 건강이 좋지 않았으므로 형과 나는 자주 가게로 불려나갔다. 아버지가 가게를 비워야 할 때마다 아버지는 우리 둘 중 하나를 지목해서 가게를 보라고 불렀기 때문이었다. 물론 학교는 결석해야 했었지만 아버지에겐 그것은 대단한 일이 아니었다. 우리에게 꼭 공부를 시키겠다는 생각은 애초부터 아버지에겐 없었다. 작은아버지가 종용하던 일이었는데 작은아버지네도 서울로 올라가 버렸으므로 아버지에겐 밖의 감독관도 없어진 셈이었다.

하나씩 둘씩 서울로 돌아가고 있는 아이들의 빈자리들 때문에 교실 안이 파시처럼 쓸쓸해지고 있었으므로 나에겐 별로 학교에 갈 마음도 없었다. 가설 피난 초등학교가 철거되고 남은 아이들은 원주민 학교에 합병된다는 얘기가 돌고 있었다.

자주 가게에 나가있는 동안 나는 피할 수 없이 설희 엄마와 함께 가게에 있어야만 되었다. 뒷쪽 삼면이 벽으로 막히고 가게 쪽으로만 문이 나 있는 방안은 어두컴컴하였었는데, 그 방에 누워있던 설희 엄마는 말벗이 그리워서인지, 아니면 자기 안에서 치미는 것들을 쏟아내야만 해서였던지 우두커니 내가 가게 툇마루에 앉아있으면 방문께로 나와서 나에게 주섬주섬 자기 얘기를 늘어놓았다.

설희 엄마는 자기 엄마의 이름이 아무개인데 단역배우로 꽤 여러 개의 영화에 얼굴을 비쳤었다고 얘기했다. 무슨 무슨 영화에 나왔었는데, 그 영화를 아느냐고 내게 물었다. 모두가 내가 알 리 없는 영화들이었다. 그녀의 엄마는 원래 기생권반에 있다가 영화조감독으로 쫓아다니던 아버지의 눈에 그 동탕한 얼굴이 띠어서 아버지의 픽업으로 영화계에 데뷔까지 하게 되었다는 것이다.

그녀 엄마는 자기와는 비교도 할 수 없이 예뻐서 재산가들이 너도나도 집도 사주고 논밭도 사주고 승용차까지 사주면서 소실로 삼으려고 하였는데 다 마다하고 재산도 별로 없고 영화감독으로서도 아직 이름도 날리지 못하고 있던 아버지와 눈이 맞는 바람에 고생을 자기가 사서 하게 되었다는 것이었다. 거기다 아버지는 시골에 본처와 아이들까지 있었다. 툭하면 본처는 이미 그때 꽤 장성했던 아이들을 데리고 와서 엄마가 아버지와 동거하던 방의 물건들을 때려부수고 엄마의 머리채를 쥐고 흔들어서 가고 난 뒤 방안을 쓸면 엄마의 뽑힌 머리칼들이 쓰레받기에 가득 담기곤 했다고 한다.

 그래도 아버지와 못 헤어지며 살다가 결국 엄마는 그녀가 일곱 살 때 폐병으로 죽었는데 엄마가 죽자 그녀는 곧 본댁 앞으로 입적되었다. 그러나 아버지의 본처인 큰댁은 그녀에게 자신의 친아버지를 큰아버지라고 부르라고 하였고 자기보고도 큰엄마라고 부르라고 그래서 그녀는 그랬다는 것이다.

 엄마가 죽자 아버지는 시골에 있던 식구들을 모두 불러와 같이 살았는데 거기 끼어 같이 살면서도 설희 엄마는 한번도 자기 아버지 곁에 가까이 가본 적이 없었다고 한다. 그래도 그렇게나 그녀는 아버지가 좋았었다고 한다. 아버지는 그녀를 거들떠보지도 않았는데도 설희 엄마는 아버지가 어디를 나가려고 하면 얼른 앞서 나가서 구두를 닦아놓고 손수건도 빨아서 차곡차곡 접어 아버지 머리맡에 가져다 놓곤 하였다는 것이다. 그래서 더욱 더 큰엄마의 미움을 샀다고 한다.

 집안 형편도 어려웠지만 큰집에서는 그녀에게 특별히 층하를 두어 때가 돼도 학교를 보낼 생각도 않고 일만 부려먹으면서 구박만 했다고 한다. 그래서 그녀는 어느 날 낮에 설거지를 하다가 손에 물기를 묻힌 채 뛰어나와 재봉하는 법을 배워줄 테니 와서 일을 도와달라고 꾀이던 옆집 아줌마의 친척집으로 주소만 들고 찾아갔단다. 거기 가서 재봉일을 배우면서 그녀는 소학교에 들어가 겨우 소학교는 마쳤다고 한다.

아버지나 본처는 그녀가 어디 사는지 뻔히 알면서도 한번도 찾아와 본 적이 없었고 누군가와 빨리 짝을 맞추어 그녀가 결혼하여 그들의 호적에서 한시 바삐 빠져나가는 것만을 바라고 있었다. 스믈 한살이 되던 해 그녀는 그녀가 일하던 양장점 옆에 새로 시계방을 차린 설희 아빠를 만나서 이듬해 봄에 그들의 소원대로 결혼하여 그들의 호적에서 빠져 나왔다.

"너 같은 애들한테, 할 이야기는 못 되지만 말이야, 내가 설희 아빠한테 숫처녀로 시집을 온게 아니었다. 동네 깡패한테 납치되어가서 첫 정조는 열 여섯 살 때 뺏겼고 그 뒤로도 또 있었다. 나를 데려간 아줌마의 주인아저씨하고도 근 1년 가까이 관계를 맺어왔었다. 그건 강제로 당한 게 아니고 내가 그 아저씨를 좋아해서 유혹했던거다. 아버지 정이 그리워서 그랬던가 보다. 그 아저씨가 나에게 몹시 잘 해주었거든. 아버지에게 못 받아온 정을 그 아저씨한테 내가 받았다고 해도 과언이 아니다. 그 아저씨도 날 좋아해서 둘이 죽어도 못 떨어진다고 생각했었는데 설희 아빠가 나타나니까 내 맘이 싹 변하더라. 내 맘이 변하니까 이 영감이 설희 아빠한테 가서 우리들 사이를 다 폭로하겠다고 협박을 하는거야. 할 테면 해 봐라──배짱으로 나갔더니 결국 못하더라. 왜냐하면 지 마누라를 되게 무서워하고 있었거든. 일이 커지면 나만 큰일 난 게 아니고 저도 큰 일 나거든. 결국 영감이 물러나더라. 정이 떨어지고 나니까 그 다음부터는 그 영감 콧빼기만 봐도 소름이 끼치더라. 설희 아빠는 내가 무척 좋아했었다. 설희 아빠 그렇게 되고 나서 정말 나도 따라 죽고 싶은 생각밖에 안 났었다. 설희 아빠를 보곤 나 첫눈에 반했었다. 너도 봤지? 설희 아빠 영화배우 저리 가라 였다. 인물만 잘난 줄 아니? 맘도 좋았었다. 날 얼마나 위해 줬는지 아니? 보물단지보다 더 위했었다. 내가 헌 여자인지도 모르고 세상에서 가장 넘버원 여자라고 그랬었다. 내가 그런 남편을 잃었으니 더 살고 싶었겠냐? 같이 살면서도 설희 아빠가 하두 나에게 잘해 줘서 미안두 하고 왠지 겁두 나고 했었다. 나한테 너무 과분하지 않나 해서 조마조마한 마음도 들었었다. 그랬더니 결국 그렇게 되고 말았지 않니? 나 같은 년이 무슨 복으로 그런 좋은 남자 사랑 다 받고 평생 좋게 살 거냐, 생각도 든다. 엄마 팔자 딸이 닮는다더니 내가 꼭 그 꼴이다. 첩의 자식이 잘 되는 법이 없다는 소리도 들었었다. 지난번에도 말했다만 애라 이판 사판 이다 하고 네 아버지한테 달려든 것인데 이젠 네 아버지 없으면 난 못산다. 준이야. 또 내가 생각한다구해서 죽은 설희 아빠가 돌아오겠니, 설희가 돌아오겠니? 네 아버지 만나고 나서 난 너는 못 알아들을 소리겠지만 설희 아빠한테서는 맛보지 못했던 재미도 알았다. 이젠 난 아무 데도 못 간다. 천상 여기 붙어서 사는 수밖에 없다. 내가 싫다해서 놔줄 너희 아버지도 아니다. 너 니아버지가 나 때리는 것 봤지? 니 아버지 나 놓고 못산다. 내가 딴 남자한테 가면 쫓아와서 날 아마 때려죽일 게다. 내가 딴 데 가면 쫓아와서 요절을 내겠다고 맨 날 그 소리 더니 요즘은 내가 이렇게 퉁퉁 부어 있으니까 꼴이 그게 뭐냐고 빨리 애 낳고 전처럼 예뻐지라고 성환데, 난들 왜 빨리 니아버지 말처럼 되고 싶지 않겠니? 준이야, 내 몸이 이래두 내 안에 있는 애는 성하겠지? 의사는 두고 보자는 데, 난 괜히 걱정이 많이 된다. 죄를 많이 지어서——이봐라 준이야, 배가 이렇게나 부르다. 설희 때는 이렇지 않았는데."

 그러며 설희엄마는 옷을 들치고 왕산 만한 배를 나에게 내 보였다.

 "그래두 애는 잘 논다, 이 봐라. 이쪽이 불끈했다가 또 이쪽이 불끈하잖니? 가만히 봐라, 이쪽 배가 좀 한번 들썩했지?"

 나는 징그럽고 끔찍해서 보고 싶지가 않았는데도 설희 엄마는 허연 큰 바가지를 엎어놓은 듯한 모양의 배 여기저기를 가리키며 아이가 뛰어 놀고 있다 라고 여겨지는 곳을 나에게 보라고 성화였다. 어떤 땐 아기가 왼

종일 놀지 않는다면서, 혹시 뱃속에서 아이가 죽은 게 아닐까 근심하기도 했었다. 나에게 자기 배에다 대고 귀를 기울여 보라고 그녀가 하두 종용해서 나는 마지못해 그녀의 배에 귀를 대어보기도 했었다. 그게 아이의 소리인지는 모르지만 좀 어떤 소리가 들리는 것 같기도 했었다. 아기의 기척 같은 것이 그곳에서 들릴 때의 나의 느낌은 언제나 불쌍하다는 것이었다. 그 불쌍하다라는 느낌은 아버지의 새 여자에게서 나오게 될 그 첫 아이에 대한 처음부터 끝까지의 나의 한결같았던 감정이었다. 조금 더했다, 조금 덜했다 했지만 설희 엄마의 부기는 계속 되었다.

  비가 무진장 쏟아지던 여름 어느 날 드디어 설희 엄마는 한나절을 소리소리 지르더니 결국 한 남자아이를 세상에 떨어트려 놓고 말았다. 산파가 불려와서 설희 엄마를 도왔다. 그리고 문둥이 촌 근방에 살던 할머니 하나가 불려와서 미역국이며 밥이며 끓여주고 산파가 돌아간 뒤 산모의 나머지 일을 하여 주었다. 아버지를 시켜 할머니는 가게 앞에 고추가 달린 새끼줄을 매게 했다. 태어난 아이는 얼굴이 아주 노오랬다. 지금 생각하니 황달기가 심했던 것 같았다.

  "준이야, 너 닮았나 봐라."

  설희 엄마는 내가 아기를 보러 들어가니까 통통 부은 얼굴에 하이얀 웃음을 웃었다. 그 중에서도 몹시 기쁜가 보았다. 밥을 지으면서 할머니는

"애! 준이야, 네 동생이 이마에 피를 묻히고 나왔어."
 방에서 나온 나에게 그렇게 말했다.
 무슨 소린지 잘 알아들을 수는 없었지만 할머니 자기 딴엔 어떤 상스럽지 않은 메시지를 전달시켜 주려는 눈치였다. 그러나 나는 비법을 쓰던 죽은 할머니가 생각나서 이 할머니의 그런 소리가 아주 싫었다. 아버지에게도 또 그 소리를 했는지 아버지가 할머니에게,
 "그 좁은 델 쑤시고 나오자니까 찢어진 데서 피가 묻은 게 아뇨?"
 하면서 불끈 화를 내는 소리도 들렸다.
 아기 얼굴의 노랗던 황달기운은 다행히 점차 엷어져 갔다. 그러나 설희 엄마의 부기는 아기를 낳고도 빠지질 않았다. 배도 여전히 불러 보였다. 예전에 아름답던 설희 엄마의 모습은 부기 속에 묻힌 채 좀체 다시 선명하게 떠오르지 않았다. 무언지는 모르지만 몸 속의 순환들이 제대로 되지 않는 것 같았다. 잘 빠져나가지 못하는 물이 고여 썩듯이, 그리고 그 안의 다른 물체들도 뿌연 물 속에서 부패해 가듯이 그녀 안의 구조가 지금 그렇게 되어있는 것 같았다. 소화도 안되고 소변도 쑥쑥 나오지 않고 변을 보긴 보면서도 변비가 몹시 심해서 고통스럽다고 하소연하였다. 큰 병원엘 가볼까, 그래보다가, 이러다 괜찮겠지, 하며 그녀는 주저앉곤 하였다.
 그녀가 다니던 목교 근처의 의원의 말은 그녀의 간도

나쁘고 신장도 나쁘고 위장도 나쁘고 온 군데가 다 나쁜 것 같으니까 큰 병원에 가서 입원을 하여 종합진단을 한번 받아봐야 한다는 것이었다. 그러나 그 큰 병원에 가서 종합진단을 받아야 하는 일이 이만저만 큰마음을 먹어야 하는 일이 아니었다. 설희 엄마에 대한 아버지의 정성도 예전 같지가 않았다.

그리고 그런 큰 돈을 선뜻 내놓기엔 아버지의 형편이 너무 어려웠다. 처음엔 꽤 잘 되던 가게도 피난민들이 빠져나가면서 손님이 없어져서 썰렁했다. 게다가 아버지에겐 이상한 습벽이 있었는데, 돈이 좀 고이면 그 돈에다 빚을 얹어서 그 합한 돈으로 어딘가에 땅이나 집을 사두는 것이었다. 말하자면 남의 돈을 빌려서 땅을 사놓는 것이었다. 전에 서울 살 때도 그랬다는데 D시에 와서도 또 그랬다. 서울 살 때도 신부님 돈을 빌려서 땅을 사놓고는 튀었는데 이번에도 또 그럴 작정인 모양이었다. 갚으려고 빌린 돈이 아닌 것이었다. 장사를 걷어 치고 튀면 고스란히 땅이 아버지의 것이 되고 마는 것이다. 그 계산을 아버지 안에선 이미 하고 있었을 것이었다. 그나마 거기서 번 돈은 어딘가의 땅을 사는 데 이미 몽땅 갖다 부어 버렸으므로 아버지의 주머니는 마를 때로 말라있었을 게 틀림없었다. 장사도 변변치를 않아서 형과 내가 하루하루 벌어오는 몇 푼이 일용할 양식으로 유용하게 쓰여지고 있었다.

그러나 우리의 벌이도 예전 같지가 못했다. 피난민들

은 아버지나 우리들에게 소중한 고객들이었는데 우리들의 매장에서 그들이 사라져가고 있는 것이었다. 그런 판이었으므로 설희 엄마를 큰 병원에 데리고 가서 종합 진단을 받아보게 한다는 것은 아버지로선 분에 넘친 일이었다. 설희 엄마 자신도 형편이 그랬으므로 하루하루 견디며 참아보려 하였다. 당장 못 견디게 아픈 것은 아니었다. 큰 병원행을 미루고 대신 설희 엄마는 가게에 들리는 사람들의 입길에서 우연히 떨어지는, 이런 저런 게 설희 엄마 같은 병증세엔 좋다는 소리를 줏어 듣고, 손안에 쥔 작은 돈으로 살 수 있는, 소위 사약이라고 불리우는 것들을 이것저것 사들여서 어떤 건 먹지도 않고 버렸다.

"우리 훈이 때문에 내가 살아야 할텐데, 우리 훈이 때문에 내가 꼭 살아야 할텐데."

설희 엄마는 철근덩어리처럼 무겁게 매달려있는 병으로부터 아무리 빠져 나오려고 애써도 잘 빠져 나올 수가 없자 자꾸만 그렇게 되뇌었다. 훈이는 그녀가 아이에게 붙여준 이름이었다. 현이, 준이,──그리고 훈이. 아버지가 낳은 세 아들의 이름은 이러하였다. 나는 둘째였다.

훈이는 얼굴에서 노란기를 벗어버린 뒤 별 탈없이 하루하루가 다르게 부쩍부쩍 잘 자랐다. 설희 때는 그렇게 젖이 많아 짜버렸다는데, 순환기의 고장이 생긴 결과인지 설희 엄마에게서 젖이 잘 나오지를 않아 훈이에겐 미음을 먹이거나 간혹 미군 PX에서 나오는 그 귀한 분유를 사서 먹이거나 하였다. 젖이 부족하고 우유도 제대로 먹이지 못하는데도 어느 새 훈이의 앞 잇몸을 뚫고 앞니 두 개가 빼꼼히 나와서 헤헤 웃을 때마다 붉그레한 입술사이로 하얗게 보이는 게 되게 재미있고 귀여워 보였다. 형이나 내가 나타나면 훈이는 반갑다고 두 손을 짝짝 때리며 펄쩍 펄쩍 뛰었다.

설희 엄마는 아주 몸져누워 꼼짝을 못하지는 않고 시름시름 하면서도 이일 저 일로 움직여야만 했는데 숨이 차고 몹시 피곤해 했다. 설희 엄마가 일을 할 때면 우리들 중의 하나가 아이를 업고 기와공장 마당이며 천막수용소가 있던 자리이며 헤매고 다녔다. 그래서 아이는 우리 등에 업히라고 하면 몹시 좋아했다. 이제 어두컴컴한 방안을 벗어나 환한 넓은 밖으로 나간다는 것을 아이는 알고 있었기 때문이었다. 등뒤에 업혀서 아이는 이것저것 눈에 띄는 신기한 것들을 향하여 소리를 지르고 손가락질을 하며 좋아서 펄쩍펄쩍 뛰었다. 그럴 때마다 나는 양동이 안의 산 생선이 그러다 양동이 밖으로 뛰어나가듯이 내 등뒤에 묶여 있는 아이가 띠를 벗어나 밖으로 떨어질까 봐 조마조마 했다. 아이는 정말 아무것도 모르는 것 같았다. 제가 어디에서 났는지도 그리고 제가 앞으로 어떻게 살아야 하는지도. 그렇게 아무 것도 모르는 아이를 나는 도저히 미워할 수가 없었다. 업고 다니면서도 나는 그렇게 좋아하는 아이가 늘 불쌍하기만 했었다.
　피난 초등학교는 드디어 철거되고 남아있던 얼마 안 되는 아이들은 원주민 아이들이 다니는 삼성 초등학교로 합병되었다. 나는 거기서 한회규 선생님을 만났다.

제11장

 형의 중학교 진학은 아무도 강력히 독려해주는 사람이 없었다. 서울로 올라간 작은아버지로부터 단 한 장의 편지가 아버지한테로 왔는데 간단한 인사말이 있고 나서 형의 중학교 진학에 관하여 써 있었다. 사서 숨겨놓은 땅을 팔아서라도 형을 중학교에 보내야만 한다는 글의 내용이었다. 나는 아버지가 읽고 방바닥에 던져버린 작은아버지의 편지를 주워서 읽어보았는데 그런 내용의 글이었다.
 서울이라는 주소가 너무 그리운 곳이어서 나는 얼른 그 편지의 겉봉을 가져다 내 소지품 속에 감추어두었다. 수지가 있는 곳이기 때문이었다. 나는 서울에 갈 수 있는 기회만 노리고 있었다.
 몸은 거기 있었지만 마음은 다 서울에 가있었다. 서울의 하늘, 서울의 땅, 서울의 골목들, 서울의 학교, 서울의 건물들——시청, 중앙청, 남대문, 동대문, 광화문——이런 사진들을 어디서 만날 때마다 나는 그 앞에 서서 한참씩 바라보곤 했다. 그 안 어딘가에 수지가 살고 있으리라는 생각을 하면 그 모든 곳이 그윽한 숲 속처럼 느껴졌다.

  작은아버지네가 있다는 사실도 또한 나에게 서울을 그립게 만드는 이유들 중의 하나였다. 비록 D시에 같이 있었을 때 자주 오고가지는 못했지만 그들에 대한 나의 의탁의 마음은 이 세상에 있는 어떤 사람에게보다도 큰 것이었다. 내가 그 집에 가서 순희가 죽었다는 소식을 전했을 때도 작은아버지와 작은엄마는 너무 불쌍하다면서 큰 소리로 한바탕 나와 함께 울어주어서 나를 후련하게 해 주었다. 아버지는 그렇게 나와 함께 울어주지 않았었다. 내가 서울에 올라갈 계획을 세울 때도 내 계획표의 제일선은 언제나 작은아버지에게로 간다는 것이었다.

  서울로 다시 올라간다고 인사차, 우리 집에 들렸을 때 나는 돌아가는 작은아버지네 식구들을 쫓아가, 나두 서울로 올라갈 거예요, 라고 울먹울먹 하면서 말했었다. 그런 내 말에 작은아버지는 선뜻, 그래 그래, 올라와라 라고 빈소리인지, 진실인지, 그렇게 말하며 나의 어깨를 두드려줬지만 작은어머니는 어정쩡한 얼굴로 거기에 대한 답변을 참고 있었다. 작은아버지처럼 작은엄마도 말해주지 않은 게 나는 서운했었지만 이해하려고 애썼다. 그들에겐 아이들이 이미 넷이라는 것과 초등학교 교사봉급이 많지 않다는 것도 나는 알고 있었다.

  형은 작은아버지네 식구들과 나처럼 시골에서 미리

친해놓지를 않았기 때문에 그들에 대하여 특별한 정이 없었다. 건성으로 인사나 하고 곧 그들 앞에서 사라지려 했었다. 형은 누구하고도 친하게 지내는 사람이 없었다. 지금 돌아보면 형은 나보다 더 외로웠을지도 모른다.

 잘은 모르지만 나에게처럼 형에겐 덕이나 수지 같은 아이도 없었고 나보다 더 아버지나 설희 엄마를 미워하고 있었으므로 형의 내심 안에 깊어진 증오의 골로 인하여 더욱 더 그들로부터 자신을 외롭게 느껴야만 했을 것이었다. 형 안에 패어져있는 그 증오의 골은 비단 설희 엄마나 아버지뿐만 아니라 그들이 낳아놓은 훈이, 그 외에 그들과 관계없는 다른 사람들에까지 미쳐가고 있었다.

 사랑이 연쇄의 고리를 가지고 있듯이 미움도 연쇄의 고리를 가지고 있기 때문이다. 우리 마음이 진실로 누군가를 사랑하기 시작하면 그 누군가뿐 아니라 그 누군가와 관계되어 있는 다른 이들까지 사랑하게 되듯이 우리의 마음이 누군가를 지독히 미워하기 시작하면 그 누군가와 관계되어 있는 사람들과 그뿐 아니라 심지어는 온 세상 모두가 미워질 수가 있는 것이다. 증오의 연쇄작용은 사랑의 연쇄작용보다 더 쉽게 불이 붙어갈 수 있는 것인지도 모른다.

 형에게 엄마의 죽음이 더 못 견디게 사무쳤던 이유는 엄마가 나보다 형을 많이는 아니어도 얼마큼은 더 사랑해 주었었기 때문일 것이다. 그리고 그곳은 세상에서 형이 나보다 더 사랑 받을 수 있었던 유일한 곳이었다. 엄마는 비록 패배자로서 갔지만 형의 증오감을 통하여 설희 엄마에 대한 자신의 복수를 하고 있었던 셈이었다. 형의 책상 위엔 언제부터인가 모르게 송곳으로 찍힌 자리가 늘어가기 시작했는데 그것은 다른 곳으로는 분출할 수 없었던 형의 분노가 남긴 자국들이었다.

화가 나면 형은, 어휴, 어휴 하면서 송곳을 가지고 자기 책상 위를 찍어대곤 했었다. 뒤에서는 그러면서도 형은 나보다 더 아버지를 무서워했기 때문에, 아버지에게 한번도 대들지 않고 시키는대로 했기 때문에 아버지는 형에게 더 많은 일을 시키려 했었다.

또 한편으로 아버지는 형을 나보다 더 무시하고 깔보는 경향이 있었다. 아버지가 형을 대하는 태도와 나를 대하는 태도를 비교해 볼 때 내 눈에 그것이 보이는 것이었다. 나는 언제나 서울로 뛴다, 라는 생각을 마음속에 품고 있었으므로, 아버지에게 형처럼 고분고분하게 굴지는 않았었다.

그러나 아이는 내가 더 많이 업어주었다. 설희 엄마가 나를 불러서 아이를 맡기고 싶어했기 때문이었다. 설희 엄마는 우리 둘이 다 자기를 싫어하고 미워하고 있다는 것을 알고 있었지만 형보다는 내가 덜 하다고 느꼈었는지 모른다. 우리 두 형제 모두가 아버지의 사랑을 거부하고 있다는 것을 알고 있었기 때문에 설희 엄마는 흔히 전실자식들에 대해 가질 수 있는 질투심 같은 것은 우리들에게 보이지 않았었다. 다만 자기에 대한 우리들의 반감을 자기들의 엄마를 죽인 원수에 대한 것이라고 그녀 나름대로 풀이하고 있었다. 형은 그녀 생각대로 일지 모르지만 그녀의 그런 풀이에 대하여 내 안에서는 묵묵히 받아들여주지 않으려는 것들이 있었다.

 아버지는 형의 진학에 대한 작은아버지의 충고를 받아들이지 않았다. 작은아버지는 이미 서울로 떠나 버렸고 아버지에 대해 지금은 도움도 줄 수 없는 존재라고 여겨지고 있었으므로 더 이상의 아버지의 감독관 노릇을 할 수 없었는지 모른다. 형 자신도 중학교에 진학하기를 굳이 고집하지 않았다. 형의 소원은 빨리 돈을 벌어 아버지와 간신으로부터 떨어져 나가는 것이었다. 복수는 어떤 방법으로 할까,——여러 가지 방법이 형의 마음속에서 궁리되고 있었다. 초등학교를 졸업하고 형은 중학교 입학시험을 남들처럼 치루었지만 떨어졌고, 이차도 또 떨어졌다. 진학할 생각으로 마음먹고 열심히 공부를 안 했기 때문에 그것은 당연한 결과였다. 그리고 형에겐 집중적으로 공부할 시간도 없었다. 하루하루 주어지고 있는 그날의 일과만으로도 형에겐 벅찼었다. 형은 삼차로 아주 후진 학교로 입시원서를 넣고 또 시험을 보았다. 외곽지 벌판에 학교 건물 한 동만 겨우 서있고 체육관이며 강당 같은 것도 없는, 형편없는 시설에다 이름도 없는 학교인데 형은 거기엔 붙었다. 붙고 자시고 할 것도 없었다. 학교측에서 학생들을 구하러 나가야할 형편이었으니까. 입시생 전원이 합격되고도 보결생을 따로 구해야 할 정도였다. 공업기술학교였다.

아버지는 그 변변치 않은 모습을 보고 나서,
"야 이 새꺄, 그런 똥통 학교를 다녀서 뭘 해?"
라고 형에게 무안을 주었다. 형 스스로도 가고 싶은 생각이 없었으면서도 아버지가 이렇게 말한 데 대하여 형은 훗날 거기에 대한 원한을 가지고 있었다. 사실 아버지가 이때 가라고 밀었으면 형은 갔었을 것이었다. 그랬다면 형의 앞날은 달라졌을 것이다. 나중에 이 학교가 시설을 점점 갖추고 학생들도 많아져 비록 아주 명문은 아니었지만 꽤 괜찮은 학교로 학생들 속에서 부상되었을 때 형은 이 학교를 가지 못했던 걸 늘 분해했다. 이 학교에서만은 형을 받아주겠다고 하였으니까.

그러나 형에게는 그 뒤에도 기회는 많았다. 문제는 그 당시 형 안에 중학교에 진학할 의욕이 별로 없었다는 점이었다. 공부보다도 더 빨리 아버지로부터 독립해서 살 수 있는 다른 길을 형은 조급히 원하고 있었다. 형은 집에서 몹시 나가고 싶어했었다. 그것은 나 역시 마찬가지였다.

지금 뒤돌아보면 우리들이 그런 **가출** 욕망은 다만 집으로부터의 탈출만이 아니고 인생 자체로부터의 탈출을 원하고 있던 내면의 작은 반사였는지 모른다. 우리들은 힘들었고, 앞날도 몹시 불투명해 보였을 때였으므로.

초등학교를 졸업하고 형은 거의 일년간 어정거리다가 결국은 누군가의 소개로 빵집의 보조(시다)로 취직되었다. 몇 년 기술을 배워서 일류 빵 기술자가 되면 빵집을 경영하겠다는 것이 형의 계획이며 포부였다. 쥐꼬리만큼 받는 월급에서 형은 일부를 저축하고 일부만 아버지에게 갖다 주었다. 그래도 그것이 시들어가고 있던 구두닦이며 성냥팔이보다는 더 많은 돈을 아버지에게 가져다주는 일이 되었으므로, 그리고 앞으로 월급이 점점 더 많아지면서 아버지에게 가져다 줄 액수가 불어날 전망이었으므로 형을 대하는 아버지의 태도가 벌컥벌컥 화를 잘 내던 때보다는 훨씬 좋아졌다.

아버지는 나에게도 진학을 포기하고 공장에 들어가서 돈을 받아가면서 기술을 배우는 길을 택해 주었으면 하고 바래는 눈치가 역력했다. 형도 이점에서만은 아버지와 한편이 되어 나에게 그 쪽으로 바람을 집어넣고 있었다. 자기처럼 나도 되라는 것이었다.

형이 다니고 있던 직장인 몽블랑이라는 당시의 빵집은 D시 중심가에 있던 꽤 잘 되던 집이었는데 형은 그곳 기술자가 한달 월급으로 얼마를 받고 있다면서 몹시 부러워하고 있었다. 자기도 몇 년만 잘하면, 그런 기술자가 될 것이며, 그때엔 방을 하나 얻어 자립하여, 스스로 생활하면서 아버지에게 일 푼도 주지 않고 모두 저축을 하겠다고 형은 나에게 말하곤 하였다.
 나에게도 빨리 큰돈을 만지고 싶은 욕망과 집에서 한 시바삐 나가 살고 싶은 생각이 가득했으므로 형의 그런 얘기들에 솔깃했었다. 만일 한희규 선생님이 아니었다면 나도 어쩌면 그쪽으로 가고 말았을지도 모른다. 나의 육학년 담임 선생님이었던 한희규 선생님은 흰 얼굴에 무테안경이었던지, 가는 금속 테 안경이었는지——그런 안경을 쓰고 있었는데 내 안에 가지고 있던 의사 이미지와 많이 일치하는 분위기였다. 의사를 많이 본적도 없었고 또한 의사가 그렇게 생겨야 한다고 생각할 근거도 없이 내가 가지고 있던 의사에 대한 이미지가 있었는데 한희규 선생님은 바로 거기에 부합되는 사람이었다.
 가설 피난 초등학교 건물이 철거되고 그곳 원주민 학교인 삼성 초등학교와 합병되고 얼마 있다가 나는 육학년으로 올라갔는데 그는 나의 담임으로 내 앞에 나타났다. 그의 그 인상이 나의 마음에 들었다. 나뿐만 아니고 나와 같은 반이 되었던 다른 아이들의 의견도 대체적으로 담임 선생님이 그들 마음에 든다는 것이었다.
 그러나 나는 그의 눈에 들 짓을 할 수가 없었다. 설희 엄마의 건강이 좋지 않았으므로 나는 자주 결석을 했었다. 방과후에 또 나가서 돈을 버는 일은 흐지부지 되었지만 가게 일이 점차 나에게 맡겨져 가고 있었다. 잘 되지도 않은 가게지만 가게를 닫을 수도 없는 입장

이었다. 훈이도 방안에만 갇혀있지 않고 자꾸만 밖으로
나오려고 해서 돌보기가 전보다 더 힘들게 되어있었다.
툇마루에서 가겟 바닥까지는 상당한 높이였는데 방에서
기어 나오면 곧 좁은 툇마루였다. 거기서 두번이나 떨
어지고도 아이는 잠시라도 어른들이 눈만 돌리면 어느
새 가차없이 그리로 기어 나왔다. 뒤뚱뒤뚱 걸어나오기
도 했다.

　특히 그리로 나오면 못나오게 사람들이 붙잡고 막으
니까 아이는 더욱 더 기회를 엿보고 있다가 사람들의
눈길이 다른 데 가 있는 빈틈이 생길 때면 이때다 하고
달려나와 벼랑을 향해 뛰는 듯한 아이의 그 재빠른 내
달림이 보는 이의 간담을 서늘케 했었다. 아이가 한번
씩 그럴 때마다 떨어지기 직전의 그 아슬아슬한 순간에
아이를 붙잡으면서 어른들의 마음이 한번씩 아찔 하는
것은 십년감수란 표현이 딱 맞았다. 오며가며 가게에
들리는 단골 손님들이 워낙 우리의 사정이 딱한 것을
보고 잠시 가게에 머물며 물건도 팔아주고 아이도 보아
주곤 하였었다. 사람들의 잠시의 그 호의는 아주 없는
것보다는 나았지만 우리들에겐 크게 도움은 되지 않았
다.

　내가 학교에 가면 설희 엄마는 눈이 **빠**지게 내가 학
교에서 돌아올 때만 기다렸다. 내가 돌아와 보면 아이
가 방에 갇혀 울고 있는 때도 있었다. 그들에게 내가
얼마나 반가운 존재였을 지는 짐작이 갈 만한 일인 것

이다.

 아버지는 아침 일찍 간신히 물건 몇 개만 떼어다 놓고 계속 밖으로만 나돌았다. 핑계는 여기서의 이 가게는 이미 희망이 없으니까 다른 장사를 시작해 보겠다는 것이었다. 나가서 무슨 장사를 시작해야 전망이 좋을지 그것도 알아보고 장사가 잘 될만한 가게자리도 여기저기 다니면서 찾아보고 또 돈이 얼마나 드는지 그 장사 밑천에 드는 액수도 알아보고 거기에 대한 대책도 세워보고,——아버지가 열거하는 이유들은 모두가 타당했다. 그러나 나는 벌써 그런 것들만이 아버지의 이유가 아닐 것이라는 사실을 재빠르게 눈치채고 있었다.

 솔직히 말하자면 그때에 이르러서는 설희 엄마의 되어져 있는 모습은 죽은 우리 엄마의 수준도 못되었다. 비록 한창 때의 설희 엄마에겐 비길 수가 없었지만 우리 엄마도 이미 말했듯이 꽤 반반하고 삼삼했던 편이었다. 특히 허리가 버들가지 같았었다. 결코 볼품없었던 여자가 아니었다. 우리들 삼 남매의 생김새가 모두 반반하고 어디 가든 빠지지 않고 오히려 유독하게 남들의 눈에 띄고 말았던 이유에 대해서도 사람들은 흔히 너희 엄마 아버지 닮아서라고 말하곤 했었다.

 엄마는 키가 크고 남의 눈에 확 뜨이게 잘 생기지는 못했었지만 여자답고 예쁘장했었다. 앞서 서술했듯이 내 얼굴이 약간 곱살하고 아버지보다 덜 선이 굵게 보이는 이유가 엄마 쪽의 섬세함을 겸해 닮았기 때문이라고 보는 사람들마다 한결같이 말하곤 했었다. 보통 사람의 모든 눈에 엄마는 못생기던 편이 아니었다. 다만 약을 먹고 뛸 때의 흉칙함과 마치 길길이 뛰던 개가 **쾩** 하고 쓰러질 때와 같던 그 최후의 모습만 제외하고 대체적으로 생전의 엄마의 모습은 예쁜 편이었었다. 내 **추측으로는** 설희 엄마의 몸이 팅팅 붓고 부패되어 가는 고깃살처럼 되어가면서 아버지가 우리 엄마에 대한 생각을 많이 했으리라는 것이다. 거기에 대해서는 확실히 모르지만, 아버지가 점차 설희 엄마에 대하여 입맛이 떨어져가고 있다는 사실은 그때 접해보던 아버지의 표색에서 내가 확실히 짚어가고 있던 일이었다. 훈이를 임신하고 배가 불러오면서부터, 그리고 그 이후 계속 설희 엄마가 아버지가 원하는 모습으로 돌아오지 않고 그 조짐이 길어질 징후가 보이자 아버지는 설희 엄마에게서 점차 고개를 돌리고 있었다. 그것은 눈치로도 알 수 있는 일이었다.

내 짐작으로는 아버지에겐 벌써 그때 딴 여자가 생겨 있었다. 설희 엄마가 낳은 아이에겐 우리 때보다도 더욱 관심이 없어 보였다. 그 아이 때문에 설희 엄마가 망쳐지고 말았다는 생각이 날이 갈수록 더해 가는지 아이에 대한 아버지의 태도도 날이 갈수록 더 통명스러워져 가고 있었다. 어쩌다 아이가 아버지가 먹고있는 밥상을 집고 일어서려고 하다가 둘러엎는 경우가 생겼을 때 아이에게 불같이 **화를** 내는 아버지의 모습은 어린애에 대한 것으로는 너무 지나쳤었다. 비록 아버지가 아무리 원래 그런 사람이라는 걸 알고 있었고 또 아이가 저질러 놓은 일이 사람을 참 화나게 할 수 있는 일이라는 것을 인정한다 하여도 그럴 때의 아버지를 보면 나에겐, 저이가 과연 사람일까, 라는 생각이 일어나곤 하였었다.

 처음 임신이 되었을 때는 설희 엄마에 대한 아버지의 욕기가 왕성했던 때이므로, 비위를 맞추어 주기 위하여 그녀의 임신을 기뻐하는 척 하며, 다른 남편들이 자기 아이를 임신한 사랑하는 아내에게 하듯이 그 흉내를 내어보려 했던 아버지였지만 점차 설희 엄마한테 대해 그래야 할 이유가 아버지 안에서 사라져 가고 있었다. 그것을 눈치 못챌 설희 엄마가 아니었다. 아이에 대한 아버지의 무정한 태도에 대하여 그녀는 항의하고 싸움도 여러 차례 하였다. 한번씩 아버지가 아이한테 그렇게 한번 잘못 할 때마다 설희 엄마는 훈이를 안고 훌쩍훌쩍 울었다.

 "내가 병만 나으면 훈이 데리고 따로 나가 혼자 살란다. 느이 아버지는 이 애가 싫은가 보다."

 그러다가도 또 금방 설희 엄마는 "그렇지만 준이야, 내가 니 아버지 맘도 이해는 해야 된다. 가게도 잘 안 되구, 나가서 돌아다녀 봐도 일도 잘 안 되구, 이래저래 속만 상하니까, 화풀이 할 때라곤 훈이하고 나밖에 더 있겠니?" 하며 바꾸어 말하곤 하였었다.

훈이에 대한 설희 엄마의 애정은 지극했다.
"봐라, 준이야, 이 입매며 눈 있는 데가 꼭 너 닮았지? 내가 원하던 대로 된 거야."
그러나 누가 봐도 훈이는 아버지의 복사판이었다. 나는 그렇게는 아버지와 똑같지 않았다.
그렇게 말은 하지만 설희 엄마에게는 나 닮은 아이보다 아버지의 복사판인 아들이 더 좋았을 것은 두말할 나위도 없다. 내 모습 안엔 우리 엄마의 모습이 들어가 있었으니까, 그것이 설희 엄마의 눈에도 보였을 것이다. 내 안에 있는 엄마의 모습이 그녀에겐 싫었을 것이다. 그것은 원수라고 생각하기 이전의 피할 수 없는 반감인 것이다.
또 한편으로는 그녀는 엄마보다 자기가 더 나으니까 나보다 더 잘난 아들이 자기한테서 빠져 나오리라는 기대를 하고 아버지에게 나보다 더 잘난 아들을 낳아 바치고 싶은 야망도 안에 가지고 있었을 것이다.
진짜로 훈이는 잘났었다. 허여멀건한 게, 눈이며 입이며 코이며, 나무랄 데 없이 그림 같았다. 세상의 때 (the filth of the world)에 절어가던 형이나 나보다 갓 태어난 그 놈은 신삥 이니까 **훨씬 때깔이 좋았었다**. 아버지의 복사판처럼 보이는 것은 그 생김새지, 신선도로 치면 아버지와 그 애는 비교도 안되었다. 그래도 나는 그 애를 보면 불쌍하기만 했었다.
훈이를 바라보면서 그때 늘 내 가슴이 터질 듯 했던

의문 한가지가 있었다. 왜 신은 아버지같은 더러운 피의 몸 속에서 이런 아이가 태어나도록 하고 계신지, 왜 창조주께서는 선하고 복된 자리에만 아이들을 주시지 않으시고, 우리 아버지와 설희 엄마처럼 악하고 더러운 사이에서조차 아이를 태어나게 하시는지, 신(神)이 주시지 않는 생명이 어떻게 이 세상에 태어날 수 있겠는가, 훈이가 태어난 것도 신(神)이 하신 일임에 틀림없을 것이었다.

그러나 나의 눈엔 그 애가 불행해질 것은 불을 보듯 뻔한 일이었으며, 벌써부터 나의 눈앞에서 그 애는 가엾어지고 있었다.

철저하게 그 애는 죄악의 결과이다. 전형적인 죄악의 열매인 것이다. 그러나 죄악 속의 열매가 들게 하시는 이는 누구인가, 신 자신이 아니신가, 신께서 왜 그런 죄악 안에서도 열매를 맺게 하고 계신지, 나는 몹시 겁이 많은 자로서 감히 강대하신 신에게 대항하고 싶어하지는 않는다. 신이란 존재에 대한 일반적 개념이 완전하시다, 란 것이고 나 역시 그것만은 알고 있다. 그러나 신이 하시고 있는 일들 가운데 내가 이해할 수 없는 일들이 너무 많다. 어떻게 완전하신 신이 이런 일을 하실 수 있을까, 어떻게 선하신 분이 이런 일을 하실 수 있을까, 훈이의 출생도 나에겐 그런 회의를 갖게 하던 일들 가운데 하나였다. 훈이 뿐만 아니라 아버지에게서 태어난 모든 아이들에 대하여 나는 다 마찬가지의 생각을 가지고 있었다.
 자라면서 보고 있던, 내 눈에 비쳤던 아버지는 나쁜 사람이었었다. 철저한 악인이었었다.
 아버지가 다른 사람들을 죽이지 못한 것은, 법이 무서워서이고, 자기가 잡혀들어 갈까봐 그것을 두려워해서이지, 죽일 수 없어서가 아닐 것이었다. 사실 아버지는 살인자였었다. 그런 아버지의 더럽고 악한 피에서 왜 우리들을 태어나게 하셨는지, 무엇 때문에 그런 자에게 그가 원하지도 않는 자식을 딸리게 하셨는지, 나는 우리들이 아버지의 희생자들이라고 생각하고 있었다.
 신을 향한 나의 그런 의문은 어릴 때부터 꾸준히 내 안에 있으면서 때때로 나의 가슴을 안타까움으로 찢어놓곤 하였었다. 도저히 알 수가 없는 일인 것이다. 그런 나의 안타까운 의문은 인간이 얼마나 자유의지(自由意志)적 주체이며, 환경에 가장 지배를 당할 수 있는 존재이면서도 동시에 가장 환경에 지배를 안 당할 수도 있는 존재라는 사실을 내가 깨달을 수 있을 때까지 내 안에서 꾸준히 계속되었었다. 신은 우리에게 무기 없이 전쟁터에 내 보내듯 그렇게 세상에 내 보내지 않고 자유의지라는 참으로 굉장한 무기를 주시어 내 보내시고 계신 것이다. 이 자유의지 안에 만능의 힘이 감추어져 있는 것이다. 그리고 인간은 영원히 자유의지의 주체인 것이다. 어떤 자리에서 태어나든, 좋은 자리에서 태어나든, 나쁜 자리에서 태어나든, 선한 자리에서 태어나든, 악한 자리에서 태어나든 인간이 제 스스로 자기 인생을 이끌어가야한다는 점에서는 그들 모두가 일치하는 것이다. 이 안에 불평등이란 없는 것이다. 하늘의 은총과 복이 이 사람에겐 내리고 저 사람에겐 안 내리고 하는 듯이 보이지만 하늘의 은총과 복도 선한 의지와 동행하는 사람들에게만 주어지는 것이므로 결국 이것도 우리 자신의 자유의지의 결과인 것이다.

하늘은 스스로 돕는 자를 돕는다 라는 말도 있다. 눈앞의 이득과 쾌락을 쫓아 악한 의지로 자기 길을 가는 사람들에겐 이들대로 자기들이 행한 대로의 되갚음을 당할 것이었다. 어디에서 태어나건 우리가 어디에 있건,——우리 인생은 전적으로 우리자신의 책임 하에 있으므로 왜 나를 이런 곳에 태어나게 했는가에 대한 부르짖음은 무위의 헛짓이다. 좋은 자리에서 태어난 사람들이 멸망하는 모습도 우리는 얼마든지 보고 있으니까. 아담과 이브는 낙원에서 태어나 가장 축복 받았던 존재들이었지만 그들의 자유의지로서 저주받은 존재들로 전락했었다. 그러나 그들의 저주받은 몸에서 태어난 자식일지라도 아벨은 의인이 될 수 있었다. 우리가 어떻게 되어지느냐 하는 것은 철저하게 우리 자유의지의 결과이며 자유의지가 우리의 소유인 한 누구의 몸에서 태어나든 어떤 환경에 종속되어 있건 상관없이 우리는 억압된 존재일 수 없으며 자유인인 것이다. 그만큼 우리 인생에 대한 책임도 우리 스스로 져야 하고 거기에 대한 심판도 우리 스스로가 당해야 함도 당연한 일이다. 그리고 그런 심판이 존재하지 않는다면 인간만이 가지고 있는 고유한 자유 의지의 가치도 없을 것이다. 우리가 무엇을 선택했느냐에 따라 그 결과가 엄청나게 달라짐으로 해서 선택의 주체가 되어주는 우리의 자유의지의 가치도 빛나는 것이다.

설희 엄마의 경우는 어린 나도 알아볼 수 있을 정도의 너무나도 어리석은 선택의 예였었다. 이미 그녀 자신도 후회하고 있었지만 그러나, 그녀가 정의께 갚아야 할 빚이 너무 많았던 것 같다. 그녀 자신도 그것을 느끼고 있었다. 그녀는 거기에서 몹시 벗어나고 싶어하였지만 정의는 그녀의 발목을 잡고 놓아주지 않았다.

아버지에게 다른 여자가 생겼다는 의심이 점차 그녀에게도 가기 시작하는 것 같았다. 밖으로 나돈 지는 오래되었지만 아버지가 외박을 하기 시작한 것은 나돌고도 한참 뒤였다. 그리고는 설희 엄마 곁에 잘 가지를 않는 모양이었다.

"니 아버지한테 딴 여자가 생겼다, 분명 생겼다, 하루도 여자 없이 못사는 사람인데 벌써 한 달이나 내 옆에 오지 않는다."

그렇게 몸이 시원치 않은 중에도 계속 아버지가 그녀 곁에 갔었던가 보았다. 그동안 아버지가 예전과 같은 열성으로 자길 대해주지 않는다는 걸 알면서도 설희 엄마는 그래도 가끔씩은 자기 곁에 오고 또 버림받은 여자로 전락되는 자기자신을 빨리 받아들이기가 싫어 되도록 좋은 쪽으로, 이를테면 내 몸이 이러니까 아껴주는 것이겠지, 밖의 일이 잘 안되니까 심란해서 이겠지, 라고 생각하려 했었던 것 같다.

아버지의 인간됨됨이로 봐서 설희 엄마가 앙앙거리는 게 듣기 싫어 설희 엄마에게 그런 거짓말을 하고 있을 수도 있었다. 문제는 그녀가 아버지를 믿을 수 있었다는 데 있었다.

그때까지도 설희 엄마는 아버지라는 사람을 잘 몰랐던 것 같다. 자기에게 미쳐서 잠깐 눈이 뒤집혔을 뿐이지 원래는 순진한 사람으로 생각하고 있었던 모양이다. 아버지에겐 사기를 칠 때에도 그렇고 여자를 후릴 때에도 그렇고, 믿게 만드는 기술이 있었다. 우리 엄마도 거기에 속았고 설희 엄마도 거기에 속았다.

아버지가 바람이 난 걸 눈치채고 설희 엄마는 속에 불이 나서 아버지에 대한 많은 푸념을 터트리곤 하였는데 상대해주는 사람이 없었으므로 가게를 보고 있는 나에게 했었다.

"니 아버지가 이렇게 날 배신할 줄 알았으면 내가 그 이정재씨를 따라갈 것 그랬다. 너 이정재씨 알지? 기와 공장에서 일하던 젊은 남자, 우리 가게에 자주 오던, 내가 언젠가 그 사람과 가게에 앉아서 정답게 이 얘기하다가 되게 맞은 적 있잖아, 그때 니가 사온 약으로

니 아버지가 나한테 발라주고 했잖니?, 그 이정재씨가 날 첫날보고 담박에 반해서 죽기살기 달려들었던 거 모르지? 당신처럼 이쁘고 젊은 여자가 무엇 때문에 아버지뻘이나 되는 남자하고 전실 자식들까지 붙어있는 이런 데서 살고 있느냐고, 자기랑 둘이 멀리 도망가서 살자는 거야, 그래서 내가, 당신 그런 말 하다가 내가 우리 주인한테 그 말 전해서 맞아죽으면 어떻게 할려구 그러느냐고 했더니, 맞아 죽어도 좋다면서 나한테 목숨 내걸고 달라붙어 애걸복걸했었다. 그래도 나는 허락 안 했었다. 결국 그 사람 기와공장 그만두고 딴 데로 갔잖니? 날 바로 앞에 두고 매일 보기가 괴롭다면서,……니 아버지 냄새맡는 덴 사냥개 이상 간다, 이정재씨가 자주 드나드는 게 무엇 때문인지 당장 알아채고, 그때 나 때리는 것 봐라, 때리고 나서 약 발라주면서 나보고 뭐랬는지 아니? 만일 내가 어떤 남자하고 도망가면 가게고 뭐고 걷어 치고 보따리 해서 짊어지고 방방곡곡 뒤져서 날 찾아내 가지고, 나도 죽이고 자기도 죽겠다고 으름장을 놓았었다. 그리고 그 큰 남자가 내 가슴에 얼굴을 파묻고 엉엉 우는 거야. 니 아부지 우는 것 너 못 봤지? 난 니 아부지 우는 것 여러번 봤다. 시골에서 나 혼자 있는 방에 들어와 못할 짓 해놓고도 날 붙잡고 니 아부지 엉엉 울었었다. 설희 엄마가 너무 좋아서 못 견디겠다는 거야. 내가 시키는 대로 무슨 짓이든 다 할테니 자기하고 살자는 거야. 자기하고 살자는 게 아니고 자길 살려달라는 거야. 그때 니 아부지 나한테 받친 충성 무쇠가 다 녹을 거다. 그랬다가 나를 배신해?"

나는 그때서야 아버지가 그렇게 설희 엄마 앞에서 여러번 울었었다는 사실을 처음 들었었다. 아버지는 남들에게 거짓말을 할 때에도 그렇게 울었었다. 윤씨 할아버지네 집에 순희를 맡기러 갔을 때에도 아버지는 그렇게 울었었다. 설희 엄마 앞에서처럼 엉엉 울지는 않았었지만 질금질금 눈물을 흘리며,

"노인장 제가 지금 떠나고 싶어 고향을 떠나는 길이 아니잖습니까, 거처도 정하지 못하고 정처 없이 떠나는 길입니다. 가서 거주지가 생기면 연락을 드리고 데리러 오겠습니다. 그동안 맡아주시면 평생 그 은혜는 잊지 않겠습니다"라고 했었다.

나도 따라 갔었으므로 직접 내 귀로 들었었다. 나는 아버지의 그 말이 정말인줄 알았었다. 자식이 제 곁에 있어도 아버지는 전혀 개의치 않았다. 아버지의 눈물이란 진실할 때만이 흐르지 아니하고 아버지 임의대로 조종하면 나올 수 있는 곳이었다. 그것도 아버지의 특별한 능력가운데 하나였다.

외박을 하다가도 가게의 물건들이 아주 비지 않게 이틀에 한번 사흘에 한번 집에 들어와서 물건을 채워놓고 가곤 하였었다. 그때마다 설희 엄마는 나타난 아버지에게 물건을 집어던지고 소리를 지르곤 하였다.

"어디 가서 자고 다니냐?"

그러면 아버지는 처음 얼마간은 어줍잖은 변명을 해 주었다. 그러나 설희 엄마 곁에서는 자지 않고 밖으로만 어정쩡하게 돌다가 슬그머니 없어지곤 하였었다.

"내가 병이 낫기만 해봐라, 다시 예쁘게 멋 부리고 다른 젊은 남자하고 붙어서 니 아부지 가슴을 내가 당한 이만큼 칼로 푹푹 쑤셔 놓을테니, 이렇게 내 가슴을 아프게 해 놓았으니, 니 아부지 가슴도 그만큼 아파야 하지 않겠니? 그런데 우리 훈이는 어떡하나?"

설희 엄마는 그래도 아버지를 몹시 원했었다. 그 없는 돈에 사약을 사들여 살아보려고 안간힘을 하면서 또 한편으로는 그 없는 돈으로 분홍잠옷 같은 것도 사 들였다. 거기 가게에 온 사람들에게 부탁해서 잠자리 날개 같은, 옛날의 설희 엄마가 입었으면 정말 예뻤을, 잠옷을 사들여 아버지가 들릴 때쯤 날짜를 꼽아 그 옷을 입고 있었었다. 다시 한번 아버지의 품에 안겨 보고 싶어하는 기색이 너무나 역력했었다. 그런데 내 눈엔 부은 몸에 입고 누워있는 그녀의 분홍잠옷이 꼭 관처럼 보였다. 그 옷을 입고 누워있는 그녀를 보면 꼭 관에 들어가 누워있는 것 같았다.

그녀의 농 안엔 예전 그녀가 입었던 사치스런 옷들이 많았는데 그것들도 다 동원되었다. 그래도 아버지는 설희 엄마 곁에서 하룻밤도 자고 가지 않았다. 설희 엄마는 나에게 아버지 뒤를 밟아달라고 몹시 졸랐지만 나는, 그러다 들키면 아버지한테 맞아 죽는다면서, 거절

했다. 내가 아버지를 무서워하고 있다는 것을 알고 있었기 때문에 설희 엄마는 졸라보다가 그만 두었다. 설희 엄마에게는 그렇게 말해놓고 나는 눈이 펑펑 쏟아지던 어느 날 가게의 물건을 채워놓고 돌아서 가는 아버지 뒤를 따라 나갔다. 바짝 가까이 쫓아가도 눈치를 못챌 정도로 눈이 펑펑 쏟아지고 있었기 때문에 나는 용기를 냈었던 것이다.

설희 엄마편이 되어줄 생각도 없었는데 내가 아버지의 뒤를 밟은 것은 호기심 때문이었다. 이번엔 또 어떤 여자가 아버지의 음탕의 제물이 되어있는가 보고 싶어서였을 것이다. 음탕의 제물이란 말은 정말 정확한 표현이다 싶다. 아버지의 음탕의 통 안에 들어간 여자들은 하나도 살아 나오지 못했으니까. 비록 죽지는 않는다 해도 실성한 여자가 되어 나오므로 정신적으로는 죽은 거나 마찬가지였다.

아버지는 버스를 탔는데 나도 따라 탔다. 다행히 아버지는 나를 보지 못했지만 보았다해도 그때 내가 아버지에게 꾸며 댈 수 있는 변명이란 얼마든지 있었다. 꼭 아버지를 따라가는 일 말고도 아버지와 버스를 같이 탄 이유는 얼마든지 있는 것이다.

아버지는 분수에 넘친 멋진 검은 색 털오바를 입고 있었는데 아버지의 희멀건한 얼굴과 장대한 체격에 검은 오바가 잘 어울려서 얼핏보면 근사한 인텔리처럼 보였다. 그래도 자세히 보면 아버지에겐 무식쟁이 티가백여 있었다. 무지무식한 인물임을 말해주는 저질스런 면모가 어딘지 모르게 덮어 씌워져 있었다. 그래도 아주 못 배우고 못된 짓들만 하고 있던데 비하면 겉모양은 훌륭했던 편이고 어느 때 보면 무식쟁이 같지 않게 조리 있게 적재적소에 말도 꽤 잘 했던 편이었다. 한쪽은 아주 꽉 막혀 있던데 비해 다른 한편은 꽤 발달되었던 데도 있어 사람을 헷갈리게 하기에 마치 맞았다.

도덕성이란 측면에서 보자면 아버지는 빵점이하인 마이너스 점수로 넘어가고 먼 앞을 볼 수 있는 지혜라는 측면이나 사람을 사랑할 줄 아는 면에서 보더라도 완전 빵점이거나 그 이하의 점수수준이었지만, 교활성, 자기호신술, 임기응변술, 이해타산, 따지기 등에 있어서는 탁월했던 사람이었다. 만일 좋은 쪽으로 나갔다면 성공했을지도 모르는 사람이었다. 하늘로부터 받아 가지고 나왔던 좋은 것들이 아주 없었던 사람이 아닌데 일찌감치 아버지는 그쪽을 폐쇄시켜버린 것 같았다. 내가 태어나기도 전에 이미.

내가 태어난 뒤 줄곧 보아온 것은 아버지의 이쪽뿐이었으니까. 나쁜 쪽.

아버지가 그때 입고 있던 그 오바도 틀림없이 여자가 사 주었던 것일 게다. 아버지의 당시 사정이 그런 오바를 사 입을만한 형편이 되지 못했었다. 내가 기억하기로는 이때부터 아버지는 여자로부터 금품을 서서히 탈취하기 시작했다.

아버지가 버스에서 내린 곳은 시장 앞이었다. 사람이 많은 시장골목에서 아버지의 모습을 놓치지 않으려고 나는 재빠른 걸음으로 한시도 한눈을 팔지 않고 뒤따라갔었는데 아버지의 발길이 멈춘 곳은 비단을 팔고 있던 포목가게들 속이었다. 나는 드디어 나의 시계 안에 나타난 아버지의 새 여자의 얼굴을 보았다. 남색 비단치마에 같은 남색끝동이 달린 흰 비단 윗저고리에 앞가르마를 똑바로 타서 위로 넘겨 쪽을 찐,──사십대 초반의 여자이었다. 설희 엄마보다는 턱도 없이 나이가 많아 보였고 우리 죽은 엄마보다도 몇 살 더 먹어 보였다. 웃고 있는 그녀의 입에서 금이빨이 빛나고 있었다. 포목시장 골목에서 긴 잣대를 들고 비단가게를 하고 있던 여자였었다. 과부였었다.
 내가 숨어서 보고 있는 앞에서 아버지는 색색까지 비단이 필로 쌓여있는 그 여자의 좁은 가게 안에 앉아 여자가 시켜온 국밥을 그 여자와 같이 먹었다. 바라보고 있었지만 나에겐 그것이 나와는 아무 상관도 없는 일처럼 느껴졌다. 아무 감흥도 일어나지 않았다. 나는 내가 본 그 여자의 얘기를 설희 엄마에게는 하지 않았다. 다만 나는 한시바삐 아버지가 벌려가고 있는 이런 소용돌이 속에서 벗어나 아무 상관없이 나 혼자의 길을 걸어가고 싶었을 뿐이었다. 아버지의 도움을 받을 가망이 전혀 없었으므로 나도 형처럼 중학교 진학을 포기하고 빨리 직장을 얻었으면 하고──그쪽으로 마음이 쏠리고 있었을 때였다. 저 칠판 앞에만 서 있던 한희규 선생이 내게 다가온 것은 바로 나의 그런 때였다. 설희 엄마 상태가 좀 나아졌다 심해졌다 했으므로 나는 좀 나아질 때면 학교에 나가고 심해지면 집에 있고 하였기 때문에 결석이 잦을 수밖에 없었고 나에게 중학교에 가라고 독려하는 사람도 없었다. 내 주변엔 공부를 많이 한 사람도 없었고 내가 공부해서 저만큼 되고 싶다고 느껴서 그때문에 학업에 열을 올릴 수 있도록 나의 푯대가 되어 주었던 사람도 없었다.

　작은아버지한테서도 딱 한번의 그 편지가 오곤 다시 오지 않았다. 만일 내가 학업에 대한 열정을 느끼고 있었다면 내가 깊이 감추어 두고 있던 작은아버지의 편지 봉투 위에 적힌 집 주소로 도와달라고 연락을 했었을지도 모른다. 그랬으면 거기서도 모른 채 하지는 않았을 것이다. 그런데 나에겐 그럴만한 강렬한 의욕이 없었다. 그렇다고 나의 장래를 포기했던 것은 아니었다.

　꼭 공부를 하지 않아도 출세하는 길이 얼마든지 있다고 느껴졌고 빨리 돈을 많이 벌어서 아버지 곁을 벗어나는 일——그것이 나에게는 급선무였다. 공부는 돈을 번 뒤에 나중에 할 수도 있다고 생각되었다.

　아버지는 시장골목에 가서 비단장사 그 여자와 잘 먹고 있었지만 나에겐 빈곤의 의미가 체감되고 있었다. 가게는 점점 더 안되가고 있어서 파리만 날린다는 말 그대로 우리의 반찬가게 안에는 파리만 윙윙 밤낮없이 날고 있었다.
 사람들이란 쇠(衰)해 가는 곳에서는 발길을 돌리기 마련인 것이다. 그나마 우리집에 오던 손님들도 그 밑에 새로 활짝 벌려 놓은 반찬가게 쪽으로 하나 둘 점차 가버리고 말아 우리집의 야채며 건어물이며 두부며, 따들이 시들시들 말라가다가 썩어 문들어지고 있었다. 모판 위에 펼쳐놓았다가 곰팡이가 쓸어서 버리는 건어물들이 한 두 가지가 아니었다.
 몇 년 전 가게를 처음 열었을 때 사람들이 가게 안에 북적북적하던 때가 지금은 꿈속에서나 있었던 일로 까마득하게 느껴졌다. 게다가 설희 엄마의 사약값, 잠옷값, 화장품값 등으로 물건 판돈이 빠져나가고, 아버지가 물건 사다 채워놓아야 한다면서 또 다 가지고 가는 바람에 어떤 땐 저녁 먹을 쌀을 살 돈도 없었다.
 게다가 하루에도 몇번씩 가게문을 열고 화가 난 얼굴들이 들여다보며,
 "너희 아버지는 어디 갔냐? 간데 모르냐?" 하며 물었다. 아버지에게 돈을 꾸어준 사람들이었다.
 아버지는 그 돈으로 또 땅을 사놓은 것이었다. 처음에는 이자를 주다가 줄 수가 없자 피신 겸 그 여자의 집에 가있는 것이었다. 이제 여기서 아주 튈 일만 아버지에겐 남아있었다.
 아버지가 시장골목에 가 있다는 사실을 알고부터 나에게 그런 사람들이 와서 아버지 어디 갔냐고 물을 때

마다 모른다는 거짓말을 해야 하는 부담이 더 늘어나 곤혹스러웠다. 차라리 몰랐을 때가 좋았으므로 공연히 뒤를 밟았다고 후회가 몹시 되었다.

한희규 선생님이 내게 다가왔던 때가 바로 나의 이런 때였다. 내가 중학교에 진학할 마음이 없다고 말하자 선생님은

"너는 이놈아, 중학교에 가야 해."

하고 말했다.

그래도 나는 선생님에게 취직을 해서 돈을 벌고 싶다고 말했다.

"돈은 아무 때나 벌 수 있지만, 공부는 때를 놓치면 할 수 없는 거야. 더구나 너는 이미 다른 아이들보다 나이가 많아."

안경너머로 선생님의 눈이 보였었는데 참으로 오랜만에 보는 맑은 눈이었다. 언제쩍에 그런 눈을 봤었는지 기억조차 나질 않았었다. 어디선가 보긴 보았었던 눈 같은데 어디서본 누구의 눈이었는지는 기억나지 않았다. 언제나 선생님과 멀리 떨어져 있었기 때문에 가까이에서 그렇게 선생님의 눈을 들여다보기는 처음이었다. 그 눈을 보자 나는 마치 먹구름 속에 있다가 밝은 햇빛 속으로 나오는 것 같았다.

더위에 목말랐다가 한잔의 차갑고 맑은 생수를 쭉 들이키는 듯 하기도 했었다.

"그리고 너처럼 어린놈이 어디 나가서 돈을 벌어? 무

슨 재주로?"

선생님은 말은 싸늘하게 하면서도 입가엔 눈부신 미소를 띄우고 있었다. 맑은 눈동자 안으로도 미소가 가물가물 퍼져 있었다.

어느 중학교로 진학하느냐, 거기에 대한 상담시간이었다. 선생님은 우리들 하나 하나를 불러내어 일일이 우리의 의견을 물어가며 진학상담을 하여 주고 있었다. 밖은 몹시 추웠고, 교실안도 난로가 타고 있었음에도 불구하고 추웠다. 그땐 중학교 평준화가 되어 있지 않았으므로 일류 이류 삼류, 계단별로 각 중학교들이 나뉘어져 있었다.

"너 같은 놈이 공부를 하지 않고 딴 짓을 하면 안돼. 넌 하늘로부터 다른 사람들보다도 더 많은 지혜를 받아 가지고 태어났어. 사람은 다 자기가 생겨먹은 대로 돼야 하는 거야"

하면서. K중학교를 가라고 선생님은 나에게 지적해 주었다. 집이 가난해서 돈이 없어서 중학교엘 갈 수 없다는 말을 차마 하지 못하고 있는데 선생님은 이미 아시고,

"내가 니 입학금을 대 줄 테니까 지금부터 공부해서 시험 봐. 그동안 학교 많이 빠졌으니까 다른 애들이 너 없을 때 배운 게 뭔지 봐야지."

라고 말하는 것이었다.

그리고 다른 아이들과의 상담이 끝날 때까지 기다리

라고 하셨다. 상담이 다 끝나고 아이들이 교실을 떠난 뒤 선생님은 나를 데리고 교무실로 가서 그동안 시험봤던 시험지며 수련장이며——다른 아이들은 가지고 있었지만 나에겐 없었던 교재들을 이것저것 찾아서 큰 봉투에 가득 담아주면서 집에 가서 공부하라고 주었다. 시험날짜가 한달 남짓 남았으니까 그동안에 아주 열심히 해야만 다른 결석하지 않고 꼬박꼬박 학교에 나온 아이들만큼 될 수가 있다는 것이었다. 그리고 그는, 오늘은 너희집에 같이 한번 가보자며 나를 따라 나섰다. 그날의 모든 일들은 그날 갑자기 충동적으로 발안된 일들이 아니고 이미 진작부터 그의 안에서 고안되고 있었던 일인 것 같았다. 그동안 멀리서 나를 지켜보면서. 선생님은 여러 가지 생각들을 해 오고 있었던 듯 했다. 왜냐하면 나에겐 그날 그가 진행해가고 있던 일이 순간적인 발상이 아니고 그의 안에서 오래 계획되고 있던 일들의 실천처럼 질서정연하게 느껴졌기 때문이었다.

　우리는 함께 버스를 타고서 목교 앞이라고 차장이 고함치는 곳에서 내렸다. 어둠이 내리는 거리는 몹시 추웠다. 선생님은 걸으면서 나의 부실한 입새를 안경너머로 유심히 바라보다가 우선 자기 장갑부터 벗어서 나의 맨손에 끼워주었다. 나는 손가락 끝이 헤져서 뚫려있는 털장갑이 있었지만 챙피해서 주머니 속에 넣고 끼지 않고 있었었다.

　우리 가게 안에 들어온 선생님은 우선 그 촉수 낮은

침침한 실내조명에서부터 놀라는 눈치였다. 거기다가 초라한 모판 위의 물건들하며 쾌쾌한 냄새, 간신히 방문을 열고 내어다 보면서 인사를 하는 설희 엄마의 부은 얼굴하며 오줌을 싸고 아랫도리를 다 벗고 있는 훈이의 모습하며——그의 눈앞에 나타나는 한 세트의 풍경들이 점점 더 그를 우울하게 만들어가고 있었음이 틀림없었다.

한선생님은 거기 서서 고개를 푹 숙인 채 잠시 무슨 생각에 깊이 잠겨있었다. 선생님은 쓰레기 더미 속 같은 내 방도 둘러보았다. 형의 책상 위에 무수히 찍혀 있는 송곳자국들이며, 한 귀퉁이에 밀려있는 꼬질꼬질 때묻은 걸레 뭉텅이같은 이부자리며 여기저기 벗어 던져 놓은 더러운 옷때기들이며, 어느 한구석 남루하지 않은 곳이 없는 방안곳곳을 선생님은 유심히 살펴보았다.

"엄마는 아프시냐?"

따로 있는 안채 우리방에 와서야 설희 엄마에 대해 물었다. 나에게서 대략 설희 엄마에 관한 이야기를 듣고 나서 선생님은 또 한동안 묵묵히 생각에 잠겨있는 듯이 말없이 앉아 있었다. 그러더니 한참만에 입을 떼서,

"준이야, 너 여기서 벗어나고 싶지? 그렇다면 공부해라. 너한텐 그 길 밖에 없어."

칙칙한 촉수 낮은 전등불 밑인데도 그 밑에서 본 다

른 사람의 얼굴들처럼 우중충해 보이지 않고 선생님의 얼굴은 단아하고 맑아 보였다.
 "넌 어리지만 아주 어리지는 않아, 내 말 잘 알아들어. 다시 한번 말하지만 너한테는 지금 공부밖에 없어. 넌 다행히 머리를 좋게 가지고 태어났으니까 공부 열심히 하면 다른 사람들처럼 당당하게 살 수 있어."
 선생님은 내가 배웅 나가는 동안 같이 걸으면서 여러 가지 이야기를 해주었다. 옛날 연씨 아저씨 생각이 났다. 그날밤 선생님이 시키는 대로 선생님이 가져다준 교재들을 가지고 나는 공부를 시작했다. 나는 비로소 내가 속하고 싶었던 곳이 어디인가를 분명히 안 것 같앴다. 한 선생님이 나에게 그것을 찾아준 것이었다. 갈팡질팡하던 마음이 가라앉았다. 혼탁한 먼지 속에 갇혀 있다가 맑고 신선한 밖의 공기 속으로 빠져 나오는 기분이었다.
 다음날 선생님은 그의 가까이에 있는 여자라면서 양 갈래로 머리를 따 내린 처녀애 하나를 우리집으로 보내주었다. 일할 때 입을 옷을 싼 보따리를 가슴에 껴안고 나타난 그 여자 애는 설희 엄마가 있던 가게방이며 우리형제가 있던 방이며 곳곳의 먼지를 털어 내고 쓸고 닦으며 청소를 했다. 온통 우리의 주변에서 더러운 한 꺼풀을 홀랑 다 벗겨내고 깨끗한 새 껍질로 갈아 입혀 놓는 것 같았다. 밀렸던 빨래들, 더러운 이부자리에서도 덕지덕지 끼어있던 해묵은 때들이 푹푹 삶아져서 비누거품 속으로 다 쫓겨 나가고 완전히 새 얼굴로 변한 기분 좋은 옷들과 이부자리가 되어. 우리 곁으로 다시 돌아왔다.

  내가 입학시험을 치르는 날까지 거의 한달 내내 갈래머리 처녀애는 우리 집으로 출근했는데 그녀의 출근처는 주로 설희 엄마와 훈이 곁이었다. 내가 보았던 가게를 대신 보아주면서 시름시름 앓고 있었던 설희 엄마와 아이도 동시에 그녀는 보살펴주었다.

  우리가 중학교 입학시험을 치르는 날은 늦추위가 기승을 부리던 날이었다. 떠나면서 겨울이 마지막으로 한번 기운껏 심술을 부렸던지 기온이 영하로 쑥 내려간데다 세찬 바람이 불고 있어서 체감온도는 실제온도보다 훨씬 더 낮게 느껴졌다. 수험생들을 쫓아온 학부형들이 운동장에서 모두 발을 동동 구르며 바람과 추위에 꽁꽁 얼어붙고 있었다. 견디다 못해 운동장에 더 서있지 못하고 대다수의 학부형들이 학교 앞 음식점안으로 들어가 버리고 말았다.

  내가 시험을 치르고 있던 방은 교문이 내려다보이는 본관 2층의 교실이었는데 내가 앉아있던 자리는 창가 맨 옆자리여서 내려다보려고만 한다면 운동장마당을 훤히 다 내려다볼 수 있던 곳이었다.

  내가 그 운동장에서 선생님의 모습을 발견한 것은 셋째 수험시간부터였다. 다른 몇 학교엘 들렀다가 그 시간에 그리로 뛰어온 선생님은 혹독한 추위에 못 이겨 다른 대부분의 학부형들이 따뜻한 음식점으로 몰려간 뒤에도 떠나지 않고 그 바람 부는 추운 운동장에 남아 있던 소수의 사람들 속에 끝까지 끼어있었다. 내가 수험을 치르고 있는 교실 쪽을 자꾸 올려다보곤 하며 오바깃을 세운 목을 웅크리고 이리저리 거닐고 있는 모습이 몹시 초조해 보였다. 거기 있는 다른 학부형들보다도 훨씬 더 초조해 보였다. 선생님이 내가 있는 2층을 바라보고 있을 때 나는 선생님의 눈과 한번 맞추어 보고자 애를 써봤지만 햇살이 안경알 위에 튀고 있어서 성공하질 못했다. 그때 나는 시험문제들이 나에게 과히 어렵지 않다는 것을 선생님에게 알려주고 싶었던 것이다. 그만큼 선생님의 모습이 나에게 몹시 초조해 보였기 때문이었다.

　시험을 다 마치고 뛰어나가는 아이들 속에 섞여 내가 제일 앞질러 밖으로 뛰어나갔을 때 선생님은 멀리서 나를 알아보고 재빨리 달려와서 한 팔로 추워하는 나를 감싸안고 세찬 바람이 불고 있는 운동장을 거쳐 교문 밖으로 밀고 나가면서 자기생각에 제일 까다롭다라고 생각했던 몇 문제의 답을 내가 어떻게 썼는가 한 문제씩 한 문제씩 물어보았다. 몹시 궁금해서 안정된 곳에 앉을 때까지 기다릴 수가 없었던 모양이었다. 나의 입에서 내가 쓴 답들이 떨어질 때마다 선생님의 얼어붙어 있던 얼굴에선 써치라이트(search light)처럼 희색의 빛이 찬란히 한번씩 솟구쳤다.

"맞았어!, 맞았어!"

평소 말이 적고 싸늘하게 보이던 편이었는데 그때의 선생님은 평소 때의 모습이 아니었다. 선생님이 나를 끌고 갔던 곳은 가까운 돈까스집이었다. 그러나 돈까스를 시킬 겨를도 없이 우리는 마주 앉자마자 답 맞추어 보기부터 다시 시작했다. 나는 내가 쓴 답들을 미리 머리속에 잘 간직해 두고 나왔었기 때문에 한 문제도 내가 이렇게 썼던가 저렇게 썼던가 혼동하지 않고 분명하게 묻는 것을 대답할 수 있었다.

드디어 모든 답을 맞추어 보고 나서 선생님은
"됐어! 잘 봤어! 합격이야! 이젠 넌 살았어!"
라고 소리를 질렀다.

얼마나 소리를 질렀는지 거기 앉았던 사람들이 모두 우리 쪽을 바라보았다. 됐어! 잘 봤어! 합격이야! 이젠 넌 살았어!──선생님 입에서 튀어나오던 그 네 마디의 소리와 그 환하게 웃던 한희규 선생님의 얼굴은 내 머리속에서 떠오를 수 있는 가장 밝은 것이 되어 지금도 내 뇌리에 남아있다. 그 얼굴이 떠오를 때마다 나는 인간이란 존재에 대한 새로운 희망과 존경심으로 가슴이 뿌듯해지고 만다. 나는 예수그리스도라는 분을 잘 알지도 못하고 본적도 없지만 그때의 한희규 선생님이 혹시 예수그리스도의 화신이 아니었나, 하는 생각까지 해 본다.

그때 나는 돈까스란 음식을 처음 먹어보았는데 그 후

돈까스는 나에게는 잊을 수 없는 음식이 되어버리고 말았다. 물론 지금 먹어보면 그때의 맛이 아니다. 나는 돈까스라는 것이 그렇게 맛이 있고 환상적인 음식이 될 수 있었다는 것에 놀라고 있다.

입학시험 보기 며칠 전 한희규 선생님은 우리 아버지를 학교로 불렀었는데 학교에 잠깐 나와달라는 부탁을 적은 선생님의 쪽지를 받고 아버지가 묵살하거나 꽥 소리를 지르지 않고 맥없이 침맞은 지네처럼 순순히 응했다는 사실부터가 나에겐 이상스러웠던 일이었다. 우리 반 앞에 나타난 아버지를 끌고 나는 교무실의 선생님을 찾아갔었다. 나는 아버지가 누구 앞에서 그렇게나 초라하고 비굴하고 꾀죄죄하고 무능력해 보이고 기가 꺾여 보이던 것을 본적이 없었다. 선생님과 마주 서 있던 아버지의 모습은 지난 날 마을에서 설희 엄마와 함께 벌거벗기어져서 수레 위에 실려 끌려 다니며 똥물을 뒤집어썼던 그때의 모습보다도 훨씬 더 더럽고 추접하며 불쌍해 보인다고 느꼈었다.

아버지는 비단장사 여자가 해준 그 낙타 털오바를 입고 있었는데 이상하게도 그 번듯하게 잘 차려입고 온 아버지가 헐건한 회색 털샤쓰에 같은 회색계통의 수수한 양복 윗저고리를 입고 있던 선생님 앞에서 그렇게나 남루해 보일 수가 없었다.

내겐 꼭 중학교 진학을 시켜야 된다는 선생님의 말씀에 굽실굽실하는 아버지가 내 눈엔 마치 구걸하는 거지 같았다. 선생님 앞에서의 아버지의 그런 무너져 보이던 모습은 그때까지 나를 정신적으로 얽어 매고있던 아버지의 그 무서운 강압의 사슬로부터 나를 풀어 주었다고 해도 과언이 아니었다. 아주 어린 날보다는 조금 완화 되었다하여도 아직은 아버지란 존재의 무서운 위세에 눌려있던 나를 선생님은 그 밑에서 해방시켜 주었다. 장롱 뒤에 숨어 있다가 잡혀 나온 조그만 바퀴벌레 하나로밖에 보이지 않던 아버지에게 내가 왜 그동안 그렇게 공포를 느껴왔는지, 의아해질 지경이었다. 적어도 그 순간만은. 분명히 말하지만 선생님은 그때까지 정신적으로나 육체적으로 아직도 나의 포악한 군주로 군림해왔던 아버지의 지배로부터 나를 구출해준 능력자였다. 한희규 선생님에겐 어떤 보이지 않는 신비한 힘이 있었다. 그리고 그의 앞에 있을 때면 나는 왠지 상쾌한 아침의 서기 같은 생동감이 나의 가슴으로부터 솟아나 전신으로 번져감을 느끼곤 했다. 아버지는 물론 설희 엄마나 우리 엄마 할머니 형이나 그 누구에게서도, 내 주변의 어떤 인물들에게서 느끼지 못했던, 예전의 연씨 아저씨나 작은아버지보다도 더 강렬한 어떤 것을 한희규 선생님은 나에게 전달시켜주곤 하던 사람이었다.

그 당시 점점 내가 빠져들어 가고 있었던 어떤 혼미와 미궁의 어둠으로부터 나를 건져내어 진정 내가 원하는 것이 무엇인가를 확실히 느끼게 하여주시고, 나로 하여금 그 쪽으로 나를 나아갈 수 있도록 도와주신 분이 바로 한희규 선생님이었다고 생각한다. 그의 앞에 서면 나는 그때까지 내 눈에 잘 모르겠던 모든 것들이 확실하게 보인다고 느끼곤 했었다.
　합격 발표가 있던 날, 선생님은 나를 학교 근방에 있던 자기의 작은 자취방으로 데리고 갔다. 선생님이 아직 총각이라는 사실도 그날 나는 처음 알았고 근무지인 학교 근방에서 자취를 하고 있었다는 것도 처음 알았다. 그러나 정말로 내가 처음 알고 놀랐던 것은 그의 자취방 벽에 높이 걸려있던 십자고상과 그 밑에 걸려있는 묵주라는 것을 보았을 때였다. 덕이다! 라고 나는 또 한번 내 마음속 깊은 곳으로부터 부르짖었다.
　내 인생은 한 마디로 표현하자면 덕이를 중심으로 해서 돌았던 꽤도 운행이었다고 표현할 수 있다. 내 인생 곳곳 가장 중요한 대목마다 덕이는 나타나서 나의 인생을 회전시키는 것이었다. 나 같은 무식한 자의 해석이 성서에 대한 모독이 될 지도 모르지만 하나의 밀 알이 썩어서 무수한 열매를 맺는다는 내용이 바로 덕이를 두고 하신 말씀이 아닌가 생각할 때도 있었다. 덕이는 어린 날 그렇게 죄 없는 나이에 일찍 죽어서 하느님 앞으로 나아가 평생 나의 길잡이가 되어주고 있는 것이다. 만일 살아있었다면 덕이는 나에게 그런 역할을 할 수 없었을 것이다. 어쩌면 그 애도 이 더러운 세상에 물들어 타락했을지도 모른다. 다른 깨끗했던 사람들이 더러워지고 말 듯이, 덕이도 그렇게 더러워지고 말았을지도 모르는 일이다. 내가 생각하고 있었던 내게 대한 덕이의 역할이 나만의 생각인지 아니면 사실인지는 죽어서 하느님 앞에 나아가 봐야 더 확실히 알게 될 것이다.

덕이가 카톨릭 신자였었고 하느님을 믿었었으므로, 하느님을 믿는 가톨릭 신자들이 내 앞에 나타나서 나를 도울 때마다 그 연상작용으로 내가 덕이를 생각해야만 했던 것은 당연한 일이었던지도 모른다. 허지만 선행이란 결국 선하신 하느님 쪽에서만 올 수 있는 일이므로 필연적으로 그들의 일치는 불가피한 일이었음에도 내가 굳이 덕이를 나의 특별한 존재로 선정해 놓고 그 쪽으로 귀결시키려 했던 것은 나의 지나친 과대해석이라고도 볼 수 있다. 그러나 내 인생 안에 깊이 묻혀있던 덕이의 존재는 나만이 알아볼 수 있었던 하늘로부터의 은총의 젖줄이었다고 나는 아직도 생각하고 있다. 그녀를 알아볼 수 있었던 더듬이는 내 안에만 가지고 있었다. 그렇게 나를 사랑했던 덕이가 어떻게 하늘에 가서 나를 잊을 수가 있단 말인가? 영혼의 주체가 되는 것은 정신과 마음인데 그녀의 영혼 안에 어떻게 내게 대한 사랑이 담겨있지 않았다 라고 말할 수 있겠는가? 그녀는 나에 대한 그녀의 진실한 사랑을 그대로 가지고 하늘로 올라가서 내가 어떤 위험에 빠질 때마다 하늘로부터 사랑과 구원의 손길을 청해서 나에게 보내주고 있다라고 나는 확실히 믿을 수가 있었다.

이것은 흔히 사람들이 죽은 사람들에게 절대적 전능

을 부여하고 죽은 조상님들이 자기들을 도와주고 있다고 믿고 있는 일하고는 다르다. 나는 죽은 할머니나 엄마, 순희가 나를 도와줄 수 있다고 믿어본 적이 없다. 죽음으로써 그들은 오히려 내게 무섭고 가여운 존재로 변모되었을 뿐이다. 지금에 이르러서는 나는 이젠 사람이 죽으면 귀신이 된다고 라고는 믿지 않는다. 사람은 어디까지나 사람이고 귀신은 어디까지나 귀신이다. 사람이 죽는다고 귀신은 될 수 없다. 영혼의 존재는 부정하지 않지만 죽은 사람이 귀신같은 어떤 신적인 존재가 된다고는 믿지 않는다. 덕이도 귀신이 되어 나를 돕는다고 믿지 않는다. 하늘에 가서 천사처럼 하느님 곁에 있으면서 나를 위하여 기도해 주고 있다고 믿고 있는 것이다.

  내 안에는 보이지 않는 또 하나의 눈이 있다고 나는 언제나 믿고 싶다. 그 눈으로 바라보는 덕이의 모습은 나의 핏줄기들의 죽은 모습과는 다르다. 하이얀 눈송이처럼 깨끗하고 빛나고 아름답고, 죽은 아이인데도 무섭지가 않고 그 애가 있는 쪽을 바라보면 어떤 빛기 같은 것이 나의 감은 망막 위에 닿아오는 것이다. 그곳이 천국이란 곳인지도 모른다.

  한회규 선생님은 내 안에서 나도 모르게 잊혀지고 멀어져 가는 덕이를 다시 찾아준 사람이었다. 덕이는 선생님을 통하여 다시 내 안에 돌아오고 싶었던지도 모른다.

바로 그날밤 한선생님 방엔 조그만 만찬이 마련되었는데, 그곳에 초대된 아이들은 나 말고도 일곱 명인가 더 되었다. 모두 중학교에 합격한 아이들이었다. 말하자면 담임 선생님이 좋은 학교에 합격한 우수한 학생들을 초대해서 그동안 수고했다고 맛있는 음식을 먹여주는 자리였는데 그 갈래머리 여자가 여기 와서도 또 일을 해주고 있었다.

그날밤 선생님은 그녀가 그냥 자기가 아는 여자가 아니고 그의 약혼자라는 사실을 우리들에게 말해주었다. 선생님처럼 사범학교를 나온 선생님의 후배인데, 이제 곧 선생님처럼 어느 초등학교에 봉직하게 되었다고 했다. 두 사람의 결혼은 다가오는 봄에 할 예정이라고 말하면서, 그 옆에 다소곳하게 앉아 방긋방긋 웃고있던 약혼자의 얼굴을 비스듬한 눈길로 내려다보고 있던 선생님의 얼굴엔 저것이 사랑이다,……라고 느끼게 하여주는, 내가 누구의 얼굴에서도 아직 보지 못했던 그러나 결코 낯설지 않은 그 사랑이라는 것이 철철 넘쳐흐르고 있었다.

그동안 한참 잊고 있던, 서울로 간 수지의 생각이 그날밤 그렇게 간절하게 떠오를 수가 없었다. 나도 선생님처럼 저렇게 수지와 나란히 앉아서, 저렇게 사랑이 철철 넘치는 눈길로 수지를 내려다보고 싶다고 나는 간절히 원했었다.

그리고 내가 따낸 일류 중학교 합격증이 마치 내가

원하는 곳들의 문을 열어줄 통관증이나 되는 듯이 나를 몹시 기쁘게 하여 주었다. 내가 세상에서 태어난 이래 처음으로 가장 기뻤던 날이었다.

물론 나에겐 그 익숙치않은 나의 행복이 몹시 낯설고 조금은 불안하게 까지 느껴졌지만 그러면서도 나는 마치 고향에 돌아와 있는 듯한 기분이었다. 그리고 그날 내가 가장 분명하게 느낄 수 있었던 것은 그곳은 내가 가장 와 있고 싶었던 곳이라는 사실이었다.

입학식 날엔 나도 다른 뽑힌 아이들처럼 산뜻한 교복에 교모를 쓰고 K중학교 교정의 입학생 대열 가운데 한자리를 차지할 수가 있었다. 그 안에 내 자리가 있다는 것이 아무리 생각해도 꿈만 같은 일이어서 둥둥 떠있는 기분이었다. 그 사실이 너무나 기뻐서 이런 날에도 나에겐 아무도 쫓아와 줄 사람이 없다는 사실조차도 내 마음속에 아무런 구김살도 지어주지 못했다. 나의 모든 재앙들의 한 꺼풀이 홀랑 벗겨져 나가던 날이었다.

아직 싸늘한 기가 다 가시진 않았어도 봄볕이 완연한 아침 햇살이 내려쬐이고 있는 속에 서서 나는 슬기롭고 용감하게 자라거라, 라는 내용의 이 학교 교훈에 대한 교장 선생님의 훈화에 누구보다도 열심히 귀를 기울여 보려고 애를 쓰고 있었다. 그러면서 한편으로는 이렇게 나처럼 서울 어딘가의 입학생 대열 가운데 서서 교장선생님의 훈화를 듣고있을 수지를 나는 생각하고 있었다.

한희규 선생님은 나의 입학식에 참석해주지 못했다. 맡은 학교 일 때문에,──대신 선생님은 입학식 전날 나에게 손목시계를 하나 사서 입학선물로 나의 손목에 채워주었다. 내가 항상 갖고 싶어했던 손목시계였다. 얼마나 갖고 싶어했었던 손목시계였던지 선생님이

"야! 내가 네 입학 선물 하나 샀다. 손목시곈데 여기서 차 봐라"

라고 하며 나에게 시계 곽을 내밀었을 때 눈물까지 왈칵 솟았다. 시계 곽을 열어보니 검은 가죽 줄이 달려있는 금빛 나는 둥근 손목시계가 들어있었다. 너무나도 오래도록 내가 가지고 싶어했던 것을 한 선생님이 어떻게 그렇게 잘 알고 사왔는지,──이 일도 꼭 하늘에서 덕이가 시킨 일로만 생각되었다.

시계를 나의 팔목에 채워준 선생님은,

"자 봐라. 이 초침이 돌아가는 게 보이지, 이게 바로 시간이라는 거다. 한번 돌아간 시계의 초침이나 시침은 우리가 다시 돌려놓을 수 있지만 한번 가버린 시간은 다시 돌아오지 않는다. 내말 무슨 소린지 알겠지?"

라고 말했다.

제12장

 한 선생님은 일년에 네번 내던 학비 말고도 매달 얼마씩 내가 쓸만한 용돈을 가지고 학교로 찾아오거나 우리집으로 찾아왔다. 집으로 찾아올 때는 퇴근 후에, 학교로 찾아올 때는 점심 시간에, 점심 시간에 찾아올 때는 선생님은 학교 근처의 짜장면집이나, 국수집, 만두집 같은 데로 나를 데리고 가서 점심을 사 주었다. 혹시나 내가 돈을 받는다고 해서 비굴해질까봐 선생님은 몹시 신경을 쓰는 눈치였다.
 "이 세상에서 내가 제일 좋아서 하는 일이 바로 이렇게 너를 찾아오는 일이니까, 부담을 갖거나, 신세진다는 생각도 말아라, 그러나 거저 주는 건 아냐, 너두 누군가에게 나처럼 해."
 선생님이 주는 돈은 나에게 언제나 쓰고도 남았다. 많아서가 아니고 사고 싶은 것 먹고 싶은 것 등이 나에게서 칼로 잘려나가듯이 수없이 잘려나가고 있었기 때문이었다. 나는 거의 돈을 쓰지 않았다.
 선생님이 새달 용돈을 가지고 오면 나는 아직 남아있

는 먼젓달치를 보여주고 사양했다. 선생님은 안경테 너머의 그 맑은 눈에 기가 막힌 웃음을 띄우고,

"이놈아 써라, 써, 좀 친구들하고 빵도 가끔 사먹고."

"선생님, 쓰는 것만 재미있는 것이 아니고 안 쓰는 것도 재미있습니다."

그때 내가 돈을 안 쓰고 있었던 것은 선생님에게 내가 나타내 보일 수 있는 최대의 사랑의 표현이었다. 그 안에도 열매는 있었다. 인내심과 절제라는.

공부가 나에겐 여전히 가장 쉬운 일이었다. 나이도 같은 반의 다른 애들보다 한 두 살 더 많고 또 시골 학교에서 다니던 학년을 D시에 와서 한 학년 더 다니고 해서, 이래저래 남들보다 숙성해서 그렇게 여러 날 결석을 하면서 다른 아이들의 학업 대열에서 빠져 있다가 돌아왔는데도 담박에 그 굴혈을 메꿀 수가 있었다. 수재들만이 모인다는 학교인데도 나는 금시 두각을 나타냈다.

2학년 첫학기 때 나는 반장으로 뽑혔다. 반장은 공부만 잘해서 될 수 있는 게 아니었다. 키도 내가 우리 반에서 제일 컸다.

선생님은 내가 가지고 간 성적표를 펴들고 여자처럼 말없이 눈물을 뚝뚝 흘렸다. 나는 세상에서 내가 누군가를 이렇게 기쁘게 하여 줄 수 있다는 사실에 처음으로 접하고 마음속으로 몹시 놀랄 수밖에 없었다. 거지가 왕자로 돌변하는 기분이었다. 아직까지 나에게 이렇

게까지 관심을 가져준 어른이 나에겐 없었기 때문이었다. 누군가에게 사랑을 받고 있다는 느낌이 어린아이의 성장에 얼마나 유익한 것인지에 대하여 나는 당시의 한 선생님과 나의 관계를 돌아보면서 어떤 심리학자나 정신과 의사보다 더 자신 있게 답변을 할 수가 있다.

사랑을 받고 있다고 느낄 때 영혼이 자발적으로 발하는 가장 큰 열매는 책임감이다. 상대방의 사랑에 대한 감동으로부터 일어난 이 책임감은 보답에의 의지로 변모되어 상대방을 실망시키지 않기 위하여 올바르게 되어야겠다는 갸륵한 결심으로 뭉쳐지는 것이다. 만일 그 때 나에게 한 선생님의 그 진실된 사랑이 부어지지 않았더라면 내가 얼마나 빗나갔었을 지 모르는 일이다. 나는 한 선생님을 위하여, 그를 기쁘게 하여 주기 위하여, 착하고 슬기롭고 열심히 살아야겠다고 늘 생각하고 있었으니까. 진심으로 그렇게 나는 생각하고 있었다.

한편 그런 나의 곁에서 설희 엄마가 죽어가고 있었다. 이제 그녀에게서 옛날의 설희 엄마의 모습을 찾아볼 수 있다는 것은 세상에서 가장 불가능한 일이었다. 부어있을 때는 그래도 조금은 설희 엄마의 모습이 남아있었다고 볼 수 있었다. 적어도 현재의 모습에 비하면, 지금은 완전히 미이라 같앴다. 뻗고 누워 있는 두 다리만 본다면 검게 말라붙은 살가죽만 붙어있는 완전히 미이라의 두 다리였다. 골격만이 앙상하게 남아 있었다. 흔히 병원 벽에 붙어 있는 해부도의 모습 같았다. 살은

다 발라내고 뼈만 어떻게 그렇게 남겨놓을 수 있는지, 그냥 고스라니 해골이었다. 우리 해부학 교실에 들어오는 암으로 죽은 시체들 가운데 더러 그때의 설희 엄마처럼 된 시체들이 있었다. 그러나 살아있는 그런 모습을 본다는 것은 더욱 참담한 일이었다. 눈뜨고 볼 수가 없었다. 이제야말로 그녀는 운명의 곽 안에 제대로 갇히게 되었다. 이젠 그녀는 그 운명이란 것을 발로 찰래야 찰 수도 없었다. 누가 봐도 설희 엄마는 도저히 살 수가 없어 보였다.

　설희 엄마 자신도 이젠 자신이 살 수 없으리라는 것을 알고 있었다. 죽기로는 마음이 정리되었는데 다만 고통이 너무 심해 한시바삐 이 고통을 벗어나기만이 소원이었다. 계속 진통제가 사들여져서 그녀에게 전달되고 있었지만 잠깐 빤하다가 다시 고통의 늪 속으로 그녀는 빠져 들어가고, 고통이 심할 때는 혼수상태가 오기도 하였다. 부어서 두 주먹이 글러브를 낀 권투 선수의 주먹처럼까지 보였었는데 그런 그녀 몸 안의 오랜 부기가 계속 되던 어느 날 반대로 태엽이 돌아가서 마르기 시작했다. 태엽이 어느 정도 반대로 돌아갔을 때는 제법 날씬했던 옛 모습이 돌아오는가 했더니 거기서 점점 더 내려가면서 부쩍부쩍 마르다가 이젠 이 지경이 되고 마는 것이었다.

　그렇게 애지중지 하던 훈이에 대해서도 그녀는 거의 관심이 없었다. 귀찮아! 라고 하며 훈이가 달라붙으려

하면 밀어내었다. 그것으로 보아 그녀의 고통이 얼마나 심한지 알 수 있었다. 가게문은 벌써 닫아 버렸다. 그 가게는 볼 사람도 없고 잘 팔리지도 않고 재고만 생겨 오히려 열어놓고 있을수록 손해였다. 이것은 내가 직접 보고 있던 일이므로 확실했다.

설희 엄마에겐 숨겨놓고 있었던 시계 몇 개와 약간의 패물이 있었다. 계속 숨겨놓고 있었다가 어느 날 내 앞에 내어놓았다.

"준이야, 이것 좀 팔아다 줄래?"

비단 보자기에 꽁꽁 묶여 있었던 금시계 두 개와 보석팔지, 목걸이 등이었다. 꽤 값나가는 것들이어서 파니깐 큰 돈이 되었다. 이렇게 큰돈이 있었으면 진즉에 병의 초기에, 큰 병원에 가서 진찰을 받고 치료를 했었으면——혹시 살았을지도 모를 일이었다. 그런데 그때는 아까워 내놓을 수가 없었던 것이다. 모든 게 시간이라 적기를 놓치면 너무 늦는 것이다. 후회하는 일도 그렇다. 설희 엄마는 이제야 많이 후회를 하고 있었다. 아버지를 만나서 엄마에게 그렇게 못할 짓을 한 것에 대하여

"죽기 전에 내가 너한테 꼭 해야할 말이 있다."

무슨 말인지 설희 엄마는 정신이 빤할 때면 나를 그 퀭한 눈으로 똑바로 바라보면서 번번이 그렇게 말했다. 설희 엄마가 그 시계와 보석을 팔기로 맘먹은 것은 막다른 골목에서 남겨 두어봤자 자기가 쓸 수도 없다는

생각도 있었지만 당장 그녀를 돌보아줄 손을 사야만 했기 때문이었다. 지금으로 말하자면 간병인이 그녀에게 필요했던 것이다. 가게 뒤의 수용소 천막들이 걷힌 자리에 가건물을 얼기설기 짓고 살던, 이북에서 내려온 실향민들 가운데서 나이가 좀 들고 따사해뵈는 아줌마 하나를 그녀는 구해서 곁에 두고 있었다.

아버지는 거의 집에 들어오지 않았고 아주 가끔 들어와서는 설희 엄마 머리맡에 서서,

"좀 어때? 어서 일어나야지."

하며 엉거주춤하게 서 있곤 하였었다. 그럴 때면 설희 엄마는,

"어서 가 새끼야! 어서 가버려 새끼야!"

하며 아버지에게 소리를 지르곤 하였다. 기다리다 기다리다 너무 기다리다 분해져서 나타나면 아버지에 대한 노여움이 커져서 그렇게 난동을 부리는 것이었다. 자기 아버지 나이 뻘이나 되는 남자에게

"이 새꺄, 이 새꺄."

하고 소리를 지르는 것이었다. 이 새꺄! 이 새꺄! 하는 그녀의 소리 속엔 아직도 남자를 부르는 여자의 정염이 타고 있었다. 가버리라는 그녀의 소리가 정말 가버리라는 소리로 들리지 않고 나를 뜨겁게 안아달라는 소리로 들렸다.

"빨리가, 너 기다리고 있는 년한테 빨리 가! 내 눈에서 빨리 사라져! 이 새꺄! 나가서 죽어버려. 그년하고

둘이 칵 죽어버려!"
 그녀의 질투심과 증오의 뜨거움은 양잿물 덩어리를 먹고 펄떡펄떡 천장까지 뛰어 오르던 엄마의 죽기 직전의 모습을 방불케 했었다.
 설희 엄마가 그렇게 펄펄 날뛰면 아버지는 슬그머니 밖으로 나가서 사라지곤 하였다. 시장골목의 비단장사 여자에게로 가버리는 것이었다. 아버지는 갈아치기 명수였다. 그렇게 아버지를 쫓아 보내 놓고는 설희 엄마는 베개에 얼굴을 묻고 엉엉 울었다. 아직도 아버지에 대해 그녀의 마음으로부터의 완전한 포기가 안 되는 모양이었다. 어느 땐 나를 불러서,
 "니 아버지 좀 불러와. 가서 내가 지금 죽는다고 그래! 죽는다고! 어떤 년인지 그년 놓고 와서 날 좀 보라고, 마지막 길이니까."
 라고 하며 몸부림을 치기도 하였다.
 나는 아버지가 어디 있는지 모른다고 그녀에게 발뺌을 하였다. 나는 그들 속에 깊이 관여하고 싶지가 않았다. 그래도 간병인 여자가 툭하면 내 방 앞에 와서, "작은 학생, 작은 학생. 훈이 엄마가 학생 좀 보재요,"
 라고 말하면 거절 할 수가 없었다. 제대로 신발도 신지 못하고 질질 끌면서 설희 엄마 방으로 급히 달려가곤 하였다
 "준희야. 내가 이게 벌받는 거지? 너희 엄마한테 너무 큰 죄를 지었거든. 그런데 왜 나만 벌을 받냐? 너희 아

버지는 안 받고. 같이 죄를 지었는데."

　하는 말도 설희 엄마는 나에게 하였었다. 아버지에게 그렇게 앙탈을 부리는 일도 욕을 하는 것도 그래도 그녀가 덜 아팠었을 때의 일이었다.

　점점 더 아파지고 혼수 상태 속을 들락날락 하면서는 그런 앙탈도 욕도 몸부림을 치며 울지도 못했다. 몸은 점점 더 부쩍부쩍 말라서 미이라처럼 되어 그 참혹함이 보는 이로 하여금 저절로 눈을 돌리게 하였다. 사람 꼴이 어떻게 이렇게나 변할 수가 있는가? 아무리 사람 모양이 변할 수 있다라는 사실을 인정하려 해도 설희 엄마의 변해버린 모습은 그 정도가 너무 심해서 마주칠 때마다 새로운 놀라움이 일어났다. 그것은 설희 엄마의 모습일 수가 없었다. 그러나 그것은 분명 설희 엄마였다. 마리나 부라디 보다 더 멋진 머리 모양에 마리나 부라디 보다 훨씬 더 예뻤던 그 여자가 이렇게 되어 있는 것이다.

　그녀의 몸에 침입하여 그녀의 모습을 그렇게 파괴시켜가고 있었던 것은 지금 시간이 지나서 진단해보면 암세포였다. 그때 내가 목격하고 있었던 그녀의 여러 가지 증세를 돌이켜 봐서 몇 가지 암을 지금 유추해 볼 수가 있다. 그러나 그때 암인 줄 미리 알았다해도 그리고 조기 치료를 받았다고 해도 당시의 의학 수준으로 낫게 할 수 있었으리라고는 장담할 수 없다. 모든 건 다 피할 수 없었던 운명이었다고 볼 수밖에 없다.

고통이 심해가면서 아버지에 대한 애증도 그녀 안에서 쇠해가기 시작했는데 고통을 통한 그녀 영혼의 정화 작업이 그녀 안에서 계속 되고 있었는지 모른다. 너무 고통스러우니깐 육정의 모든 일들이 하찮게 아래로 보였을 것이다. 그래도 끝까지 그녀의 입에 남아 있던 말은 죄란 낱말이었다. 자기가 죄를 지었기 때문에 이런 벌을 받고 있다라고 그녀는 어렴풋하게나마 생각하고 있었다. 내가 어렴풋하게 라는 말을 쓰는 것은 그녀 안에 어떤 신앙심의 토대가 있어서 거기에서 나오는 뚜렷한 생각이 아니고 어둠 속에 살면서 혼미해 질대로 혼미해진 가운데에서도 아직 어렴풋이 남아있는 그녀 안의 빛기가 뭔가를 그녀에게 알려주고 있는 것 같았다.
　아버지보다는 그녀가 인간성의 폐질이란 면에서 보자면 훨씬 덜 닳힌 사람이었다고 뒤돌아봐진다. 적어도 그녀는 자신의 잘못된 행실에 대해 마땅한 셈을 바치고자 하는, 정의라는 인식을 자기 안에 가지고 있었다.
　나쁜 짓은 둘이 똑같이 했지만, 아버지는 그런 것조차 없었다. 죄와 벌이라는 개념이 들어가 있다는 것 자체가 정의의 내재를 실증하는 일인 것이다. 아직 힘이 있어서 아버지에게 팔매질을 하고 소리를 지를 때에도, 한편으로 그녀가 하고 있었던 말이 죄란 낱말과 벌이라는 낱말이었다.
　나는 인간 안에 선악의 양면성이 존재한다는 사실을 인정하지만 설희 엄마와 같은 사람으로부터, 선악의 양면성을 본다는 것은 당시의 나에게는 익숙치않았던 일이었었다. 나는 설희 엄마를 크게 미워하지는 않았지만, 나의 적대자로서의 자리에 항상 계속하여 두고자 하였었고, 나쁜 여자라는 확실한 개념을 그녀에 대해 가지고 있을려고 부단히 노력해왔었다. 그래야 내 안에서 혼란이 일어나지 않았기 때문이었다. 그런데 설희 엄마 편에서 나에게 특별한 호감을 가지고 자꾸 다가오면서 내 안에 그 선이 불분명해질 때가 가끔 있어진 것은 사실이지만 그러므로 더욱 더 나는 그녀에 대한 나의 경계심을 풀려하지 않았었다.

 간신한테 속아서 나쁜 여자를 좋은 여자로 착각하게 될까봐, 엄마의 원수와 한패가 된다는 것은 곧 나도 엄마의 원수가 되는 일이니까,——그러나 죽은 엄마에 대한 나의 판단이나 감정도 내가 반드시 엄마편이 돼야만 하겠다는 나의 결심을 만들어주기엔 부족한 것이었다. 그렇다고 설희 엄마 편으로 기울어지고 있었던 것도 아니었다. 복잡했었다.

 그러나 점차 한가지 나에게 분명하게 보이던 일은 그녀가 아주 나쁜 여자만은 아니라는 사실이었다. 한 때는 나쁜 여자였지만 적어도 지금은 나쁜 여자가 아닌 것이다. 한편으로 나쁜 여자이면서 또 한편으로 나쁜 여자가 아니라는 것. 나쁜 여자였다가 지금은 나쁜 여자가 아니게 됐다는 것, 그녀의 그런 모순과 복합성은 그 여자에 대하여 내가 어떤 한가지 감정만을 가지고 있지 못하도록 하였기 때문에 나를 몹시 당황하게 만들어 주었던 곳이었다. 어디까지의 그녀를 미워하고 어디까지의 그녀를 미워해선 안 되는지——그것이 나에겐 불분명했던 것이었다.
"준이야, 내가 죽거든, 훈이를 니가 좀 잘 돌봐 줘. 니 아부지는 믿을 수가 없는 사람이야. 형보고도 우리 훈이 너무 미워하지 말라고 그래라. 죄는 내가 지었지 그 애가 진 게 아니잖아?"
정신이 좀 나면 그런 말도 나에게 하였었다.
"준이야, 넌 커서 훌륭한 사람이 될게다. 넌 공부도 잘하고, 인물도 잘 생기고, 마음도 좋고, 니 애비한테서 어떻게 너 같은 아들이 나왔니? 우리 훈이도 너같이 컸으면 좋겠다. 그런데 내가 죽고 나면 누가 훈일 돌보겠니? 불쌍하다."
훌쩍훌쩍 울기도 하였었다.
그러나 이런 얘기들도 다 그녀가 덜 아팠을 때에 그녀에게서 나왔던 말들이었다. 아주 아프면서는 대부분 눈을 감고 끙끙 신음소리만 내다가 누가 흔들어야 그녀는 눈을 떴다.
죽기 며칠 전이었다.
비가 몹시 오던 날이었는데, 간병인이 와서 훈이 엄마가 오라고 한다고 해서 나는 또랑물 흐르는 소리처럼 철철 폭우가 쏟아져 흐르는 가게 앞길을 걸어서 발이 다 젖어 가지고 설희 엄마 방으로 들어갔다. 훈이는 자고 있었다.
"준이야, 너 영혼이란 게 정말 있다고 믿니?"
설희 엄마는 내가 곁에 앉자 대번 그 말부터 했다. 나는 가슴이 철렁했다. 이제 가는가보다, 라는 생각이 들어서였다.
"믿어요."
하고 나는 대답했다.
"넌 천당과 지옥이 있다고 믿니?"
"좋은 사람들 가는데 하고 나쁜 사람들 가는데 하고가 따로 따로 있어야 하니까요."
"니 아부지말은 죽으면 그만이지, 무슨 천당, 지옥이 있느냐고 그랬는데. 나는 꼭 그런 게 있을 것 같아. 그런데 난 어떡하니? 난 꼭 지옥에 갈 것 같아. 준이야! 나 좀 지옥에 안 가게 해 줄 수 없니? 옛날 내 친구 중에 성당 다니던 애가 하나 있었는데 그 애 말이 천당하고 지옥 말고, 또 연옥이라는 데도 있다는데, 나 거기라도 갈 수 없겠니?"
"신부님을 모시고 올까요?"
"나처럼 성당에도 아무 데도 나가지 않던 사람이 오라고 해도 신부님이 와 주실까?"
그러다 그녀는 가만있어봐, 가만있어봐, 하고 일어선 나를 앉으라고 손짓했다.
"준이야, 너 여기 좀 앉아있어 줄래? 내가 너무 무서워."

간병인인 평양아줌마는 집에 아들이 왔다고 하면서 나를 설희 엄마 곁에 앉혀놓고 곧 나가버렸으므로 나는 혼자였다. 설희 엄마는 눈을 감고 있었는데, 몹시 숨이 가빠하고 있었다. 아무도 없이 나 혼자 그녀의 죽음을 보게 될까봐, 나는 두려웠다. 비록 죽지 않는다 해도 누워있는 미이라 같은 그 모습 자체가 혼자 밤에 바라보고 있기엔 무서웠다. 살그머니 나갈까, 하는 생각에 가만히 소리 없이 내가 몸을 일으키려니까, 그녀는 어느 새 알아듣고 눈을 뜨고 이미 시체의 눈처럼 되어버린, 눈자위가 푹 들어가고 눈알이 툭 불그러져 두 개의 헤드라이트처럼 보이는 그 두 눈으로 나를 바라보았다.

"준이야."

"나가서 신부님 모셔올께요."

한시 바삐 그녀 곁에서 떠나고 싶어서 얼떨결에 나온 소리였다.

"나 지금 잠깐 꿈을 꾸었는데, 시커먼 옷을 입은 사람들이 들어오더니 나를 뺑 둘러싸고는 나를 막 묶으려고 하는 거야. 마귀들 아닐까? 난 너무 무서웠었어. 막 발버둥치다가 눈을 뜬 거야."

그러면서 그녀는 오늘밤엔 꼭 너한테 전부터 그녀가 하고싶었던 그 얘기를 해야만 마귀가 자기한테서 떨어져나갈 것 같다고 말했다.

그녀가 내 앞에서 그렇게 벼르면서도 못했던 이야기를 기어코 그날밤 그녀는 나에게 털어놓고 말았다. 똥을 토해내듯이, 얘기를 하는 도중에 그녀는 정말 몇번의 구역질을 하였었다. 그리고 그녀의 입에서 똥물 같은 것이 주르륵 조금 흘러내렸었다.

 물론 그것은 그녀의 줄곧 있어왔던 증세들 가운데 하나였지만, 그 얘기를 하는 동안의 그녀가 계속 하던 헛구역질과 그녀의 입 한 귀퉁이를 통하여 흘러내리던 누런 똥물 같은 것과 그녀가 나에게 마지막으로 고백하였던 내용들과 그 색깔에 있어서 너무 일치하고 있어서, 그 고백이 나에겐 그녀 안의 똥을 토해내는 일로서 느껴졌었다. 그 이야기는 자살하기 전날밤 엄마가 그들이 같이 있던 방에 갔을 때 그녀가 아버지와 함께 엄마 앞에서 어떤 짓을 하였었는가에 대한 얘기였다. 질투심을 자극시켜 엄마로 하여금 스스로 목숨을 끊게 하도록 그녀가 고안해냈던 일이 바로 그 짓이었다는 것이다.

 "짐승같은 니 아버지는 무슨 일이든지 내가 하자는 대로 했었으니까."

 엄마를 살려놓고서는 도저히 그녀는 아버지를 독차지할 수가 없었으므로, 그리고 그녀는 첩으로는 도저히 살 수가 없었다. 그녀 엄마가 첩으로 살면서 큰마누라에게 당했던 일들에 대한 기억들이 너무나도 뚜렷하게 그녀 안에 남아있었다. 그리고 여기에 대한 복수심도 그날밤 엄마에게 그녀가 저지른 가학행위 안엔 가담되어 있었다고 그녀는 고백했다.

 아버지랑 둘이서 그녀는 엄마를 묶어놓고, 그 앞에서

벌거벗고서 벼라 별 짓을 다 했다는 것이다. 엄마는 소리지르다 곧 기절하였고, 기절한 엄마를 아버지가 업어다 버렸다는 것이다.
 그날은 때리지는 많이 않았었다고 했다. 연씨 아저씨가 업어온 엄마가 바로 그 엄마였던 것이다.
 엄마는 다음날 그녀의 계획대로 자살했다.
 "그땐 내가 눈이 완전히 뒤집혀있었거든, 그렇지만 니 엄마 자살했다는 소리 듣고 나 마음으로 참 안됐다는 느낌을 가졌었다. 그렇지만 죽어도 난 니 아버지와 헤어질 수가 없다고 생각했었거든 내가 죽든가, 니 엄마가 죽든가 둘 중의 하나는 죽어야 한다고 생각했었."
 그녀의 퀭한 눈으로도 질금질금,──거기서도 똥물이 번져 나오고 있었다.
 "준이야, 용서해 줘. 준이야."
 듣고 난 나의 마음은 물기가 완전히 다 말라버린 탁탁 터지는 흙바닥 같았다. 그녀를 향하여 그동안에 터 있던 물구멍이 어느덧 닫히고 내 안의 메마름이 다시 돌아왔기 때문이었다.
 "준이야, 용서해 줘. 준이야, 용서해 줘.
 하며 가쁜 숨을 몰아쉬고 있는 그녀에 대한 나의 감정은 전의 내가 어디까지 그녀를 미워하고 어디까지 그녀를 미워해서는 안 되는지 몰랐을 때보다는 선명해졌다는 점에서는 더 나아가 있는 셈이었다. 그러나 그것은 어떤 그녀에 대한 새로운 증오심으로의 발전은 결코 아니었다. 다만 그녀와 더 이상 아무런 관계도 갖고 싶지 않을 뿐이었다. 예전부터도 줄기차게 그녀와 가까워지기를 피해 왔지만, 그럼에도 피할 수 없이 그녀에게로 흘러가던 것들이 순식간에 좀더 철저하고 완전하게 내 안에서 말라붙는 듯한 기분이었다. 그녀는 똥물을 토해내고 나서 속이 좀 후련해졌는지 잠깐 잠에 빠져 있었다. 턱이 다 빠져 나갈듯이 입을 벌리고 두 눈구멍이 푹 들어가고, 얼마 남지 않은 머리칼은 지푸라기처럼 부수수해져서 잠들어 있는 그녀의 모습은 언젠가 시장에 갔다가 본 그슬려 걸어놓은 죽은 개의 모습을 연상시켰다.

나는 내 방으로 돌아와 새삼 인간의 어리석음과 잔인함에 대하여 깊이 생각해보다가 잠이 들었다.

이튿날 아침 내가 막 눈을 떴을 때, 간밤에 집에 가잔다고 말했던 간병인이 어느 새 돌아왔는지 내방 앞에 와서, 준이 학생! 준이 학생! 하고 불렀다.

내가 문을 열었더니,

"훈이 엄마가 어서 가서 신부님을 불러 달래요. 급해요, 죽을 것 같아요."

하고 떨면서 말했다.

나는 아무렇게나 옷을 줏어입고 어젯밤보다는 약해진 빗발이 아직도 내리고 있는 속으로 뛰어나갔다. 작은아버지네 식구들과 성탄 때 가 보았던, 수지를 만났던 그 성당을 향해 뛰었다. 그 가운데에서 나는 내가 이렇게 어떤 일을 내 감정 없이 선의로만 할 수 있다는 데 대하여 대견하게 생각했다.
 어디에 신부님이 계신지 알 수가 없었다. 다행히도 마침 새벽미사가 끝나고 사람들이 성당 안에서 마당으로 나오고 있을 때였다.
 "신부님이 어디 계세요?"
 하고 내가 급히 물으니까 한 여자가 성당 안을 가리켰다. 내가 만난 신부님은 사십이 될까말까한, 얌전하게 생긴 분이었다. 사람이 지금 죽어가고 있는데 신부님을 찾고있다고 하니까,
 "이 성당 교웁니까?"
 하고 물었다.
 "아닌데요."
 하면서 설명을 하는데 나는 한참 걸렸다. 내 말을 듣고 신부님은 잠깐 생각하는 듯 하더니,
 "알았습니다. 가지요."
 하고는 검은 가방 하나를 들고 수녀님 하나와 늙은 남자 하나를 대동하고 나의 뒤를 따랐다. 이렇게 여러 사람들이 가면 그녀의 꿈에서 그녀를 둘러싸고 있었다는 마귀를 다 물리 칠 수 있을 것 같았다.
 성당에서 우리 가게까지의 길은 꽤 멀었다. 성당에서 버스 정류장까지 와서 버스를 타고 다섯 정거장을 지나서 내려, 또 걸어서 한참 와야만 했다.
 그렇게 왔을 때는 이미 설희 엄마는 죽어 있었다. 미

이라 같은 두 다리를 쭉 뻗고, 푹 꺼진 두 눈은 감았는데 입은 딱 벌리고 있었다. 신부님과 같이 들어간 사람들은 그녀가 죽은 걸 곧 알아보았다.

내가 실망할까봐 신부님은,

"비록 날 못 봤어도 자기가 진심으로 회개를 했으니까, 좋은 데 갔어요. 회개하는 영혼은 하느님이 다 받아주시니까."

라고 나를 바라보며 말했다.

그래도 내가 무얼 좀 해달라고 청하니까 신부님은 조그만 물병을 가방에서 꺼내어 죽은 설희 엄마의 이마에 바르고 몸 위에 뿌리면서 기도문을 외웠다.

그리고 나서 수녀님과 또 하나의 늙은 남자와 함께 신부님은, 하늘에 계신 우리 아버지, 은총이 가득하신 마리아여, 라 하는 그 기도문을 설희 엄마의 영혼을 위하여 그 자리에 서서 해주었다. 그리곤 돌아갔다.

나는 아무리 울려고 애써도 목구멍으로부터 마른 헛김만 나오고 울음이 울어지지가 않았다. 설희 엄마의 시체는 그 임자인 아버지의 주선에 의하여 화장터에 보내졌다. 시골에서처럼 여기엔 그녀를 묻어 줄 땅이 없었다. 누가 그녀의 시체를 땅에 묻어주고 싶었다 하여도 그녀의 시체엔 손을 댈 수가 없었다. 아버지가 임자였으니까.

설희 엄마가 죽던 그날에도 아버지는 시장골목 그 포목장사 여자 집에 가 있었다.

시체를 두고 사람이 없었으므로 나는 할 수 없이 시장골목의 그 여자 집을 찾아갔더니 아버지는 공교롭게도 그때도 또 그 여자와 아침을 같이 먹고 있었다. 가게와 붙어있던 쪽 방에서 여자와 함께 기거하면서 아버지는 그 비단 장사를 돕고 있었던 것 같다.
 뜻밖에 나타난 나를 보자 아버지는 한번 퍼뜩 놀라는 기색이더니,
 "훈이 엄마가 죽었어요"
 하니까 그 둥글둥글한 눈을 굴리면서 잠시 나를 바라보더니 먹던 밥을 마저 다 먹고, 여자에게 돈을 좀 내놓으라고 하더니, 주머니에 넣고 나를 따라 나섰다.
 "나도 가요?"
 하고 여자가 뒤에서 소리를 지르니까,
 "관둬!"
 하고 아버지가 막던 게 기억난다.
 형과 나, 아버지, 훈이, 평양아줌마, 그리고 두 사람이 더 화장터까지 설희 엄마를 쫓아갔다.
 그날 나는 이런 생각을 했었다. 나는 이렇게 외롭게 떠나지 않을 것이라고, 내가 떠나는 뒤엔 거리가 메어지게 수많은 사람들이 나의 죽음을 슬퍼하며 따라오도록 할거라고, 그리고 나는 내 몸을 불 아궁이에 집어넣어 태우지 않고 저 푸른 산 가장 좋은 언덕 배기에 묻어, 편히 자게 해 줄 것이라고,
 그러기 위하여는 나는 지금부터 무엇을 시작해야하는

지, 나는 그날 거기에 대해 처음으로 많이 생각해보았 었다.
　그동안 그렇게 여러 명의 죽음을 거치면서도 별로 깊이 생각해보지 못했던 일을 그날은 깊이 생각하여 보고 있었다. 죽음은 아무리 여러 차례 당해도 도저히 나에겐 익숙해질 수 없던 일이었다. 그리고 또 사람의 몸이 들어가 한 줌의 재가되어 나오는 그 처음 목격하는 기막힌 현장 앞에서 마악 사춘기에 도달했던 한 소년으로서 아무런 생각도 아니 할 수는 없었다. 훈이는 아무것도 모르고 화장터에서도 잘 뛰어 놀았다.
　그날 저녁 때 어떻게 설희 엄마가 죽었다는 소식을 들었는지 한 선생님이 우리 집을 찾아왔다.
　"힘내라."
　하면서 나의 등을 두드려 주는 선생님의 안경너머의 맑은 눈을 보자 나는 그 죽을 것 같던 침울함에서 벗어나 비로소 좀 살 것 같았다. 우중충하게 잔뜩 내려앉았던 가슴 안으로 갑자기 푸른 하늘이 밀려들면서 그래도 인간은 희망 있는 존재라는 생각이 불쑥 마치 솟아나는 태양처럼 내 가슴 복판을 지르고 솟구치는 것이었다.
　설희 엄마의 장례를 치르고 아버지는 곧 서울행을 서둘렀다. 진즉부터 아버지는 서울로 떠날 계획이었다. D시에 남아있어 봤자 별 장래가 없다라고 아버지는 판단하고 있었다.
　D시를 떠날 때의 아버지와 우리는 야간 도주자들이나

진배없었다.

　설희 엄마가 죽고 바로 서울에 먼저 올라가서 한 달 정도 있다가 내려온 아버지는 서울에 있는 작은아버지와 잘 타협이 되었다면서 우리들에게 곧 올라갈 차비를 하라고 명령했다. 형은 일하던 빵집에서 점차 재미를 잃어가고 있던 때여서 서울에 가서 새로운 일자리를 구해보겠다는 생각으로 선뜻 따라가겠다고 했다.

　나는 한선생님에게 의논했는데, 선생님 대답이,
　"니 생각은 어떠냐?" 라는 것이었다.
　나는, 가고싶다 라고 말했다. 선생님 의견도 서울에 있는 좋은 대학엘 가려면 지금부터 올라가서 서울의 명문고를 다니는 게 유리하다는 것이었다. 명문 학교들 중에도 편입시험이 있는 학교가 있으면 시험을 보고 들어가고, 없으면 허름한 중학교에 일단 들어갔다가, 내년 봄에 있는 고교입학시험을 치르고 들어가면 된다는 것이었다.

　니 마음대로 할 일이지만, 만일 아버지만 보내고 니가 여기서 그냥 다니던 학교를 계속해서 다닌다해도 너 정도의 실력이나 점수면 훗날 서울에 가서 좋은 대학을 얼마든지 들어갈 수 있다는 얘기도 덧붙여 했다. 왜냐하면 내가 다녔던 중학교도 거기선 명문이었기 때문에 포기하기가 아까운 곳이었다.

　그래도 나는 서울에 올라가고 싶다고, 말했다. 학비는 이제부터는 내 스스로 벌어보겠다고 말했다. 선생님은 그것도 좋은 생각이라면서, 그러나 힘들면 구조도 요청할 수 있는 사람이라야만 진짜로 비굴하지 않은 사람이라는 점을 강조하였다. 필요할 때에는 언제나 자기에게 연락해 달라는 부탁이었다.

　방학 때엔 꼭 한번씩 내려와 선생님을 뵈올 마음으로 떠나지만 만일 그렇게 못하더라도 서울 가서 대학을 합격하고 나선 반드시 내려와서 선생님을 기쁘게 하여 드릴 것이라고 나는 선생님에게 말씀드렸다. 그리고 선생님은 나에게 서울에 가서 편입이나 입학이나, 학교 들어가는데 서류들이 필요하면 곧 준비해 보낼 테니까 자기한테 편지만 해달라고 하였다.

　아버지와 우리들은 밤에 기차를 타야만했었다. 아버지에겐 빚쟁이들이 많았기 때문에 그들의 눈을 피해야만 했었다. 시골에서 떠나올 때도 그랬었지만 D시에서 떠나올 때도 정거장에 우리를 마중 나온 사람들은 한선생님 가족뿐이었다. 한선생님은 그 갈래머리 소녀와 이미 결혼해서 첫아들을 낳아 안고 있었다. 나는 여기 학교는 일단 휴학신청을 내고 떠나는 길이었다. 서울 가서 형편을 봐야만 했기 때문이었다.

　우리가 D시를 떠날 때에도 또 가을이었다. 밤의 기차 정거장에는 바람이 불고 있었다. 한선생님의 머리가 몹시 날리고 있었다.

　"선생님, 성공해서 돌아오겠습니다."

　나는 선생님이 마지막으로 준 두툼한 돈 봉투와 기차

에서 먹으라고 사준 선물 꾸러미를 들고 그게 무슨 소리인지도 모르고 기차에 오르기 전에 선생님에게 그렇게 말했다.

"이눔아! 몸이나 건강해라."

기차에 올라 차창을 통해 밖을 내어다보니 선생님과 선생님의 부인이 된 갈래머리 소녀와 돐이 넘은 아이 세 사람이 우리 쪽을 보고 있었다. 부인은 아이를 낳고도 설희 엄마처럼 되지 않고 여전히 날씬한 몸매에 방긋방긋 웃는 모습 그대로 있었다. 다만, 갈래머리만 자르기가 아까운지 뒤로 묶고 있었는데 아직도 처녀 같고 예뻤다.

정거장의 불빛이 선생님의 안경 위에 튀고 있어서 눈은 볼 수 없었는데 첫아들의 고사리 같은 손을 잡고, "자, 빠이빠이 해라. 빠이빠이."

하면서 고개를 숙이고 있는 모습이 수상했다.

아이를 바라보는 체 하면서 우리 쪽을 보지 않고 있는 것이 틀림없이 쏟아지고 있는 눈물 때문이었을 것이다.

당시 한선생님은 나에게 실질적인 아버지였고, 내가 아버지에게서 받지 못했던 사랑이라는 것을 처음으로 나로 하여금 느끼게 해주었던 사람이었다. 제자라기보다는 부성애(父性愛)적 사랑을 선생님은 나에게 부어주고 있었다. 나는 당시 그의 맏아들이나 진배없었다. 선생님네 식구를 남기고 서울로 떠나오는 기찻간에서 나는 고개를 쳐들고 천정을 바라보면서 계속 울었다.
　서울로 떠나올 때 제일 좋아하던 게 훈이었다. 기찻간에서도 이리 뛰고 저리 뛰고,──어느 새 훈이는 만으로는 다섯 살 그냥 나이로는 여섯 살이었다. 자기 엄마가 죽었는데도 그게 무슨 의미인지 잘 모르고 있었다. 화장터 마당에서도 훈이는 형과 나에게 계속 장난을 걸면서 우리 시선을 끌어보기 위해 우리 앞에서 별 시능을 다해 보이면서 키득거리고 놀았다. 하도 오래 몇 년을 엄마가 병석에 있었고 또 나중엔 어린아이의 눈으로 보기에도 엄마가 너무 흉칙한 모습으로 변모되어 떠났기 때문인지도 모른다. 맨 날 방이나 가게 안에 갇혀서 커왔다가 밖으로 나오게 되니까 그게 아이에겐 좋은 모양이었다.
　아이가 순해서 자주 울거나 투정을 부리거나 하지는 않았다. 먹는 것도 잘 먹었다. 생긴 것도 아주 잘 생겨서 기찻간에서 이리 뛰고 저리 뛰고 하는데도 사람들은 상을 찌푸리지 않고 미소를 머금고 계속 그 애를 바라보고 있었다. 이상하게도 훈이는 자기 엄마나 아버지보다도 우리형제를 특히나 좋아했다. 어릴 때 설희 엄마에게 불려가서 번갈아 아이를 업어주었던 게 원인인지도 모른다. 그러나 형은 훈이에 대한 자신의 감정 안에도 설희 엄마와 아버지에 대한 반감을 개입시켜 가지고 있었다. 그러나 나는 전혀 아니었다. 그 아이도 우리처럼 아버지의 희생자일 뿐이라는 생각을 처음부터 꾸준히 가지고 있었다. 나처럼 그 애도 아버지 아들로 태어난 게 불쌍하다고 느꼈던 그대로일 뿐 거기에 다른 맘은 또 일어나지 않았다. 나는 형이 사람들이 없는 곳에 가서는 항상 훈이에게 눈을 흘기고 태도를 거칠게 할 때마다,

"형, 걔한테 무슨 잘못이 있어. 형도 어떤 사람이 형이 아버지 아들이라고 해서 공연히 형을 미워한다면 좋겠어?"

하고 따지곤 했다.

설희 엄마가 죽고부터 나는,

"형, 그 애를 미워하지마. 죄는 아버지하고 간신하고 졌지 이 애가 진 게 아니잖아?"

하면서 형이 그 애한테 잘못할 때마다 형한테 덤벼들곤 했었다. 나는 훈이에게 대해서는 큰 연민을 가지고 있었다. 나 자신이 억울한 것처럼 이 아이도 억울한 것이다.

서울에 도착해서 우리는 D시에 도착했을 때처럼 또 작은집으로 갔다. 작은집은 청파동이라는 동네에 살고 있었는데, 잘 살고 있었다. 이층집인데다 지하실에 우물까지 있었다. 당시엔 식모라고 호칭되던 고정 가정부도 있었고, 밑의 작은 두 아이들만 빼고 위 세 아이들에겐 각기 방이 주어져있었다. 이층의 세 개의 방을 아이들이 하나씩 나누어 가지고 쓰고 있었고, 아래층 방 세 개는, 하나는 안방, 하나의 방은 두 아이들의 방, 그

리고 또 하나의 큰방은 작은아버지가 저녁에 진급반 아이들을 모아놓고 과외를 하고 있던 방이었다.

고급 왜식가옥들이 그대로 남아있는 고급 동네였는데 집집마다 정원에 숲이 있고, 누런 은행나무 잎새들이 골목길에 흩날려 보기 좋은 운치 있는 동네였다. 우리가 갔을 즈음엔 이층 작은아버지 집 창에서 내려다보이는 층계아래 옆집 마당엔 담 밑으로 온통 사르비아만 심고 있었는데 빨알갛게 사르비아 꽃들이 피어 가을햇빛에 살랑거리고 있었다.

나는 처음으로 와보는 서울과 작은아버지 집과 청파동 동네가 몹시 마음에 들었다. 어릴 때 서울에 살았다지만 그때의 기억은 거의 없었다. 6·25전이니까 그때보다는 수복 후 많이 발전되어있던 서울이었다.

작은어머니는 우리들을 반갑게 맞이하여 주었다.

"아유, 형님이 돌아가실 때 가보지도 못하고, 서로 연락을 안하고 살다보니까 이런 못할 짓도 하게되네. 아주 이쁘셨는데, 새파란 젊은 나이에 그렇게 오래 앓으셨다는 데 연락을 했으면 내가 내려가 뵈었을 텐데."

우리들에게 빨간 홍옥사과를 깎아주면서 작은어머니는 몹시 언짢은 기색을 했다. 미리 올라와 있던 아버지한테서 설희 엄마 얘기를 들었는가 보았다. 작은엄마는 아내를 둘씩이나 상처한 아버지를 딱하게 생각하는 듯 했었다. 아버지 됨됨이에 대하여는 족히 알고 있었지만 우리엄마의 죽은 경위에 대해서나 그 이후의 일들에 대해서는 아직 상세하게 모르고 있었다.

 작은엄마의 모습은 우리 동네로 피난 왔었을 때에나 D시에 있었을 때보다 훨씬 매끈해지고 가다듬어져 있었다. 그러나 옛날 우리 살던 시골에 피난 왔었을 때, 앞마을 멍석 방으로 찾아다니며 내가 맨 날 옛날얘기 듣던 그 작은엄마가 그래도 나에겐 더 그리웠다.

 그때는 작은집엔 아이들이 셋이었는데 D시에 와보니 네 아이가 되어 있었고, 서울에 올라와 보니 그동안에 또 하나가 더 늘어나 다섯 아이로 불어나 있었다. 초등학교 교사 봉급만으로는 그 많은 식구를 부양하고 아이들을 교육시키며 일하는 사람까지 두고 산다는 것은 불가능한 일이었다.

 그러나 작은아버지는 유능한 교사로서 평판이 나서 계속 6학년 담임만 맡고 있었다. 웬만한 아이인 경우, 작은아버지에게 맡기기만 하면 당시 일류 중학교인 경기, 서울, 경복, 적어도 용산 까지는 간다고 소문이 나 있다고 했다. 다른 반은 정원이 팔십 명이라면 작은아버지 반은 백 명이 넘었다. 학부형들이 교장선생님을 찾아가 작은아버지 담임 반으로 자기 아이를 넣어달라고 성화를 내는 바람에 하나 둘 넣다보니 그렇게 되어 버렸다는 것이었다. 부촌이라, 그 근방에 국회의원, 검찰청장, 대학원장, 당시 내노라는 세력가, 금력가들이 많이 모여 살고 있었는데, 그들은 모두 자기 아이들을 작은아버지 담임 반으로 집어넣으려 하고 있었다. 기껏

해야 한 반에서 일류 중학교를 한두 명만 보내도 낯이 나는 때였는데 작은아버지 반에서는 몇 십 명씩 일류중학교에 가고 있었으니 소문도 날만 했었다.

 학부형의 열성도 대단해서 학년초에 벌써 일년 치 과외비를 모두 한꺼번에 내는가 하면 시골에서 올라온 쌀가마를 갖다 바치는 사람,――각양각색으로 자기 성의를 다하고 있었다. 작은아버지가 살고 있던 그 이층집도 과외 학부형들이 각자의 일년치 과외비를 미리 거두어 보태주어서 먼저 살던 나가야(연립) 이층집 판돈과 합쳐서 샀다고 했다. 안방 장롱 위엔 학부형들이 사다준 와이샤쓰 곽들이 층층이 쌓여져 천장까지 완전히 닿아 있었다. 과일도 현관에 궤짝으로 쌓여 있었다. 자기 자식들 좀 잘 가르쳐 달라고 보낸 부모들의 정성이었다. 나는 받아 본 적이 없었던 부모들의 자식들에 대한 사랑이었다. 그때는 불법과외라는 말이 없었다. 무슨 일이든 법으로 막으면 불법이 되는 것이다.

 아이들의 스승을 찾아 뵙고 정성이 담긴 선물을 건네주는 일도 아름다운 일로 보자면 아름다운 일이었다. 스승을 섬기고 떠받드는 일은 좋은 일이기 때문이다. 우리 옛사람들은 스승의 그림자도 함부로 밟지 못하게 하였었다. 스승에 대한 사랑이라고 해서 말로만 그치라는 법은 없다. 사람의 사랑이 말로만 되는 게 아니고, 부부끼리 건 부모와 자식 사이건 물건을 주고받으므로 실증되는 법인데, 스승과 제자사이라 하여 선물을 주고 받지 말라는 법은 없다. 거기에도 마음의 정표가 당연히 따르게 마련이다. 문제는 그 안에 올가미가 들어가 있기 때문인 것이다. 순수하게 주는 게 아니고 그 것으로 올가미를 만들어 상대방의 목을 옭아 쥐고 제 마음대로 흔들어 보자는 의도가 들어가 있기 때문이다. 그런 사례라면 단호히 뿌리치는 게 낫다. 그런 상대방의 의도를 알면서도 받는 것은 뇌물 접수가 되지만 작은아버지에게 주던 선물들은 그런 것들이 아니었다. 아무런 선물도 못 주는 학부형들의 입장에서 보자면 혹시나 그로 인하여 자기들에겐 어떤 불이익이 오지 않을까 우려할 수도 있지만 내가 본 바로는 전혀 그렇지가 않았다.

작은아버지가 제일 사랑하던 학생은 곽수열이라는 아이였는데 당시 병원의 변소청소를 다니던 홀어머니 밑에서 자라던 아이였었다. 그 아이는 작은아버지에게 밤에 과외를 받으러 오던 여덟 아홉 명의 과외 생들 가운데 유일하게 무료 과외생이었다. 그럼에도 작은아버지는 자기 질문에 그 애가 답을 할 때마다 그 총명함에 무릎을 치면서 기뻐하곤 하였었다. 그 아이를 그때 작은아버지는 그렇게나 사랑할 수가 없었다. 이 이듬해 봄 그 아이는 결국 경기중학교에 들어갔다.

선물에 지배당하여 공부 못 하는 아이를 공부 잘 하는 아이 앞에 세운다거나 별 잘못도 없는 아이를 들들 볶는다든가,——그럴 수 있는 위인이 작은아버지는 절대로 아니었다.

누구든지 사람냄새를 맡을 줄 아는 코를 어느 정도는 가지고 있다고 생각하는데 적어도 당시에 내 코에 맡아지는 작은아버지 냄새로 볼 때 그런 구린내가 나던 사람이 절대로 아니었다. 그렇다고 학부형들의 정성에 전혀 아무런 보답도 주지 않고 나 몰라라 하던 사람도 또한 아니었다. 거기에 보답 할 줄도 충분히 알았었다.

그때 거기 오는 학생들 가운데 김현우라는 아이가 하나 있었는데, 얼핏보면 반편 비슷했다. 그런데 그 엄마가 거의 매일 작은아버지 집에 와 살았다. 우리아이 중학교 좀 보내달라고 아무 데나 좋으니까,——별의별 선물을 다 들고 왔다.

산삼만 없었지, 석청, 인삼, 소족발,——그 어머니의 정성에 감복하여 작은아버지는 과외가 끝난 뒤에도 그놈을 따로 앉혀놓고, 반복 또 반복, 반복학습 방법으로 바보나 진배없는 그 우둔한 놈의 머리를 깨우쳐 주고 있었다. 그래서 결국 그 바보 같은 아이를 기어코 다음해 당당히 Y중학교에 합격시켜 놓았다. 그걸 보고 놀래지 않았던 사람이 없었다.

다른 반 교사들의 견지해서 보자면 혼자서 각광을 다 받고 아이들이 그리로만 몰리고 있으니 부당하다고 느꼈을지 모르지만 그들은 자신의 무능부터 먼저 한탄해야 할 노릇이었다.

능력 없는 사람이나 능력 있는 사람이나 다 똑같이 대우를 받는 일이야말로 진정 불공평한 일인 것이다.

능력 있는 사람이 능력 없는 사람보다 더 각광을 받고 더 좋은 대우를 당해야만, 그것이 정당한 대우인 것이다.

작은아버지는 당시 정말 유명했었다. 작은아버지한테 과외만 받으면 바보라도 일류중학교에 갈 수 있다는 소문이 인근에 쫙 나있었다.

연역적 귀납적 두 방법을 다 동원해서 아주 차근차근 논리적으로 아이들을 생각할 수 있도록 만들어 주고 유인하면서 이해시켰다. 무조건 무턱대고 외우라는 식의 주입식이 아니었다. 어차피 실력 있는 교사와 실력 없는 교사가 있기 마련인데, 작은아버지는 바로 실력 있는 교사였던 것이다. 지능계발이란 측면에서 보자면 정말 탁월했었다. 교사는 실력이 있어야 선한 역할이지 실력 없는 교사란 그보다 더한 악역이 없는 것이다.

사실 말이지 그 밑의 아이들이 당하는 불이익을 생각해보면 실력 없는 교사처럼 악역이 없다. 실력 있는 교사 밑의 아이들은 지능계발이 부쩍부쩍 되고있는데 실력 없는 교사 밑에 있는 아이들은 그 시간동안 자라질 못하고 자지러 붙어 지리멸렬 하고 있다면 그 당하는 손해가 얼마란 말인가. 그 손해가 눈에 보이지 않아서 그렇지 그것은 계산할 수 조차 없는 어마어마한 것이다. 자라야 할 나이에 먹지 못하여 크지 못하는 일과 똑같다.

실력 있는 교사를 만난다는 것은 참으로 큰 행운인

것이다. 작은아버지는 다른 면에서는 몰라도 가르치는 면에서는 대단했던 능력가였다고 생각한다. 그리고 거기에 대한 대가도 충분히 받고 있었다.

그런 교사로서의 작은아버지의 명성도 중학교 입시문제 출제방식이 사고력을 요하는 주관식문제 출제경향에서 선답식문제 출제방향으로 바뀌면서 퇴색해가기는 했지만 내가 서울에 도착할 당시엔 작은아버지가 아직 날리던 때였다. 몇 해째 계속 6학년 담임만 맡고있었고, 집안엔 풍요로움으로 가득 차 있었다. 그래도 작은아버지의 생활은 몹시 고단해 보였다. 학교에서 왼 종일 아이들에게 시달리다가 저녁 늦게 피곤한 몸을 이끌고 집에 돌아와 겨우 저녁밥을 먹고는 곧 다시 과외 방으로 들어가서 거기서 몇시간 동안 시달리다가 그것이 끝나면 김현우 같은 누진아의 경우, 또 더 봐주어야 하는 것이다.

이만저만 큰 중노동이 아니었다. 다른 교사들은 저녁 다섯 시에 퇴근하면 집에 와 쉴 수 있는데 작은아버지의 일과는 그것이 아닌 것이다. 우리 의사들만큼이나 피곤한 직업이었다.

그래도 그 밑에서 다섯 아이들과 정숙한 아내가 행복하게 살아가고 있었다.

인류애, 애국심, 이런 거창한 사랑은 그의 안에 가지고 있지 않았다 해도 작은아버지는 한가정의 가장으로서 자기가 낳은 아이들과 아내를 충분히 사랑하고 보살

펴 가면서 열심히 자기 직분을 다하며 살고 있었다. 이 웃에 대해서도 되도록 유익을 끼치려 하면서 적어도 해악은 주지 않고 자기 자리에서 아침부터 저녁 늦게까지 열심히 소처럼 일하고 있었다.

 적어도 작은아버지는 자기 새끼들과 아내와 자기에게 맡겨진 사람들을 위하여는 희생을 아낌없이 바칠 줄 알았다.

 방방마다 깃대처럼 십자가를 걸어놓고 일요일엔 성당에 나가서 만물을 지으신 창조주께 합당한 예절도 바치면서 반듯하고 단정하고 바르게 살아가고 있었다.

 내 주변에 작은아버지와 같은 이런 사람들이 와 있지 않았다면 아버지가 보여주던 그 광란의 삶 속에서 내가 무엇을 딛고 탈출 할 수 있었을지 모른다. 비록 작은아버지는 한희규 선생님처럼 나에게 큰 일을 하여주지는 않았지만 작은아버지가 살고있던 그 평범한 삶 자체가 나에겐 큰 푯대가 되어주었었다. 또 작은아버지가 나에게 특별히 잘해주길 바랄 수도 없었다. 이미 작은아버지에겐 아이들이 다섯이고, 뽕잎을 먹는 누에처럼 그들은 작은아버지의 몸을 뭉텅뭉텅 먹으며 자라고 있었다. 아침에 학교출근해서 과외 끝날 때까지 그는 잠깐도 자리에 누울 새가 없었다. 과외 하는데 들여다보면 어느 땐 작은아버지는 아이들에게 문제를 풀라고 시켜놓고 잠깐 졸고 있었다. 그러나 그것은 졸고 있는 일이 아니었다. 작은아버지로선 잠깐 눈을 붙이는 일이었다. 그렇게라도 졸고 나면 훨씬 낫다고 했다. 다시 말해 작은아버지에겐 조는 게 모자란 수면의 보충이었다. 그렇게 고단하게 번 돈을 자식들에게 줄 때는 조금도 아깝지가 않아 보였었다. 우리 아버지에겐 자식들에 대한 그런 사랑이 없었다.

하늘로부터 내려와 인간성안에서 자연스럽게 흐르게 되어있는 부성애가 아버지 안엔 흐르지 않았다. 작은아버지 안엔 그것이 흐르고 있었다. 그 당시의 나의 어린 눈에도 그것이 보였었다. 같은 형제인데 우리 아버지와 작은아버지는 너무나 달랐었다.

그러나 엄밀히 따지자면 오래 전부터 이미 헤어져 다른 길을 걸어오고 있었으므로 같은 형제라고 볼 수도 없었다. 한쪽은 폐광이라면 다른 한쪽은 금광이었다. 한쪽은 물길이 대어지고 있는 샘이라면, 한쪽은 물길이 끊어져 메마를 대로 메말라버린 샘이었다. 각기 달랐던 그들의 두 모습은 피가 인간을 지배할 수 없다는 가장 확실한 실증으로 보여져서 지금의 나에겐 용기를 주는 일들 중의 하나이다.

인간 각자의 길은 그 자신 스스로가 어찌 운영하는가에 달려있는 것이다.

작은 집에 있는 동안 나는 그들의 가족이 살고 있던 모습이 얼마나 부러웠는지 모른다.

그들의 화목과 평화가, 그들이 서로 사랑하고 있음이, 그리고 그들이 누리고 있던 그 물질적인 풍요로움도.

비록 그들은 부자는 아니었지만 나에겐 너무나 부러웠던 곳이었다.
  아버지는 밖으로 나돌고 설희 엄마와 있는 동안 끼니 때울 쌀 살 돈이 없었던 때가 한 두번이 아니었던, 우리의 그런 강퍅한 형편에 비하면, 이곳은 따뜻한 물이 항상 차있는 그런 곳이었다. 우리의 옮겨갈 집의 지붕과 벽 어딘가에 손볼 데가 더 생겼다면서 아버지는 우리에게 작은집에 며칠 더 묵었다가 오라고 하였다. 그래서 아버지는 이사갈 집에 먼저 가 있었고 우리는 일주일 이상 작은 집에서 쉬었다. 그리고 작은 엄마가 또 우리들에게 시골에서 서울로 놀러온 셈치고 여기서 며칠 푹 쉬면서, 맛있는 것도 많이 먹고 오랜만에 만난 사촌들과 얘기도 실컷 하다가 가라고 우리를 붙잡기도 했었다.
  그 얼마간 있는 동안 작은엄마는 우리들에게 따스하게 참 잘 해주었었다.
  피난 온 동생네 한테 몇 일 먹은 밥값 받아 내려하고 동생 따돌리고 읍네 장으로 혼자 뛰었던 우리 엄마 아버지에 비하면 작은엄마, 아버지가 우리를 대해주던 친절은 자기를 버렸던 일에 해당했다. D시에서 처음 만났을 때에는 조금 가시돋힌 말을 했던 작은 엄마지만 우리가 서울에 도착하여 그녀의 집에 있는 동안엔 일체 그런 내색을 하지 않았다.
  그러나 그 안에서도 나는 큰 섭리를 본다.

우리 엄마가 담요 판돈에서 그들의 밥값을 제하고자 하였을 때, 작은엄마가, "이리주슈. 우리 먹은 밥값은 이 다음에 평화 되면 갚을 테니." 하던 말이 그대로 맞은 셈이 된 것이다.
  그때의 밥값을 우리가 가서 받고 있었던 셈이었다. 물론 그런 생각으로 작은엄마가 우리에게 밥을 주고 있었던 것은 아니었겠지만 그때 빚을 지었으니 밥을 주어야만 하는 것은 당연한 일인 것이다. 그 밥값을 우리는 두고두고 톡톡히 받아내고 있었다. 처음 서울 올라가서 작은집에 며칠 묵던 그동안이 나에겐 무척 행복했었던 날들로 기억된다. 저녁 먹고 작은집 아이들과 그 근처의 공원으로 바람을 쐬러 가던 일, 작은아버지가 근무하는 거기서 멀지 않은 언덕 위의 학교 운동장에 올라가서 눈 아래 보이는 서울 동네를 처음으로 내려다보던 일,──형도 좋아했었다. 서울에 오길 잘했다는 생각이 들었었다. 작은아버지 집이 잘 살고 있었던 게 우리들에겐 은연중의 고무가 되었었다. 우리도 잘 하면 이렇게 될 수 있으리라는 희망이 생기는 것이었다.
  무엇보다 우물 안 개구리가 바다에 나온 듯한, 더 넓고 높은 곳으로 나왔다는 느낌이 좋았었다.
  긴 병석에 누워있던 설희 엄마의 그 처참한 모습 곁에 있으면서 함께 당해야했던 그 피치 못할 긴장감, 똥을 토해내 듯한 설희 엄마의 그 마지막고백, 화장터, 불쑥불쑥 가게문을 열고 들여다보며 아버지의 행방을 묻던 빚쟁이들의 성깔 난 얼굴들, 시장골목 안의 포목 장수여자,──D시에서 있었던 여러 가지 일들이 여기에서 바라보니 악몽 같았다. 마치 시꺼먼 매연 속을 빠져 나온 것 같았다.

그리고 벌써부터 작은집 근방의 골목이나 거리에서 간간이 내 눈에 여학생들의 모습이 걸릴 때마다 혹시 수지가 아닌가 하고 유심히 바라봐지고 있었다.

한희규 선생님에겐 서울에 도착한 바로 다음 날, 동식이가 학교 가고 비어있는 이층 동식이의 방에 올라가서 그 애의 책상 앞에 앉아서 편지를 써서 부쳤다.

──선생님. 언제나 선생님을 실망시키지 않는 준이가 되겠습니다.

환경이 바뀌더라도 내 할 일은 그대로입니다. 공부 열심히 하고 건강 하라던 선생님 말씀 언제나 마음속 깊이 간직하고, 쉬지 않고 가고 있는 초침처럼 열심히 달리겠습니다.

제가 도착한 서울 작은아버지 댁은 좋습니다. 마치 천국에 온 것 같습니다.

서울이 나를 실망시키지 말았으면 좋겠습니다.

비록 서울이 나를 실망시키더라도 저는 선생님 생각 하면서 잘 견디어나가겠습니다.

멀리 있어도 선생님은 언제나 제 손을 잡고 있습니다.

마음으로 의지할 데가 있다는 것이 이렇게 든든할 수가 없습니다.

선생님은 나의 고향입니다.

언젠가 나는 선생님께로 반드시 돌아갈 것입니다.

그러나 지금은 아닙니다.

여기서 한 짐 가득 만들어지고서 선생님께 돌아가겠습니다.

안녕히 계십시오.

강 준 올림

―.

그것이 대략 내가 작은아버지 집에서 한선생님께 보낸 서울서의 첫 편지 내용이었다.

드디어 우리가 작은아버지 집을 떠나야만 하는 날이 왔다. 여기 계속 있을 수는 없는 것이다. 이 곳은 좋은 곳이지만 나의 둥지는 아닌 것이다. 나는 나의 둥지로 가야만 하는 것이다.

내 아버지의 집이 내 둥지인 것이다. 나는 작은아버지의 아들이 아닌 것이다.

새들도 제 새끼가 아닌 것은 제 둥지에서 밀어낸다. 새들도 제 새끼에게 줄 먹이를 찾아 헤매다 찾으면 수백리 길이라도 날아가서 제 새끼에게 가져다 먹인다. 다른 새가 낳은 새끼가 아닌 자기가 낳은 새끼들에게만.

이런 자연의 섭리를 누가 바꿀 수 있을 것인가.

작은아버지에겐 작은아버지의 새끼들이 있고, 아버지에겐 아버지의 새끼들이 있는 것이다.

작은아버지의 둥지에 와서 잠깐 쉬었으니 이제 나는 내 아버지의 둥지로 돌아가야만 하는 것이다. 그러나 내 아버지의 둥지는 작은아버지의 둥지에 비하여 너무나 초라했다.

아버지가 서울에 올라와서 시작한 첫 사업은 국수가게였다.

가게 안 한 쪽엔 국수기계도 놓여져 있고 국수를 빼서 말리는 시설도 되어져 있었다. 시설이라는 것이 별개 없고 빨래를 널어 말리듯 틀에서 뺀 젖은 국수 발을 쭉쭉 널어 말리는 빨랫줄 같은, 말하자면 건조틀이었다.

청파동 작은아버지 집에서 과히 멀지 않은 공덕동이라는 동네였다. 옛날 아버지가 서울에 살았을 때 살던 동네인데, 동네입구에서 본 언덕빼기의 아카시아와 학교 담의 모습이 나의 까마득한 어린 날에 대한 어렴풋한 몇 개의 추억들 가운데 남아있는 그 어른어른한 형상들을 다소 연상시키기도 하였다. 이제 세월이 하도 흘러 아버지에게 사기를 당한 신부님이 찾아올 리도 없으니 구태여 피할 이유도 없게 되었다. 그래도 낯선 동네보다는 옛날 자기 살던 동네에 와서 아버지는 장사를 시작해보고자 하였었다.

우리의 국수가게는 큰길가에——큰길이래야 당시엔 버스도 다니지 않았고 지금의 구획 정리된 동네 길보다도 좁았었다.——이어져 있었는데 가게와 붙은 방이 하나있고, 또 하나의 방이 연이어 있고, 그리곤 연탄아궁이에 시멘트 바른 부뚜막이 있던, 조그맣고 답답한 부엌이 갖추어져있었다. 가게와 붙은 방은 먼젓번처럼 아버지가 가게를 지키며 살게 되어있던 방이었고 나머지 또 하나의 방이 형과 나, 훈이, 셋이서 살아야하는 방이었다.

 화장실은 우리 방 뒷쪽에 붙어있었는데 밑으로 구멍이 뚫려있는 사기변기가 놓여져 있던 재래식이었다. 수돗물이 나온다는 것 이외엔 D시에서 우리가 살던 데보다 별로 더 나은 것이 없었다. 가게 쪽은 노변이라 환한데 뒤로 나가있는 부엌과 또 하나의 방은 앞이 막혀 낮에도 불을 켜야 할만큼 어두웠다. 큰길이라지만 사람도 많이 다니지 않고 인가들이 빽빽하지도 않은 동리를 끼고 있어 내 생각으로는 장사가 될 성싶지가 않았다.

 D시에서도 피난민들이 빠져나가니까 대번 가게가 한산해지던 기억이 내 안에서 떠올랐기 때문이었다.

 주변엔 배추밭까지 있었다. 보이는 집들도 허름해서 이 곳이 과연 서울인지 의심이 갈 정도였다. 이 정도의 동네는 D시에도 얼마든지 있었고 이보다 더 나은 동네도 허다했었다.

 형도 실망하는 눈빛이었다. 서울에 도착해서 처음으로 살아본 작은아버지의 집에 비하면 이 곳은 너무 형편없었다. 동리 모양부터가 이 곳은 전연 딴판이었다.

 은행나무 잎새가 담 너머로 흩날려 골목길에 쌓이고

소녀의 피아노 치는 소리가 은은히 들리던 그 고급 촌의 우아함과 정취 있음에 비하면 이 곳은 사람이 사는 곳이 아니었다.

그 동네가 사람이 사는 곳이라면 이 곳은 짐승들이나 살아야 하는 곳이었다.

같은 핏줄기에서 난 두 형제인데 이렇게 다른 곳에서 살아야 한다는 사실이 새삼스럽게 부각되어 나에겐 특별한 일로 느껴졌다. 작은아버지는 고단하고 힘은 들어 보였지만 마치 꿀통에 벌이 들끓듯 그 곳엔 사람들이 이끌려와서 들끓고 있었고 아버지의 몸에선 마치 쓴 것이 나와서 사람을 쫓는 듯이 느껴졌다. 작은아버지의 집에 비하여 그곳이 우리들 눈에 그렇게나 썰렁하고 을씨년스럽고 어두컴컴해 보였던 것은 그 외형적인 규모나 크기, 시설의 차이 때문만이 아니고 각기 안에 내려와 있던 눈에 보이지 않는 서로 다른 것들 때문이었는지도 모른다. 작은아버지네 집에 묵으면서 내가 느끼던 그 아늑한 훈기,──그들 가운데 넘치고 있던 따사한 연못의 물 같은 것, 화창함, 아지랑이처럼 그들을 감싸고 있던 가족애──그런 것들이 아버지의 둥지엔 없었다. 그런 것들이 아버지의 둥지인 이곳엔 없다는 사실이 작은아버지의 둥지에서 살아봄으로서 대조되어 내 눈에 아주 뚜렷하게 보였었다. 예전엔 막연히 내가 보고 있었던 것을 이제 좀더 확실하게 보게 되었다고 말할 수가 있었다. 그 확실한 대조감은 소년다운 나의 단순함 안에서 좋고 나쁨의 완벽한 상극의 대비로서 두 사람을 내 안에 따로따로 세우고 있었다.

하나가 빛이라면 하나는 어둠이었다. 하나가 생명이라면 하나는 주검이었다. 하나가 축복이라면 하나는 저주였다. 한쪽이 흥해가고 있는 곳이라면 다른 한 쪽은 쇠망해 가고 있는 곳이었다.

아버지의 둥지를 덮고 있는 주검과 멸망의 시커먼 먹구름이 내 눈엔 보이는 것 같앴다.

눈사태나 산사태처럼 아버지의 둥지 위로 내려 쏠리고 있는 그 어둠의 무서운 힘이 마치 실체처럼 나의 내적 시계(視界)안에 확실히 보이는 것이었다. 그곳에서 피하라! 라고 위에서 외치는 큰 음성이 내 귀에 들리는 것 같았다. 아니 들리는 것 같았던 게 아니고 나는 정말 그리로 이사간 어느 날 밤 그런 큰 소리가 나에게 외쳐오고 있는 것을 들었었다. 그러나 그 소리가 위에서 들려왔는지 아니면 내 안 깊은 곳으로부터 들려왔는지――그것은 확실치가 않았다. 그 소리를 듣자마자 나는 너무 무서워 벌떡 뛰어 일어나 그때까지 묶은 채 풀지 않고 놔두고 있던 책들을 끌러서 허겁지겁 들여다보기 시작했다. 내가 아버지의 둥지를 벗어날 수 있는 길은 오직 이 길 밖에 없다는 생각이 번갯불처럼 내 머릿속을 때리고 있었기 때문이었다. 그날밤부터 나는 가져온 책들 속에 파묻혔다. 아무도 그때의 나처럼 그렇게 열심히 공부할 수는 없을 것이었다.

'선생님, 환경이 바뀌더라도 내가 할 일은 그대로입니다. 건강하고 공부 열심히 하라는 선생님 말씀 마음속 깊이 언제나 간직하고 쉬지 않고 가고 있는 초침처럼 열심히 달리겠습니다.'

서울에 처음 도착해서 한 선생님에게 무슨 소리인지도 깊이 생각해보지 않고 나오는 대로 써제껴서 보낸 편지의 내용 그대로 나는 되고 말았다. 공부처럼 쉬운 게 나에겐 없었다 라고 말할 수 있는 것은 내 머리가 그렇게 좋았다 라는 그런 한 면의 소리로만 하는 게 아니었다. 그만큼 나의 인생 안의 다른 것들이 나에겐 그 공부란 것보다 더 무거웠었다는 얘기를 하려는 것뿐이었다. 가끔 환경이 나쁜 아이들이 대학 입시 시험에서 톱을 하는데 그런 아이들중의 한 경우가 바로 나였었다. 머리를 좋게 가지고 태어난 하늘의 혜택에 감사하지 않는 바 아니나 그렇다고 그 머리 좋은 것 하나만 가지고 오늘의 내가 되어진 것은 아니었다. 마치 릴레이 경주에서 앞 사람에게서 넘겨받은 바톤을 쥐고 달리듯 나는 내가 하늘로부터 넘겨받은 지혜라는 바톤을 쥐고 누구보다도 열심히 뛰었었던 것이다.

공부다, 오직 공부만이다, 공부, 공부, 공부하며 나는 이를 악물고 뛰었다.

아버지를 벗어나기 위하여, 아버지의 저주받은 운명으로부터 벗어나기 위하여, 아버지의 둥지로부터 날아가기 위하여. 당시 공부만이 아버지의 주검의 둥지로부터 나를 날아오르게 할 수 있는 두 날개를 나에게 줄 수 있다라고 내가 생각할 수 있었던 이유들 가운데 하나가 내가 좋은 중학교에 들어가고 반장이 되고 하면서 무언지 달라지고 있던 아버지의 태도였다.

강한 자에게 약하고 약한 자에게 강하다고 느껴온 아버지다운 모습이었다고 해야 할 것이다. 한 선생님이 내 뒤에 버티고 서면서부터 아버지는 조금씩 나에 대한 태도를 바꾸어가더니 내가 남들이 모두 우러러보는 일류 중학교엘 들어가자, 나에 대해서 판검사의 희망이라도 갖는 듯한 눈치였다. 비굴해지는 기색이 역력해지는 것이었다. 빵가게 기술자 희망생으로 떨어진 형과는 확실히 차이를 두고 나를 대했다.

일류 학교와 똥통학교의 차이에 대하여는 아버지는 다른 사람들보다도 오히려 더 차별을 두고 있던 사람이었다. 그런 세속적인 견해 외에 더 이상의 높은 가치관의 세계를 갖지 못하고 있었던 사람이었기 때문이었다. 다만 거기에 대하여 관심이 없었던 것은 자기에겐 당치도 않은 곳이라고 생각하고 있었기 때문이었다. 그런 아버지의 체념과 무관심에 더욱 못을 박아준 것이 형이었다.

그런데 나의 경우엔 아버지의 눈으로 보기엔 뜻밖의 사태가 벌어진 것이었다. 자기 아들이 남들이 그렇게들 원하고, 원하면서도 갈 수 없는 일류 중학교엘 붙더니, 거기서 반장까지 하는 것이었다. 거기에 대한 내심의 놀람이 아버지 안에 없었을 리 없었다.

　설희 엄마가 죽었을 때 내가 시장에 있는 그 여자의 포목가게로 아버지를 찾아갔을 때도 아버지가 나에게 아무런 질문도 하지 않고 그냥 넘어간 것만 봐도 나에 대하여 아버지가 얼마나 달라져가고 있었는가를 입증하는 일이었다. 그의 가치관 안에 투영된 나 자신의 모습이 어떠리라는 것을 나는 어렸지만 이미 알고 있었으므로 나는 옛날처럼 아버지의 말에 녹녹하게 굴지도 않았다. 형보다는 훨씬 덜 녹녹하다고 아버지도 느꼈을 것이었다. 그런데도 아버지는 나한테는 함부로 굴지 못했다.

　그래도 나는 아버지 안에 도사리고 있던 그 짐승 같은 광포한 분노가 언제 터질지 몰라 조심해야만 했었다. 지금 돌아보면 아버지로부터 용암처럼 간간이 터져 나오던 그 광포한 분노는 아버지 안에 있던 영원한 절망자의 몸부림이었던 지도 모른다. 아버지 스스로도 이때쯤엔 자기 자신에겐 이미 아무런 희망이 없다는 것을 느끼고 있었는지도 모른다. 장사는 되지 않았다. 아버지는 나름대로 몹시 애를 쓰고 있었다. 아침 일찍 일어나 가게문도 열고 가게 안에서부터 가게 앞길까지 깨끗이 비로 쓸고 국수도 일찌감치 뽑아 건조대에 널고, 어떻게든 손님을 끌어보려고 애를 썼다.

　심지어는 소위 지라시 라고 말하는 우리 가게 소개를 내용으로 한 광고지를 만들어 가지고 돌아다니며 뿌리기도 했었다.

 아버지는 서울에 올라와서 시작한 이 사업에 큰 기대를 걸고 있었던 것 같았다. 그러나 나의 눈엔 거기다 그런 가게를 내고 큰 기대를 가졌다는 일 자체가 아버지의 우둔함을 입증한 일로 밖엔 보이지 않았다. 그러나 잘 하면 밥은 먹고 살 수 있을 정도의 자리는 되었었다. 왜냐하면 국수란 누구에게나 필요한 보편적 식량이고 잘 못사는 동네일수록 국수 수요는 더 많은 법이니까. 게다가 아버지가 혹했던 것은 주인의 입으로부터 옛날 그 가게에서 누가 국수장사를 해서 재미를 톡톡히 보고 나갔다는 소리를 들었기 때문이었다. 재미란 근처에 있는 좋지는 않았지만 그래도 쓸만한 집 한 채를 사 가지고 나간 일이었다. 그런데 이렇게까지 손님이 오지 않는다는 게 이상할 정도였다. 아무리 인구가 밀집된 곳이 아니라 해도 적어도 하루에 단 몇 사람이라도 와야 하는데 서로 짜고 저 집엔 가지 말자고 약속이나 한 듯이 하루에 한 사람도 안 올 때가 있었다. 그렇다고 당장 걷어치우고 다른 장사를 또 시작할 수도 없었다.

 집세에다 시설투자도 아버지로선 전 재산을 다 바쳤다고 할 수가 있었다. 아버지의 주머니 사정이 어떻게 돌아가고 있었는지는 모르지만 D시에서 남의 빚 얻은 것이며, 남의 돈 빌려서 샀던 땅 판 돈이며, 거기다 포목장사 금이빨 여자의 돈도 아버지가 꽤 많이 갈취해 가지고 갔던 것으로 추측되는데,——이런저런 돈을 다

합하면 꽤 많은 돈을 가지고 있어야 하는데 아버지에겐 왠지 돈이 없었다. 또 어디다 무슨 땅을 뒤에 사놓고 있었는지 모르지만 적어도 내 눈엔 그 때만은 아버지에겐 그 국수가게에 들인 돈 말고는 없어 보였다.

쌀 살 돈도 없었기 때문에 우리는 계속 국수만 삶아 먹었다.

아버지와 우리 두 형제가 국수만 삶아 먹는 것은 괜찮았지만 어린 훈이에게도 매 끼니마다 국수만 먹이는 것이 나는 가슴아팠다. 양념이나 국물을 해서 국수를 맛있게 만들어 먹는 것이 아니고 그냥 삶아서 간장만 찔끔 붓고 김치도 없이 훈이 까지 네 남자가 앉아서 먹었다.

맨날 그 여자의 포목가게에서 청요리만 시켜다 먹던 아버지로서 여간 고역이 아니었을 것이다. 하지만 아버지는 그 여자에겐 별 마음이 없었던 것 같다. 적어도 미치게 좋아하지는 않았었던 것이 틀림없었다. 설희 엄마처럼 아버지가 좋아했었던 여자는 설희 엄마 이후엔 다시 나타나지 않았다. 설희 엄마는 아버지의 관능을 한번 벌컥 뒤집어 놓았던 여자였었다.

오죽했으면 아버지가 설희 엄마 앞에서 살려달라고 그렇게 울기까지 다 했었을까.

설희 엄마에게서 마음이 떠난 뒤에도 아버지는 그렇게 한번 마음에 들었었던 여자를 만났었기 때문에 다른 여자를 만나선 쉽게 안착하지 않으려 했던 것 같다. 또 어디 설희 엄마처럼 자기 마음을 채워줄 수 있는 여자가 있지 않나 하고 찾고 있었던 것 같다.

비단장사 여자하고는 아버지가 몇 년 동안 가까이 지내긴 했지만 오래 같이 살 생각은 없었고 딴 데 눈독을 들이고 있었던 것 같다. 시장에서 그런 장사를 오래 하고 있었던 여자였으니까 쌓아놓은 돈이 뒤에 있으려니 아버지는 그걸 노렸던 게 틀림없다. 그래서 아버지는 자기 계획했던 바의 어느 정도는 그 여자로부터 성취시켰었던 것 같다. 그 여자와 같이 있을 때도 아버지는 그 여자의 돈을 쓰고 다녔었다. 그렇지 않았으면 아버지 주머니에 돈이 어떻게 들어가 있어서 그렇게 돌아다닐 수가 있었겠는가. 빵집에서 일하던 형이 저축하고 나머지 몇 푼씩 집으로 가져오던 돈은 아버지에게 건너갈 새도 없이 훈이와 우리들의 입에 풀칠하기에도 모자랐었다.

가게 세, 방세도 몇 달 밀린 것을 준다준다 거짓말을 하다가 결국 못 주고 도망쳐 서울로 올라왔다. 건질만한 변변한 짐도 별로 없었지만 책만 싸 가지고 온 데도 그런 이유가 있었기 때문이었다. 아버지는 그곳에 있을 때 전혀 우리들을 돌보지 않았었다.

가게 물건을 채워놓는다고 들르곤 했지만 그 때에도 아버지는 우리의 생활비는 따로 주지 않았었다. 그러므로 그나마 물건이 팔리는대로 우리는 그 몇 푼이라도 쓸 수밖에 없었는데 그때문에 아버지는 고함을 지르곤 했었다. 이래저래 가게는 망해버리고 말았다.

요번 국수가게도 되어 가는 꼴 새가 그렇게 망해버릴 전망이었다. 가게 안이 점점 더 썰렁해져가고 있었다. 그나마 꽉 물건을 채웠던 자리들이 점점 헐거워지고 있었기 때문이었다. 남자 넷이 먹고 있었기 때문이었다. 거기다 한 두 개 국수 뭉텅이가 팔려나가 돈이 들어온다 해도 거기서 남는 이익만 쓰고 다시 그 돈으로 물건을 사서 채워 넣는 게 아니고 팔리는 대로 몽땅 써버려야만 했었다.

당장 간장 한 병이라도 사야만 했으니까, 그리고 수도세, 전기값, 방값, 가게세도 주어야만 했었다. 아버지에게 돈을 달라고 하는 것은 그의 안에 묻혀있는 지뢰를 밟는 일과 같았다. 광포한 분노가 폭발되기 때문이었다. 심지어 국수를 사러 온 사람들한테까지도 아버지는 그 절망자의 분노를 폭발시키곤 하였었다. 처음 얼마간은 간혹 나타나는 손님이 오면 굽실굽실하다가 점점 장사가 그야말로 지겹게도 안 되어가니까 아버지는 이까짓 안 되는 장사, 이판사판이다 라는 파괴심리 쪽으로 기울어져 손님이 조금만 자기 귀에 거슬리는 소리만 하면 냅다 고함을 질렀다.

"가슈! 가! 안 팔아요!",

그래서 손님이 돌아서면 손님의 등뒤에서 아버지는 입에 담지 못할 욕지거리를 마구 퍼부어댔다.

작은집에서 몇번 쌀과 반찬이 도착했지만 순식간에

사라지고 우리의 가난은 계속 되었다.
 굶주린 늑대들처럼 우리는 닥치는대로 먹어치웠다. 형과 나는 한창 먹을 때였다. 훈이 조차도 게걸스럽게 먹어대었다. 작은집에서는 우리가 얼마큼 어려운지는 알지 못했다.
 우리가 당장 굶고 있는 것도 아니고 거리에 나 앉은 것도 아니었기 때문이었다.
 아침부터 거의 자정까지 혹사당하고 있었던 작은아버지는 그의 자리가 너무 꽉 차있어서 내가 곁에 있으며 지켜본 바로는 우리가 들어갈 틈이 없었다. 특히나 입시생들을 맡고 있어서 문틈에 손을 드려 밀어 넣고있는 것처럼 한시 한시가 모두가 촉박한 시간들이었다. 일요일은 성당을 다녀와서 또 쉬어야만 했다. 쉬어야만 한다는 것도 일하는 것만큼이나 작은아버지에겐 꼭 필요한 일이었다. 일요일까지 쉬지 못한다면 작은아버지의 그 피곤의 한계는 위험수위를 넘어 수한(壽限)의 영역까지 침범해 들어와 생명이 단축될 우려까지 있었다. 그것은 내가 보기엔 틀림없는 일이었다. 그런 형편이어서 작은아버지가 우리들에게 많은 신경을 써 주기를 바란다는 것은 이기주의의 발로일 뿐이었다. 아버지는 작은집에 가기를 아주 싫어했다.
 서울에 처음 올라와서 우리가 작은집에서 쉬고 있었을 때에도 아버지는 혼자서 가게에 있었다. 아버지에게도 당연히 작은아버지처럼 잘 살고 싶은 마음이 있었을 것이었다. 아버지는 남들보다 욕심이 더 많던 사람이니까 그런 마음이 더 있었을 것이었다. 그러므로 작은집에 가서 그들이 잘 살고 있는 모양을 보는 걸 아버지는 아주 싫어했다. 아버지의 부아를 상하게 하는 일이기 때문이었다. 그러면서도 아버지는 작은아버지에게 의뢰하는 마음이 많았다. D시로 간 것도 작은아버지가 거기 가 있다는 것을 알고 있었기 때문이었으며, 서울에 온 것도 작은아버지를 마음에 두고서였을 것이었다. 그리고 아버지에겐 작은아버지밖엔 다른 친구도 친척도 아는 사람도 없었다. 이미 말했듯이 아버지에게 사람이 안 붙는 것이 아니었다. 그 허우대에 그 능청스러움에 사람이 일단 꼬이지만 마치 줄을 쳐놓고 먹이를 기다리던 거미처럼 자기에게 호감을 보이는 사람이 걸려들면 아버지는 당장 달려들어서 자기 뱃속을 채웠다. D시에서 반찬가게를 벌리고 있었을 때에도 아버지는 거기서 사귀던 사람들 거의 모두에게 손해를 입히고 뛴 것이었다. 그렇게 남이 애써 번 돈을 갈취해 가지고 도망쳐 와서 장사를 시작해 잘 돼 보겠다고 했던 아버지야말로 이 세상에서 가장 어리석은 사람이었던지도 모른다. 당시엔 몰랐었는데 여러 해 뒤에 들은 바에 의하면 시장에서 비단 장사를 하던 그 여자도 아버지가 사라져 버린 뒤 실성 실성하며 거리를 헤맸었다고 한다.

 일찍 남편을 여위고 몇 십 년간 수절을 하다가 아버지에게 빠져 그동안 적지 않게 모아놓았던 재산도 다 빼앗기고,──설희 엄마 시체의 화장비까지 아버지는 그 여자에게서 받아냈었다,──여자의 정이란 것도 몽땅 다 주었다가 빼앗기고, 그렇게 자기가 의지하고 살던 두 가지를 다 한꺼번에 빼앗기고 난 그 허탈감에 마치 딛고 있던 발판 두 개를 누가 한꺼번에 확 잡아 뺐을 때 몸이 후딱 뒤집혀 자빠지듯이 그녀의 정신이 홀랑 뒤집혀 버렸던가 보다.

 설희 엄마가 병석에 누워있는 몇 년 동안을 아버지는 그 여자와 부부나 다름없이 살았었다. 거기다 새 여자에게 부어주는 초기의 열정을 아버지는 설희 엄마에게 처럼은 못되었다 하더라도 처음 얼마간 그 여자에게 또 부어주었을 터이니 아버지가 사라지자 여자가 휘까닥 했을 건 뻔하다. 덧붙여 아버지는 여자에게서 돈을 후려낼 다른 목적까지 가지고 있었다. 그런 아버지가 그 여자를 얼마큼 녹여 놓았을까 하는 건 불을 보듯 뻔하다.

 그 여자는 설희 엄마가 죽었으니까 이제야말로 자기가 그 자리를 제대로 차지하겠구나 했을 게다. 그런 기대감의 상승까지 있었으니 아버지가 도망가버린 걸 알았을 때의 그녀의 실망감은 더욱 더 깊은 낭떠러지였을 것이다. 참으로 아버지는 그 여자에게 못할 짓을 해버렸다. 그때 아버지가 그녀에게 저지른 일에 대하여는 아버지 혼자 한 일이므로 나와는 상관이 없다라고 느껴졌고, 거기에 대한 별 큰 가책이 나에겐 느껴지지 않았지만 가게로 빚을 받으러 찾아오던 사람들에게 거짓말을 시키고 그들을 빼돌리고 밤에 도망을 쳐 온 일에 있어서는 나도 한 몫 거둔 것 같애 마음이 불편했다. 양심에 찔리는 바가 있었다. 내가 아버지의 둥지에서 한시바삐 뛰어나가고 싶었던 이유 중의 하나가 그것이었다. 아버지와 연루된 공동 득죄자가 되어 아버지와 같은 포승줄에 묶이기가 싫었었기 때문이었다. 마치 통금을 알리는 싸이렌 소리처럼 드디어 아버지를 향하여 달려오기 시작하는 정의의 힘이 내 눈에 보여지고 있었던 때였다.

 정말로 너무나도 지긋지긋할 만큼 장사가 안 되었었다. 그리고 이것은 아버지가 당해야만 하는 일의 시작에 불과하다고 나에게 생각되고 있었다.

 그때의 내가 마냥 어리다고 만은 할 수가 없었다. 그당시 내가 풀고있던 수학문제들은 지금에 와서 내가 다시 봐도 난해한 것들이며 그 중엔 그때는 잘 풀 수 있었는데 지금은 풀 수 없게 된 것들도 많다.

 내 인생이 내 스스로의 힘으로는 도저히 벗어날 수 없는 어떤 협곡으로 빠져 들어가 버릴 때면 언제나 어떤 특별한 구조대가 도착하여 내 인생을 그 안에서 건져 내주곤 한다고 느끼곤 했었는데, 나는 그 일을 하늘에서 덕이가 도와주고 있다라고 생각할 수밖에 없었다. 신(神)이 나에게만 그런 특별한 혜택을 베푸실 리가 없다라고 생각하고 있었기 때문이었다. 특히나 덕이는 신부님을 숨겨주려 하다가 죽은 사람들 속에 있으므로 이 것도 하나의 순교나 마찬가지다라는 나의 판단 안에서 덕이는 틀림없이 하늘로 올라갔을 것이라고 나는 생각하고 있었고, 또한 덕이가 하늘에 올라가서 받은 상을 나에게 특별히 나눠주고 있다고 나는 생각하고 있었다.

그렇지 않고서는 내가 어려울 때마다 이렇게 내 앞에 어김없이 구급대가 나타날 수가 없다라고 나는 느끼곤 했었다. 한 선생님이 보낸 두툼한 편지를 작은아버지네 집에서 일하는 언니가 작은엄마가 우리집에 전달해 주라고 보낸 선물꾸러미 속에 끼워 가지고 찾아왔을 때 나는 또 한번 그렇게 느꼈었다.

──주소가 정해지면 다시 편지를 하겠다고 해서 기다리다가 아무리 기다려도 네가 또 편지를 하지 않아서 할 수 없이 너희 작은아버지 댁으로 편지를 보낸다.

편입시험을 치르고 어느 중학교엘 들어가 공부를 하고 있는지, 아니면 곧 닥쳐올 고등학교 입학시험 준비를 하고 있는지 궁금하구나.

입시나 편입에 필요한 모든 서류는 내가 여기서 다 해서 보낼 테니 연락만 하여다오.

내 봉급 한달 치를 너에게 다 보낸다. 아이엄마도 같이 벌고 있으니까 한번 이렇게 너한테 내 봉급 한 달치를 다 보내도 우리 사는 덴 별 불편이 없다. 언제든 여유가 생기면 내 월급 한달 치를 몽땅 다 너에게 보내고 싶다고 그런 꿈을 꾸어왔는데 드디어 나는 지금 그 꿈을 이룬다. 사랑이란 남김없이 몽땅 다 주어야하는 것이라고 생각해 왔었다. 한번 이렇게 내 그릇을 다 비워 너에게 바친다.

준이야, 등기로 보내니까 안 되돌아오면 네가 받은 것으로 알고, 답장을 기다리지 않겠다. 나한테 꼭 하고 싶은 얘기가 있을 때 나에게 편지를 써서 보내다오.

그리고 어떤 부탁이든 나에게 하고 싶은 것이 있으면 주저하지 말아다오.

너의 부탁을 들어주는 일이 언제나 나의 가장 큰 기쁨이란 것을 믿어다오.

너희 아버지와 형에게도 인사 전한다. 그리고 훈이에게도——.

우편 소액환이 아닌 현찰을 선생님은 편지봉투 속에 넣어보냈다.

나는 그 돈을 꺼내들고 책상에 엎드려 흑흑 흐느껴 울었다. 신의 저주만이 가득해 뵈는 아버지의 둥지 속에 같이 묶여 숨이 탁탁 막히는 나날들을 지내고 있던 나에게 그 편지는 소돔(Sodom)의 땅에서 롯(Lot)을 구하러 나타난 천사들과도 같았다. 노아의 방주와도 같았다.

그곳으로부터 나는 살아서 나올 수가 있었기 때문이었다. 선생님의 그 편지는 나로 하여금 내가 얼마나 축복 받은 존재인가를 흠씬 깨닫게 하여 그 저주의 땅에 스스로 묶여 들어가고 있던 나를 끌어내 주었다. 신은 왜 나에게만 선생님을 통하여 그런 축복의 초대장을 보내 주시어 구출해 주셨는지, 덕이의 전구가 있었다하여도 그 전구를 들어주신 그 윗분께 감사하지 않을 수가 없었다. 그때 내가 아버지와 함께 지내면서 느끼던 적막함은 마치 사지(死地)에 앉아있는 것만 같았었다. 우리 가게엔 정말로 아무도 찾아오지 않았다. 그것은 그냥 장사가 안 되는 일하고는 달랐다. 나무도 풀도 어느 생명도 자랄 수 없는 주검의 땅 안에 우리 네 식구가 묶여 앉아있는 것처럼 느꼈었다. 열등감 때문에 작은집에 조차 가고 싶지가 않았었다.

 그해 성탄 때에 내가 작은집 식구들을 쫓아 또 한번 성당에 갈 수 있었던 이유도 그 구조의 편지가 한 선생님으로부터 나에게 도달했었기 때문이었다.

 작은집 식구들은 내가 전에 그들이 청하는 대로 그들을 쫓아 순순히 성탄의 성당엘 나간 적이 있었기 때문에 같이 가자고 나를 불렀었다. 나는 훈이를 데리고 기꺼이 따라 나갔었다.

 아버지와 형은 전혀 그럴 마음이 없었고 작은집 식구들도 그것을 알고 있었기 때문에 그들은 부르지도 않았다. 비록 나는 그들을 따라 성당엘 다니지는 않았지만 자신들의 근방엔 있다라고 생각했었는지도 모른다.

 그러나 하느님이 나를 사랑하신다 라고 믿지 못하였었다면 나는 그들의 초대에 응하지 않았었을 것이다. 그들 전에 이미 한 선생님을 통하여 나에게 초대장이

와 있지 않았다면 나는 그곳에 그들을 따라가지 않았었을 것이다. 따라갔다 하여도 건성으로 갔었을 것이다. 인간을 통하여 우리가 하느님의 사랑을 볼 수 없다면 하느님을 향한 인간 안의 창구는 닫혀버릴지도 모른다.

수지에 대한 나의 추억과 그리움도 그 축복의 초대장을 받고 난 뒤에야 내 안에서 다시 살아나던 사건들 가운데 하나였었다.

드디어 나는 갈고 갈아온 칼을 빼어들고 그 예리한 칼날로 소위 명문고라고 불리어지는 K고의 높은 문턱을 싹둑 베어내고 쉽게 미끄러져 들어갔다.

합격을 보고오던 날이었다. 한 선생님에게 이 기쁜 소식을 편지로 적어보내고자 하는 생각밖에는 없었다. 방에 들어왔는데 훈이가 눈에 띄지 않았다. 형은 벽을 향해 앉아 내가 들어가도 돌아다보지도 않았다. 왜 그런가 하고 형의 얼굴을 자세히 보았더니 가만히 있는 게 아니고 손등으로 눈물을 찍어내며 울고 있었다.

왜 그러느냐고 물었더니 아버지가 시켜서 훈이를 버리고 왔다는 것이었다.

벌써 전부터 나 모르게 아버지와 형 두 사람이 그 일을 획책했다가 드디어 오늘 내가 **합격발표를** 보러 나간 새 실행했던 것이다.

내가 나간 뒤 형은 훈이를 데리고 명동에 있는 명동성당이라는 델 갔었다는 것이다.

사람들한테 물어 물어서 사전답사도 없이 초행으로

명동성당엘 가서 성당 앞마당에다 훈이를 놓고 얼른 뛰어서 이쪽 건물 뒤에 숨어 바라보고 있었더니 훈이는 어느 새 사라져버린 형을 찾아 두리번거리다가 아무리 찾아도 눈에 보이지 않자

"형아야, 형아야." 하고 손에 형이 사준 과자를 든 채 울음을 터뜨리더라는 것이었다.

성당에 왔던 사람들이 미사를 끝내고 나오다가 대 여섯 살 정도 되어 보이는 잘 생긴 남자애 하나가 마당에서 울고있는 것을 발견하고 옹기종기 모여 서서, "너 누구니? 이름이 뭐니? 어디에 사니?" 추운데, 비인지 눈인지 섞어서 쏟아지고 있는 속에 서서 버려진 남자 아이 하나가 울고 있으니까 안된 생각에 혀를 차면서 발걸음을 얼른 돌리지 못하고 너도나도 아이에게 묻더라는 것이었다.

"강훈, 강훈."

훈이가 그렇게 자기 이름을 대도 잘 알아듣질 못하고 사람들은,

"뭐라고, 이름이 강 뭐?" 라고 되묻고 있었다.

"집이 어디야? 얘." 누가 그렇게 물으니까 훈이는 울면서 손가락질로

"저어기, 저어기." 하고 자기가 온 방향의 길 쪽을 가르켜 보였지만 그렇게 가르켜 보여서는 집이 어딘지 어림할 수가 없어서 아무도 훈이에게 집을 찾아줄 수가 없었다.

형이 숨어서 보고 있자니, 그렇게 아이가 울고있는 것을 보다 못해 누군가 가서 수녀 한 분을 데리고 오더라는 것이었다. 검은 수건에 검은 수녀복을 입은 수녀는 둘러선 사람들 속을 헤치고 들어와 울고있는 아이의 손을 잡고는 저쪽 건물 쪽으로 데리고 가더라는 것이다.

훈이의 주머니 속엔 '〈버리는 아이입니다. 맡아 키워줄 사람을 찾습니다〉 라고 형이 써넣은 쪽지가 들어 있었다. 훈이를 발견한 사람들이 훈이가 제 잘못으로 길을 잃은 아이인 줄로 착각하고 제 부모를 찾아주려고 헛되이 수고를 하게 될까봐 그렇게 써넣은 쪽지 안엔 훈이의 이름과 성과 생년월일과 출생지도 적혀 있었다. 물론 부모의 이름은 적지 않았다.

훈이는 커서도 제 부모의 이름은 영영 알 수 없게 되었다. 아직 출생신고도 되어 있지 않았던 훈이였었다. 누가 훈이의 출생신고를 서둘러 줄 사람이 없었었다.

형이 버리려고 데리고 나갈 때 추운 날씨에 춥지 말라고 옷은 미리 아주 튼튼히 입혔다고 했다. 춥지는 않을 것이라는 얘기였다. 그러면서 형은 홀쩍홀쩍 울었다. 나는 형의 얘기를 다 듣고 나서 방바닥에 데굴데굴 뒹굴며 울었다. 지금이라도 달려가서 훈이를 찾아올 까도 생각했었다. 명동성당엘 찾아가면 훈이를 다시 찾을 수는 있을 것 같았다. 그러나 나는 이렇게 생각했었다. 수녀가 데려갔다니까 천주교에 속한 어떤 고아원에 데려다 주거나, 아이 없는 교우 가정에 입적시켜줄 것이다, 그것이 훈이에겐 아버지 밑으로 다시 데려오는 것보다 낫다. 너무 가난해서 키울 수도 없었다. 거기 가면 훈이는 국수만 먹지 않고 좋은 것들도 먹을 수 있을 것이다. 아버지와 형만 훈이를 버린 게 아니고 나도 훈이를 버린 것이다.

그러나 형은 평생 훈이를 버렸다는 자책감에서 벗어나지 못했다.

형아야, 형아야, 하면서 추운 눈빛 속에서 울고 있던 훈이의 목소리가 귓가에 맴돌아 수면제를 먹지 않고는 잠을 이루지 못하곤 했다. 그러므로 형은 사는 게 사는 게 아니었다. 평생을 불구자로서 살고 있다. 갇히지 않고도 갇힌 자가 되어.

그날밤 아버지는 어딘가에 가서 술을 잔뜩 먹고 늦게 들어와 윗방에서 밤새도록 코를 드르렁드르렁 골면서 잤다. 이튿날 일어났을 때, 아버지는 훈이의 얘기를 전혀 꺼내지 않았다. 그 이후에도 다시는 꺼내지 않았.

이렇게 하여 설희 엄마와 아버지 사이에서 낳은 아이는 우리들에게서 떨어져 나갔다.

훈이를 낳고 그렇게 좋아하던 설희 엄마의 얼굴이 나의 눈앞에 밤새 어른거렸다. 그래도 아버지가 훈이를 성당 마당에 갔다 버리려고 생각한 것이 희한했다.

제13장

 나는 전차를 타고 학교에 다녔다. 공덕동에서 걸어나가서 전차를 타고 세종로에 내려서 학교에 갔다. 이른 아침 등교길은 몹시 상쾌했다. 지금처럼 차도 많지 않고 공기도 맑았다.
 전차 속에서나 길을 가면서 교복을 입은 여학생들을 만날 때마다 나는 마음이 조금 긴장이 되어 유심히 살펴보곤 하였다. 수지를 만나면 내가 담박에 알아볼 수 있을지 그것도 지금은 의문이었다. 그러나 수지는 언제나 내 마음속에서 떠나지 않았다. 전차 속에 내가 서 있으면 사람들 중엔 내 교복과 뺏지를 보고 다가와서 말을 붙이는 사람도 있었다.
 "야, 너 아무 고등학교에 다니는 학생이잖아? 넌 얼마나 공부를 잘했길래 그런 학교엘 들어갔니? 넌 굉장한 애구나."
 비록 그렇게 내게 다가와서 직접 말을 붙이진 않는다 하여도 내 뺏지를 보면 대개의 사람들은——여자고 남자고 젊건 젊지 않건——한번씩 놀라는 표정을 띄우고 잠깐씩 내게서 시선을 떼지 못했다. 도대체 이 애 머릿속엔 뭣이 들어가 있어서 그런 일류 고등학교에 들어갔을까. 한번씩 염탐하고 싶어하는 눈으로 나를, 내가 민망스러워할 정도로 똑바로 쳐다보고 있곤 하였다. 도대체 머리가 좋다는 게 뭐 길래,──그렇게 사람들로 하여금 선망케 하는 것일까.

머리, 머리, 머리, 하기야 머리는 우리 몸의 제일 윗부분이고 제일 중요한 곳이다. 그곳은 인체의 모든 조직들 가운데서 사령관실 같은 곳이니까. 그래도 그렇게 사람들이 나를 보고 열광하던 일엔 충분한 나의 이해가 미치지 못한다. 사람들이 그렇게 나를 경탄의 눈으로 유심히 바라보고 있을 때마다 나는, 저 사람들은 우리 아버지가 어떤 사람인지도 모르고 내가 누구의 아들인지도 모른다, 그리고 내가 어떤 곳에서 살고 있으며, 내가 얼마나 가난한 아이인지도 모른다, 라는 생각을 하면서 혼자 쓸쓸해 있곤 하였었다.

거기에 대한 열등감이 깊어서 스스로 내 자신을 고립시키고 있었을 때가 많았다. 그 증거로 나에겐 아주 친한 친구가 한 사람도 없었던 일이다.

우정의 전제가 평등이라면 나와 평등을 이루어줄 아이는 그 당시 나에겐 하나도 없었다. 그들에 비해 나는 너무 길거나 크거나 아니면 푹 꺼져 있었으니까.

그런 내 안의 열등감은, 그러나 나의 밖으로 과히 심하게 노출되지는 않았다. 일류 학교에 대해 가장 민감

한 자리에 앉아있었던 작은아버지는 그 전까지는 내가 그렇게 공부를 잘하는 줄을 몰랐었다가 이 사실을 알고는 몹시 놀라는 눈치였다.

"아니 우리 준이가 그렇게 공부를 잘했었나?" 작은아버지의 윗 아이들은 모두 작은아버지의 그 독특한 과외를 받고 소위 말하는 일류 중학교와 일류 고등학교에 다니고 있었다. 작은아버지가 학부형들로부터 더 신임을 받을 수 있었던 것도 작은아버지의 아이들이 그렇게 좋은 학교에 척척 제 해에 합격을 하고 있었기 때문이었다.

작은아버지는 입학선물로 나에게 교복과 책값과 그리고 나에겐 정말 분에 넘쳤던 가죽 구두 한 켤레를 사주었다. 그 뿐이 아니었다. 내 앞에 힘껏 자기 집 문을 열어 젖히고 나를 받아주었었다.

"이 녀석아, 멀지도 않은데 작은아버지 집엘 그렇게도 안 오냐? 자주자주 와서 작은엄마가 해주는 맛있는 음식도 먹고, 사촌들하고 놀기도 하고. 공부하기가 바쁘겠지만, 그래도 짬을 내서."

그 말이 내 귀엔 작은아버지의 진심으로 들렸었다.

만일 내가 일류 고등학교에 들어가지 못했다면 아무리 작은아버지가 그렇게 진심 어린 목소리로 나에게 말했다 해도 나는 그렇게 믿지도 듣지도 못했을 것이었다. 점점 자라고 있던 나의 열등감 때문에 그 집에 잘 드나들지도 못했을 것이다.

그때부터 나는 자주자주 작은집에 드나들었다. 작은아버지에 대하여 내가 좀더 가까이서 자세히 바라볼 수 있게 되었던 것은 바로 그때문이었고, 그때 직접 내가 봤으므로 작은아버지란 사람에 관하여 그렇게 자신 있게 몇 가지를 말할 수가 있는 것이다.

작은집에 가면 나에게 제일 좋았던 것이 먹을 것이 풍성했던 점이었다. 그리고 더 좋았던 것은 그곳에서 내가 무어든지 마음대로 눈치보지 않고 먹을 수 있도록 그렇게 그 집 식구들이 나를 유인해 주고 있었던 점이었다.

작은집 식구들이 진심으로 나를 그렇게 대해주고 있었으므로 그것이 은연중에 일하는 여자한테도 전달돼 가서 일하는 누나 역시 나에게 그렇게 잘해 주었었다. 나는 사실 배가 고파서 그 집에 가고 있었다고 해도 과언이 아니었다. 학교에서 돌아오다가도 작은집에 들려서 나는 주렸던 배를 채우고 돌아오곤 했었다. 가난해서 도시락을 못 싸가지고 가는 아이들이 있다면 많은 사람들이 미(未)발견의 대륙을 상상하듯이 그렇게 상상할 것이었다.

그러나 그것은 나에겐 미발견의 대륙이 아니었다. 아이들이 점심을 먹으려고 도시락 뚜껑을 여는 때가 나에겐 가장 외로운 때였다. 나는 열고 싶어도 열 수 있는 도시락 뚜껑이 없었다.

그럴 때면 나는 얼른 교실 밖으로 나와야만 되었다.

매점이 아닌 운동장 수돗가로 가서 수도꼭지를 틀어 물을 잔뜩 마시곤 나는 아이들의 눈에 안 띄는 장소를 찾아야만 했었다.

　도서실에 들어가 책을 보고 있던 때가 많았다. 아침도 대개가 삶은 국수에 간장 물을 들어 부은 것을 먹고 등교하고 있었으므로 영양실조가 우려되지 않을 수 없었던 때였다.

　진짜로 문득문득 갑자기 머리가 피잉 돌고 눈앞이 아찔하며 쓰러질 것 같은 때가 있곤 하였었다. 집에서 누가 나에게 밥을 해줄 사람도 없었다.

　정말 끔찍하고 지긋지긋하게도 안되던 가게문은 어쩔 수 없이 닫아버리고 팔다 남은 국수재고들만이 나의 유일한 식량으로 주어져 있었다. 그나마 그것도 그동안 하두 먹어댔기 때문에 얼마 남지도 않았었다. 집엔 거의 나 혼자 밖에 없었다. 훈이는 그렇게 내다버렸고 훈이를 내다버리고 나서 내가 보기엔 그때부터 벌써 정신이 좀 불안정해 보였던 형도 더 이상 집에 있기 싫다면서 먹고 자고 기술배우는 데를 찾았다며 나가버렸다.

　아버지는 D시에서처럼 또 밖으로 나돌았다. 집에 있어봐야 아버지가 할 일이란 아무 것도 없긴 했었다. 나갔다가 며칠씩, 어느 땐 근 열흘씩 나가있다 돌아오곤 하였었다. 가게를 내놓고 가게가 빨리 나가주기를 아버지는 기다리고 있었다. 가게가 나가야 빨리 다른 곳으로 옮겨서 또 다른 장사를 시작해 보겠는데 아버지 마음대로 되지가 않는 것이었다.

　한 선생님이 보내준 그 한 달치 월급은 아직 남아 있었지만 그것은 나에게 빵을 사먹을 수 있었던 돈이 아니었다. 돈이라는 것도 다 제 몫이라는 것을 가지고 있는데 그 돈의 몫은 내가 빵을 사먹기 위하여 주어져 있던 돈이 아니었다. 그 돈이 쓰여져야 할 엄준한 자리는 내 안에 따로 있었다. 그 돈은 반드시 나의 학비로만 쓰여져야만 하는 돈이었다. 그 돈을 가지고 내가 빵을 사먹는다는 것은 나에겐 아직은 할 수 없었던 일이었다. 등록금, 체육복, 운동화, 학용품 일체, 그리고 학교 오고가는 차비,――그런 돈으로 쓰기만도 뭉텅뭉텅 너무 빨리 잘려나가고 있다고 생각하고 있던 때였다. 그 돈으로 빵을 사먹느니, 차라리 굶는 편이 내겐 나았다. 안 쓰고 안 사먹기 버릇은 옛부터 내가 익혀온 버릇이었고 선생님이 아낌없이 부어주고 있었던 곳도 바로 나의 그런 곳이었다. 만일 내가 선생님의 돈을 가지고 달리 썼거나 헤프게 쓰고자 하였다면 선생님의 생각도 달라졌을 것이다.

　그리고 나를 돕는 일도 선생님에게 그렇게 아름답게 느껴지지 않았을지도 모른다.

　누구든지 자기가 준 돈이 값어치있게 쓰여지기를 바라는 마음은 매일반일 테니까. 그리고 그렇게 값어치있게 쓰여지고 있다고 믿을 때만이 거기서 보람도 느낄 수 있는 것이기 때문이었다. 나는 정말로 선생님이 준

돈을 진심으로 가장 값어치있게 쓸려고 애쓰고 있었고, 꼭 필요한 데가 아니면 절대로 쓰려하지 않았다. 지금도 나는 내 안에 살아있던 그 아름다운 마음의 발로에 대하여 대견히 생각하고 있다.

무엇보다 나는 선생님이 주는 돈에 대해 내가 더 이상 감사해지지 않을까, 그것을 몹시 걱정하고 있었다. 감사한 마음이 일어날 때마다 나는 마른 땅에 한바탕의 큰 소나기를 만나는 듯 내 마음이 한번 흠씬 젖어오는 듯함을 느끼곤 했었으니까.

선생님과의 관계에서 그런 행복을 나는 빼앗기고 싶지가 않았던 지도 모른다.

고등학교 입학시험에 합격하고 나서 합격소식을 알리던 편지에서도 내가 누누이 선생님에게 강조하고 있던 대목이

〈선생님, 저의 입학금이나 기타의 학비에 대해서는 조금도 염려하지 마십시오.

선생님이 보내주신 선생님의 한달 치 봉급은 아직 그대로 있습니다. 그리고 떠나올 때 정거장에서 주신 돈도 아직 남아있습니다. 필요해질 때 보내 주십시오. 그래야 선생님에게 저는 더 감사해질 수 있을 것 같습니다.〉

감사한 마음은 언제나 하늘에 닿는 곳이고 인간이 받은 것을 하늘에 되돌려 주는 곳이기 때문에 감사 자체가 축복인 것이다, 라고 지금은 생각하고 있지만 그때

엔 그렇게까지는 몰랐어도 감사가 얼마나 마음을 풍요롭게 하는 것인 줄만은 알았었다.

 그리고 주리다가 받아야 감사해지는 마음이 더 커진다는 것은 누구나 다 알 수 있는 일이고 지금보다 더 어린 나이에도 나는 그것을 벌써 알고 있었다.

 가장 어려울 때가 아니면 나는 선생님에게 청하지 않았었다. 비록 청하지 않더라도 내가 청하면 줄 수 있는 곳이 있다는 그 사실 하나만으로도 선생님은 나에게 큰 위로처를 제공하여 주고 있었던 분이었다.

 나는 다만 그런 위로처의 역할로만 선생님을 바라고 되도록이면 더 이상 선생님의 폐를 끼치지 않고 살아보고 싶어했는데 그것도 당시의 내 수준으로는 선생님에 대한 내 사랑이었다. 선생님도 이제 아이가 또 하나 생겨 둘이 됐고 아직도 셋방에 살고 있었다. 그런 때에 내가 작은집에 가서 배불리 먹을 수 있었다는 것은 너무 다행스런 일이었다.

 그 풍요로운 곳에 가서 나는 과일이든 생선이든 무어든지 실컷 먹을 수가 있었다. 먹고 나서 나오려고 하면 작은어머니는
 "용돈은 있니?"
 하고 물었다.
 그러면, 나는,
 "있어요!"
 하고 소리치면서 얼른 뛰어나왔다.

그때 작은 엄마는 묻지 말고 나에게 그냥 용돈을 주었어야 했다. 그랬다면 나는 그 돈으로 매점에서 빵을 사먹을 수가 있었을 것이었다. 그렇게 작은엄마가 나의 용돈 등에 대하여 크게 신경을 쓰고 있지 않았던 이유는 아마도 아버지로부터 나한테는 몇 해 전부터 내 뒤를 대주는 선생님이 있다는 얘기를 듣고 있었기 때문일 것이었다. 그것은 잘된 일이었다. 만일 그렇지 않았다면 작은엄마의 나에 대한 부담감은 무거웠을 것이고 그 부담감 때문에 작은엄마는 어쩌면 나를 멀리하려 하였을 지도 모른다. 그때 작은집에서 나에게 베풀고 있던 호의, 그 이상의 것을 내가 만일 그들에게 요구했다면 그들은 무겁다고 느껴 나를 물리치려 했을지도 모른다. 나는 그것이 두려워 도와달라는 얘기를 감히 꺼내지 못하고 있었음이 틀림없다. 그런 얘기를 한다는 것이 그때의 나에겐 죽기보다 싫은 일이었는데 아마도 그 이유는 그들에게 버림당할까를 겁내어 그랬었을 것이다. 쏟아지는 수돗물을 배불리 마시고 허기를 참는 일이 도리어 나에겐 쉬웠었다.

 다음 해 봄 한 선생님은 또 한번 자기의 한 달치 봉급을 몽땅 다 나에게 부쳤다.

 거의 일 년 만이었다. 선생님의 월급은 조금 올라 있었다. 선생님이 그렇게 몽땅 봉투째 자기의 한달치 봉급을 다 나에게 보내고자 했던 데엔 나에게 자신의 사랑을 다 쏟아 부어주려는 의지의 표현도 있었지만 동시에 그것은 그 안에서 방황하고 있던 선생님 마음의 역설적 표현이기도 했었다. 두 아이가 생기고, 사모님이 같이 번다지만 대신 사모님이 출근하기 위해선 두 아이를 누군가에게 맡겨야만 하므로 그 비용이 상당히 들어가야 할 것은 당연하고, 자기집 마련의 꿈도 선생님은 키워가고 있었을 것이었다.

그 가운데에서 나를 도와야한다는 일이 선생님에겐 힘들게 느껴질 수도 있었을 것이다. 그런 자기 마음에 대한 대항으로 선생님은 한번씩 그런 일을 하고 있었는지도 모른다.

그러나 선생님은 아마도 자기가 보내고 있던 돈이 한 소년에게서 어떤 일을 이루어 내고 있으며 또 그의 인생을 어떻게 바꾸어놓았으며 그리고 후일 거기에 대하여 자기가 받을 하늘의 상이 얼마나 클 것인지에 대해선 잘 알지 못하고 있었을 것이었다. 안다 해도 실제만큼은 다 알지 못했을 것이었다. 주리고 주리다 그렇게 선생님에게서 한번씩 돈이 올 때마다 나는 언제나 한바탕씩 크게 울면서 파도쳐 오는 감사의 큰 물결 안에서 나는 반드시 착해져야만 한다는 마음의 큰 매질을 한번씩 당하고 있었다. 그렇게 감사한 마음 안에서 새롭게 한번씩 맞고 있던 회초리가 없었다면 나는 필경 많이 삐뚤어진 나무로 자라고 있었을 것이다.

선생님이 또 한번의 봉급 전부를 그렇게 나에게 보냈을 때도 나는 몹시 힘들어하고 있었을 때였으므로 또 한번 그렇게 울면서 감사해하지 않을 수가 없었다. 선생님의 초등학교 교사 한 달 봉급은 정말 초라했었다. 작은아버지는 특별한 경우였었고 초등학교 교사란 당시 가난의 상징이었다. 초등학교 교사답게 살기 위하여는 아이들의 대학교육은 엄두도 못 내야만 했었던 때였다. 지금은 많이 좋아진 셈이다.

　아버지는 또 여자 하나를 사귀어서 데리고 들어왔다.
　어디 가서 어떻게 사귀었는지는 모르지만 집에 안 들어오는 동안의 아버지의 작업의 결과임엔 틀림없어 보였다. 머리를 얌전하게 뒤로 틀어 올린 삼십대 초반의 젊은 여자였었다. 바느질을 하며 혼자 살던 과부인데 또 아버지의 꾀임에 빠진 모양이었다. 아버지가 그 여자를 노린 데엔 나이가 젊다는 점도 있지만 바느질을 해서 돈을 번다는 점을 겨냥하고 있었던 게 틀림없었다. 이제 아버지 속을 뒤집어보기가 나에겐 손바닥 뒤집어보기보다 쉬웠다.
　이쁘지는 않았다. 설희 엄마의 미모에 비하면 택도 없었다.
　남치마에 남끝동 비단저고리를 입고 앉아 긴 자로 비단 폭을 재고 있던 그 금이빨 여자도 아버지가 새로 데리고 온 이 여자에 비하면 제법 인물이 있었던 편이었다.
　내가 보는 네번째의 아버지의 여자는 외모로는 제일 빠졌다. 살결도 희지 않고 화장도 하지 않고 이목구비도 특별히 이쁜 데가 없고 수수하고 얌전하게 생겼을 뿐이었다. 중키에 보통 체격이고 머리도 파마를 하지 않고 뒤로 몰아붙이고 멋을 부린 흔적은 아무 데도 없었다. 아버지의 여자로서 어울리지가 않았다. 나이는 아버지보다 스무 살 가량 어려 보였다.

비어놓고 다른 전세자를 기다리고 있던 우리의 빈 가게에다 그 여자는 재봉틀이며 바느질 도구를 가져다 놓고는 짜깁기, 수선 등의 글자를 유리창에 써 붙이고 달달달달 재봉틀을 돌리기 시작했다. 내가 학교를 갔다 오니까 어느 새 여자가 그렇게 우리의 국수가게를 자신의 바느질 가게로 바꾸어놓고 있었다. 아버지와 둘이서 꾸민 것임에 틀림없었다.

아주 멀지 않은 곳에서 바느질 집을 하다가 옮겨왔는지, 단골손님들도 하나씩 둘씩 찾아왔다. 짜깁기 수선뿐 아니라 여자 옷 양장도 웬만한 것은 다 하는지 울긋불긋한 양장지도 수십 가지 벽에 걸어놓고 여자손님들도 와서 앉아 있곤 하였다.

아버지가 국수가게를 하던 때에 비기면 훨씬 번창한 셈이었다.

공동묘지에서 살다가 사람 사는 데로 나온 기분이었다. 우선 나에겐 아침을 먹을 수 있어서 좋았다. 여자가 이른 아침에 일부러 일찍 일어나 나에게 아침밥을 해 먹이고 도시락을 싸주고 하거나 하지는 않았다. 왼종일 재봉틀 돌리고 재단하고, 빨래하고 방도 치우고 끼니도 스스로 해먹으랴, 여자로서는 매일매일이 고단한 하루였을 것이었다.——비록 많은 손님은 오지 않는다 하여도 일감은 늘 있었다. 밤엔 광포한 이리가 된 아버지에게 물어 뜯겨야만 했으므로 그녀에게 새 어머니로서의 나에 대한 직분을 다 해 달라고 요구할 수도 없었다. 나는 바라지도 않았다. 이만해도 나에겐 족하고도 남았다. 부엌에 나가면 밥이며 반찬이며 있다는 것이 나에겐 살 것 같은 일이었다. 도시락문제도 해결되었다. 내가 아침 일찍 부엌에 나가 아무렇게나 밥솥에 있는 밥을 도시락 가득 퍼담고 그 안에 아무런 반찬이라도 곁들여 학교로 가지고 가면 되는 것이다. 작은 집에 전처럼 자주 가지 않아도 되었다. 우리집에 밥이 있는 것이 작은집에 밥이 있는 것보다 훨씬 좋았다. 밥을 먹고 나면 금시 또 밥이 먹히던 때였다. 고등학교 이 학년 때였다. 밤에 공부를 하다가 부엌에 나가면 우리 집에도 밥이 있는 것이었다. 때로는 생선 구운 것이나 쇠고기국도 있었다.

　다만 아버지와 여자가 자고있던 방에서 들려오던 소리만 듣지 않을 수 있다면, 그곳은 그래도 살기에 괜찮은 곳이었다. 얇은 미닫이문은 되어 있었지만 거의 한 방이나 다름없던 아버지 방에서 들려오던 그들의 괴성은 나로 하여금 수없이 방을 뛰쳐나가고 싶은 충동을 일으켜 줄만큼 극심한 불쾌감을 일으켜주던 곳이었다. 반사적인 역감 때문에 먹은 것이 다 안으로부터 토해져

나올 것 같았다.
 그러나 그것은 단순히 그들에 대한 역감으로만 내 안에서 끝나주지 않던 일이었다. 내 안에 이미 거기에 대한 인화점이 돌출되어 있었던 나이였기 때문에 그들의 그 질탕한 향락의 소리는 내 안에 불붙어 들어와 분신자살자와 같은 형태로 나를 못 견디게 만들어주었다. 그런 내 자신에 대한 혐오감이 그들에 대한 혐오감 못지 않게 나를 뚜드려 패고 있었기 때문에 양면으로부터 나는 혹심한 매를 당해야만 했었다.
 아무리 내가 나를 단단히 붙잡고 있어도 어느 새 내 몸은 그들 쪽으로 이끌리어 그들의 불길 속에 합류되어 타고있는 것이었다. 나는 그 안에서 나를 끄집어내기 위하여 그런 나의 몸을 걷어차고 때리고 짓밟고 해야만 되었다. 그래도 인화되어 불붙어있는 내 몸의 불길은 잘 꺼지지 않을 때가 있었다.
 아버지 못지 않게 나 역시 음란한 놈이라는, 그 더러운 피를 타고난 자식이라는 그런 자기 비하감이 나를 더욱 더 깊은 열등감의 늪으로 밀어 넣어 거기서 오는 절망과 우울이 나를 한없이 무력하게 만들어 주기도 했었다.
 그 안에서 나는 한가지 나를 구할 수 있는 길을 발견했는데 그것은 솜으로 나의 두 귀를 막는 것이었다. 그들을 듣지 못하도록 나 스스로 나의 청각능력을 차단시키는 것이었다. 확실히 효과가 있었다. 안 듣기는 것이었다. 이제 내가 그 숨을 빼어내느냐, 안 하느냐의 문제만이 나에겐 남아 있었다. 그 일은 나의 의지에만 맡겨져 있는 것이다. 전엔 듣지 않으려 하여도 들리기 때문에 할 수 없이 당해야만 했었는데 이젠 나의 의지에만 온전히 맡겨져 있었다. 물론 나는 숨을 빼지 않았다. 그 정도의 의지의 강건 훈련은 이미 나에겐 되어져 있었기 때문이었다.

아버지 안에 점차 고조되어가고 있던 그 절망자의 광포한 분노는 그 여자가 들어오면서 일단 안으로 숨어들어 갔지만 사라진 것은 아니었다. 그 여자에 대한 광포한 밤의 열정으로 폭발되고 있었던 것 같다. 가학적이고 지나쳤었다는 점에서 나는 그렇게 지금 진단하고 싶다. 또 다시 여자는 아버지의 음란의 제물이 되어가고 있었다. 내가 보기엔 괜찮은 여자였다. 착실하고 얌전해 뵈던 여자였다. 적어도 아버지를 만나기 전엔 별달리 음란했던 여자가 아니었다. 그러나 아버지의 주검의 살이 닿자 그 여자도 결국은 죽어가기 시작했다. 살인자의 주검의 살이 닿았기 때문인 것이다. 이미 아버지 안에서는 아무도 아무것도 살 수 없다는 생각이 나의 저 깊은 곳에서는 이미 굳어져가고 있었다.

그 여자에 대하여 나는 두 가지 느낌을 가지고 있었는데 하나는 그녀가 더럽다는 생각이었고 또 하나는 그녀가 불쌍하다는 것이었다. 그 두 가지 생각이 그 여자에 대해 가지고 있던 나의 가장 확실한 생각이었다. 그녀에 대하여 갖고있던 그 늘 불쌍하다는 생각이 바로 내 안 저 깊은 곳에 아버지에 대해 고정되어가고 있던 나의 그런 관념을 입증해주는 일이었다. 아버지는 그 여자와 같이 살던 일년간 거의 그녀의 기둥서방이나 진배없었다. 가게문을 열어주고 닫아주고, 가게 안팎을 쓸어주고 연탄 갈아주고 그런 일만이 아버지에게 맡겨져 있었다. 아버지의 몸은 아직도 무쇠처럼 튼튼해 보였다. 그러나 아버지가 할 수 있는 일이란 그 일밖엔 없었다.

　그리고 밤에 여자를 품어주는 일이었다. 돈은 여자가 벌었다.

　여자는 자기가 번 돈을 아버지에게 가져다주고 필요할 때에 타 썼다.

　이 여자도 또 역시 무척이나 아버지를 좋아했었다. 아버지 말에 꼼짝 못하고 순종했었다.

　옛날 우리 엄마나 설회 엄마처럼 이 여자에겐 피붙이들이 없지를 않고 찾아오는 동기간들과 친척들이 많았다. 혼인식을 올리고 살지 왜 그냥 사느냐고 나무라는 사람도 있었다.

　여자는 아버지에게 혼인식을 올리자고 조르고 있었다.

　식구끼리만 모여서라도 단출하게,——지금은 안 다니지만 옛날 자기는 교회를 다녔었는데 그때 알던 목사님한테 가서 결혼 주례를 부탁해 볼꺼냐는 의견도 아버지 앞에 내놓았었다.

여자는 한번 결혼했었다지만 아이도 낳지 않았고, 일년도 못살고 남자가 첫사랑 여자를 따라 떠나가 버렸으므로 거의 처녀나 진배없었다.

아버지도 혼인식을 올리자는 여자의 말에 반대는 하지 않았다.

작은아버지네와 먼 시골에 살면서 일년에 한번씩은 서울 작은집에 다니러 오는 고모네와, 이 식구들만은 아버지의 결혼식에 참석해 줄 것이기 때문이었다.

그러나 아이를 낳은 뒤로 그들의 결혼식 날자는 넘겨져야만 했었다. 거기에서도 또 하나의 생명은 싹터 자라고 있었던 것이다. 그 가겟집에 들어오기 전부터 여자는 이미 아버지의 아이를 임신하고 있었다. 그녀가 우리집에 들어온 것은 봄이었는데 그 해 가을에서부터 그녀의 배는 완연히 불러 보이기 시작했다. 나는 끔찍하고 애처로운 광경이라도 보는 듯 거기서 눈을 돌리고 싶었다.

아버지의 나이는 오십에 육박하고 있었다.

그래도 아직도 아버지는 열두 여자라도 더 잡아먹을 것처럼 혈기가 넘쳐 보였다.

아버지와 여자는 결국 그들의 결혼식을 아이를 낳은 뒤로 미루자는 데 합의하고 말았다. 아이를 낳은 뒤엔 지금보다 형편이 좀 나아질지도 모른다는 기대를 그들은 가지고 있었다. 그렇게 되면 가게문을 며칠 닫고 좋은 곳으로 신혼여행까지 다녀올 계획까지도 가지고 있었다.

 지금은 겨우 생계를 유지하고 태어날 아이를 위하여 조금씩 옷가지와 포대기, 완구류 등을 사서 모아두는 정도의 돈밖엔 벌리지 않고 있었다.

 여자에겐 태어나는 아이가 그녀의 첫 아이였으므로 상당한 흥분과 설레임과 꿈으로 가득 차 있었다. 태교를 위하여 그녀는 그 어려운 살림에서도 태교에 좋다는 책까지 사다놓고 읽곤 했는데 나의 엄마나 설희 엄마, 시장골목의 포목장사 등, 아버지의 먼젓번 아내들에 비해 이 여자는 약간 공부를 더 했었던 것 같앴다.

 그들이 약속이라도 한 듯이 기껏해야 초등하교 졸업 정도였거나 모두가 그 이하로 보였음에 비해 이 여자는 중학교 졸업은 충분히 되어 보였었다. 찾아오던 그녀의 군인 남동생 하나도 고등학교 이상은 졸업한 듯이 보였었다. 적어도 그 여자는 무식해 보이지는 않았었다.

 그러나 아버지가 누구인지 몰라보는 까막눈이었다는 점에서 보자면 앞의 여자들과 그녀 역시 조금도 다름이 없었다.

 아버지란 남자를 세우고 거기에 잇대어 자신의 앞날의 꿈을 설계한다는 것,──그 어리석은 일을 그 여자도 앞의 여자들과 꼭 같이 하고 있었다.

 아버지의 더러운 피, 저주받은 피를 받고 태어날 아이의 운명을 생각하면 나는 소름이 끼쳤다. 내가 애써 벗어나려 하고 있는 그 무서운 함정 속의 저 깊은 밑바닥으로 또 하나의 아이가 철썩 떨어지는 소리가 내 귀에 들기는 것 같았다.

내가 빠져 나오고 있던 그 길을 처음부터 또 거처야만 한다면 차라리 죽는 편이 백번이라도 낫다라고 나는 생각하고 있었다.

돌아보면 내가 거기까지 온 길이 너무나 끔찍하고 아슬아슬하고 험난해 보였었다. 그리고 아직 거기서 완전히 벗어난 것도 아니었다. 앞으로 얼마나 더 기어 나와야 그 암흑의 동굴을 완전히 다 벗어날지도 의문인 것이다. 다 벗어나지 못하고 죽을 지도 모르는 일이었다.

그런 곳의 시작에 아이는 지금 들어가 있는 것이었다.

당시의 내가 매사를 사실 보다 더욱 비극적이고 불행한 측면에서 바라보고자 하는 사춘기의 첨예화된 센티멘탈리즘(sentimentalism), 비관론적 견해에 빠져 있었기 때문에 아이에 대하여 더욱 그렇게 느끼고 있었는지도 모른다.

그러나 지금 바라봐도 그것이 아주 과장된 비극적인 견해만은 아니었던 것 같다.

여자는 나에게 적어도 나쁜 감정은 가지고 있지는 않았었다. 집에 가끔 들리던 형보다는 적어도 나에게 좋은 감정을 가지고 있었음에 틀림없었다. 형의 얼굴엔 불안스럽고 혼란스럽던 그의 심상이 떠올라 있었다. 게다가 형의 모습 안엔 막노동꾼의 몸에서 혼히 풍기는 그 진흙탕에서 마구 뒹구르고 있는 듯한 기색, 즉 거칠고 막된, 덜 가라앉고 덜 가듬어지고 충동적이고 산발스런 분위기 같은 게 전체적인 구조를 이루고 있었다면 나에겐 그보다는 훨씬 문화적인 분위기, 즉 많이 가다듬어지고 빗질이 잘 되어있는 듯한 분위기가 전체적인 구조를 이루고 있었다.

  점잖고 얌전하고 말을 아무 말이나 함부로 하지 않고 골라하고 특히 일류 고등학교 학생이라 하여 주위에서 보내주고 있는 선망과 존경, 기대와 찬사, 그리고 보장된 튼튼한 장래에 대한 희망감, 이런 것들로부터 조성되던 늠름함과 당당함이 나처럼 불우한 과정을 거쳐 그 자리에 서 있던 소년으로부터도 비쳐 나오고 있었다.

  그리고 그런 형과의 격차는 점점 더 벌어져갈 추세에 있었다.

  이렇게 같은 피에서 태어난 형제가 뻗어나가고 있던 자리가 틀렸다는 것이 보는 사람의 견해에 따라선 불공평한 신의 처사로서 보여지고 있을지도 모른다.

  물론 신이 어떤 인간에게는 특별한 자비와 은총을 베푸실 수 있다는 것은 나도 확실하게 느끼고 있는 일이다. 그러나 신은 어떤 인간에게도 불공평한 처사를 행하시고 계시다고는 생각지 않는다. 거듭 말하고 있지만 불공평이란 신의 완전성이나 정의의 속성상 신 안에 개입될 수 없는 곳이다. 공평은 신의 필연적 속성이다. 내가 자비를 당한 건 인정하지만 형이나 아버지나 내 주변에 있던 그 누구도 신(神)으로부터 불공평한 처사를 당했다 라고 나는 생각지 못한다.

  내가 본 바가 맞다면 그들은 다 자기가 만들어가고 있는 길을 가고 있었다.

  자비를 입은 나의 입장에서 보자면 공평만 받은 그들의 처지가 딱해 보이지만 자비가 특별한 것이 아니라면 자비의 가치도 없을 것이다. 그리고 또 자비가 특별한 것이 아니라면 자비를 받은 자가 특별히 감사해 할 이유도 없을 것이다.

  형이 나타나면 대하는 여자의 태도와, 그렇다고 아주 싫어하는 기색을 나타내는 것도 아니었다, 나를 대하는 여자의 태도와는 판이했다.

  그렇다고 여자가 나를 위하여 큰 희생을 하여준 것도 없다. 같이 있으면서 단 한번도 나에게 도시락을 싸 준 적이 없으니까.

  그래도 내가 일류고 모자에 일류고 뺏지를 달고 그녀가 일하는 가게문을 열고 들어가면 나 같은 학생이 자기 집의 식구 중 하나인 것이 몹시 기쁜 듯, 얼굴이 한번 활짝 펴지곤 했었다. 가게를 거쳐야만 안으로 들어갈 수 있었기 때문에 나는 매일 그 여자가 일하고 있는 가게 안으로 들어가야만 했었다.

  나는 그녀를 어머니라고 부르는 데에 인색하지 않았다. 나이 차가 십 년이 남짓했지만 나이 차를 따지지 않기로 한 것은 벌써 오랜 전부터의 일이었고 그 여자가 우리집에 들어오고부터 먹을 것이 딸리지 않게 되었다는 점 하나만으로도 나는 그 여자를 반갑게 맞이할 수밖에 없었다.

나는 정말로 아버지 곁에서 그 여자가 떠나지 말아주기를 간절히 바라고 있었다. 왠지 위태위태해 보였으므로 더욱 더 그 마음이 간절했었다. 나 때문에 아버지가 그 여자에게서 점수를 더 따고 있다는 사실도 나는 알고 있었다. 그 여자 역시 나 같은 아들을 아버지로부터 바라고 있었을 것이었다. 나 같은 아들 하나만, 나처럼 일류고 뺏지와 일류고 교모에다 점잖고 훤칠하고 잘생긴, 이런 아들 하나만 그녀의 몸에 아버지가 접붙여 주기만 한다면 수절을 포기한 것도, 이른 아침부터 저녁까지 재봉틀을 돌려 번 돈을 아버지에게 다 바친 것도 조금도 아깝지 않을 것 같다 라고 그녀는 느꼈을 것이었다.

그때의 내가 아버지의 아들로만 보여지고 있다는 사실처럼 이 세상에서 나에게 부당한 일로 느껴지던 일은 없을 것이다.

비록 나 때문에 그 여자가 매기던 아버지의 점수가 높아져서 그로 인하여 그 여자가 아버지 곁에 남아있게 된다는 사실만은 나로선 환영할 수밖에 없는 일이었지만, 그러나 한편으로는 아버지의 아들로 지목 당해야만 한다는 사실에 대해서 내 안에 원천적으로 가지고 있던 반발이 거기에 맞서 서로 모순된 대립을 이루고 있었기 때문에 갈등이 일어나곤 했었다.

사실 그 교모에 그 뺏지를 달고 서 있던 자랑스럽던 나는 아버지가 만들어준 것이 아니었다.

오히려 당시 내가 내 안에서 배제하고 싶다고 느끼고 있었던 많은 것들이 아버지로부터 받은 내 안의 것들이었다.

그러나 다행한 일은 나에겐 일체 다른 데에 크게 신경을 쓸 겨를이 없이 오직 공부만 해야했던 일이었다.

그 한가지 내가 몰두해야만 하는 일이 있었던 것은 난해했던 나의 환경이 일으켜주던 여러 가지 내 마음속의 분쟁으로부터 나를 구출해 주었다는 점에서는 정말 잘 됐던 일이었다.

특히 일류 고에 입학하면서 내가 감득해가던 사람들의 호의는 내가 당시 해야 하는 일이 무엇인가를 더욱 확실히 깨닫게 하여 주었다. 그것은 D시에서 내가 느끼던 일류 고에 대한 사람들의 환호와는 도무지 상대가 안되던 것이었다. 지방의 일류고와 서울의 일류고에 대한 사람들의 인식 안엔 당시 상당한 격차가 있었던 것으로 기억된다.

그 좋은 학교를 아깝게 버리고 서울에 무턱대고 올라온 것에 대하여 황당하게 느꼈던 때도 있었지만 차츰 시일이 흐르면서 잘 했다는 생각이 든 것도 바로 그때문이었다.

이제 여기서 내가 만일 일류대의 합격만 따낸다면 내 인생은 그동안의 그 무수한 협곡을 끝내고 앞으로는 무난할 것 같은 예상이 내게 들고 있었다. 그러므로 나는 더욱 공부를 해야만 되었다. 서울에서는 지방에 있을 때처럼 그렇게 내가 수월히 두각을 나타낼 수가 없었다.

워낙 우수한 아이들이 모인 곳이고 그들의 환경이며 출신이며 자질이며 차근차근 밑바탕부터 다져온 실력들이 나보다 월등하다는 자격지심에서 내 스스로 주눅이 들어서 처음 얼마간은 기를 못 편 것도 사실이었다. 그러나 점차 그들이 내가 생각했던 것보다는 실제로 별게 아니라는 생각이 내 안에 들어오고 있었다. 고등학교 2학년 2학기가 끝나갈 무렵엔 나는 드디어 반에서 거의 일 이등을 다투는 자리까지 올라앉기에 이르렀다.

아버지의 네번째 아내가 세상을 뜬것은 내가 2학년 2학기를 마치고 겨울 방학에 들어가 있었을 무렵이었다.

또 한번 나 혼자만 작은집 식구들을 따라 성탄절의 성당을 다녀와서 책상 앞으로 더욱 바짝 다가앉아 있던 때이었다.

그렇게 일년에 한번씩 성당에 끌려갈 때면 나는 혹시 거기서 수지를 만나지는 않을까 하는 큰 기대를 품어보지 않을 수가 없었다. 그 당시 신앙의 필요는 간절했으면서도 신앙지식도 믿음도 거의 없었던 나에겐 그 기대가 그곳에 이끌리던 나의 의중 안에서 상당한 비중을 차지하고 있었던 것이라고 할 수 있었다. 옛날 거기서 수지를 만났던 일이 내 안에 깊이 찍혀 있었기 때문에 그곳과 수지와의 끊을 수 없는 연상작용이 내 머릿속엔 되어져 있었다.

 혹시 그곳을 통하여 수지와 나의 꿈같은 재회가 이루어질 지도 모른다는 희망을 품어보기도 하였었다. 당시의 그 아름다웠던 성탄 성당 분위기와 수지를 동시에 하나의 풍경 안에 내가 가질 수 있었던 것은 수지에 대한 나의 이미지 관리에 있어서는 더없이 좋은 일이었다.

 그러나 수지는 어딘가 꼭꼭 숨어서 나타나지 않았다. 나타난대도 내가 알아볼 수 있을지가 항상 의문이었다. 내겐 수지의 얼굴을 오래오래 기억해둘 수 있는 사진 한 장 없었다.

 그래도 나를 책상 앞으로 바짝바짝 다가앉게 만들고 있었던 이유들 가운데 가장 큰 하나가 이것이 바로 수지에게로 가는 길이라는 생각 때문이었다.

 아버지의 네번째 아내에게 변이 생긴 것은 내가 그렇게 성탄절의 성당엘 다녀와서 또 한번의 새로워진 수지에 대한 그리움 때문에 책상 앞으로 좀더 바짝 다가 앉아있던 때였다.

 여자는 만삭이었기 때문에 재봉 질을 삼가고 있었다. 적어도 예전처럼 아침 일찍부터 저녁 늦게까지 재봉틀 앞에 꼬박 앉아 있지는 않았다. 아주 급한 일감이 아니면 그리고 오래된 단골이 와서 급하게 청하는 일이 아니면 일감을 사양하던 때였다.

여자의 고향 시골에서 여자의 큰언니의 딸인 열 일곱 살 짜리 처녀애가 올라와 출산에 대비하고 있었다.

설희 엄마가 훈이를 배었을 때처럼 그렇게 비정상적으로 배가 부르거나 하지는 않았다.

그러나 굉장한 난산이었다. 삼십이 넘어서 초산이었으니까 당연한 일이었다.

아버지가 돈을 관리하고 있었으므로 여자는 돈을 달래기가 미안해 병원에도 자주 가보지 않았었다. 아버지의 귀여움을 더 받고 싶어서였을 것이었다.

산기가 있을 때에 얼른 병원에만 갔어도 피할 수 있었을지도 모를 일이었다. 그렇지만, 두고 보자 두고 보자, 이렇게 진통이 계속되다가 아이가 쏟아지겠지, 라고 생각했을 것이었다. 또 그녀의 그런 생각이 아주 무리도 아니었다. 그녀 주변의 많은 임산부들이 대개 그러다 아이를 낳는 게 보통이었을 테니까. 허지만 노산이니까 난산이 될 거라는 경고를 어느 병원의 의사로부터든 그녀는 들었을 것이었다. 거기에 대처를 했어야 했음에도 여자는 게을리하며 설마 했을 것이었다. 초저녁부터 시작된 진통은 새벽녘까지 계속되었다. 이를 가는 무서운 신음소리가 간헐적으로 마치 치명적인 상처를 입은 짐승이 날뛰며 으르렁대는 소리처럼 고함소리와 찢어지는 듯한 비명소리와 엇섞이어 들려왔다.

처음엔 '즈 아버지 즈 아버지' 하고 아버지를 부르고 아버지의 몸에 매달려 진통을 참아보려 하다가 점점 고

통이 극도에 달하자
"이 새꺄! 너 왜 나를 이렇게 만들어 놨어! 이 새꺄!" 하며 욕질까지 하면서 아버지의 뺨을 치는 소리가 들렸다.

평소엔 겉으로 얌전해 뵈던 여자였고 그런 말을 입에 붙여본 적도 없던 사람인데 너무나도 뜻밖의 행태인 것이다. 워낙 여자가 심하게 날뛰므로, "병원에 데리고 가요, 병원에 데리고 가요" 하고 조카애가 발을 동동 구르니까 조금 더 기다려서 날이나 새거든 그렇게 하자고 아버지가 말하는 소리가 들렸다. 사실 한밤중이라 밖에 나가 병원엘 찾아가 봐도 문을 열어줄 지도 의문이었다. 나는 여자가 산고 하는 방엔 들어가지 않고 옆방에 그냥 있으면서 그런 소리들을 듣고 있었다. 그때에도 난 아버지가 돈을 생각해서 의사를 빨리 안 부르는 것이라고 생각하고 있었다.

드디어 새벽 두 시경쯤에,
"힘 줘! 힘 줘!" 하는 아버지와 조카애가 외치는 소리와 여자의 이를 가는 신음소리가 고조되더니 드디어 아이의 우는소리가 들려왔다. 그리고 여자의 신음소리는 그쳤다. 이제는 됐나보다 했다. 밖은 눈보라가 씽씽 치던 밤이었다. 그리고 곧 이어 황급한 아버지의 "여보, 여보"하는 소리와 조카애의 "이모, 이모"하는 소리가 합창이나 하듯이 크게 들려왔다. 그것은 마치 '가지마, 가지마' 하고 떠나려는 누군가의 손을 붙잡고 막는 애절하고 긴급한 외침처럼 들렸다. 다음엔 그 방에서 곡성이 터져 나왔다. 내가 방문을 열었을 때는 아이는 탯줄에 묶인 채 울고 있었고 방안은 피바다였다. 여자는 이미 죽어있었다. 사인은 산후출혈이었다.

　아버지는 "여보, 여보"하면서 죽은 아내의 어깨를 계속 흔들어보고 있었다.

　조카애는 흐느껴 울면서 시체의 다리 쪽을 흔들어보고 있었다. 시골집에 연락을 해야한다면서 조카애는 안집으로 전화를 빌려쓰러 간다고 얼마 후에 나가버렸다. 그때는 아무 집이나 전화가 있던 때가 아니었다.

　안집에 가서 시골 이장 집으로 전화를 걸면 이장 집에서 여자의 언니인 조카애 엄마에게 소식을 전해주거나 꼭 직접 통화를 해야할 경우엔 이장(里長) 집에서 조카애 엄마를 전화통 앞으로 불러다 주곤 했었다.

　조카애가 나가자 이번엔 아버지가 작은집에 연락을 하겠다면서 나가버렸다.

　거기서 빠른 걸음이면 이삼십 분 정도면 작은아버지네 집까지 갈 수가 있었다. 그렇게 두 사람이 다 나가버렸기 때문에 시체만 있는 빈방에 나 혼자 남아야만 하였다. 온 방안은 여자의 하혈로 그야말로 피바다였다. 전기까지 나가 촛불을 켜놓고 있었다. 툭하면 정전이 되던 때였다.

　아이는 피바다 속에 누워 응애응애 울고 있었다. 여자는 힘을 주다가 죽어서 그런지 죽었는데도 눈을 홉뜨고 있었다. 오랜 산고의 진통에 몸부림쳐서 머리칼은 흩어지고 얼굴도 고통에 일그러진 채 그대로 있었다.
　여자의 머리맡 뒤로는 촛불의 빛기가 끝끝까지 닿지 않아서 컴컴했고, 주검과 더불어 있던 그 어둠은 단순한 어둠이 아니고 현실 너머의 어떤 끝이 보이지 않는 미궁과 이어져있는 영원한 어둠의 일부처럼 보였었다.
　나는 등골이 오싹해져서 미닫이문을 열고 옆방으로 건너와 버렸다. 그러다 또 궁금해져서 한참 후에 미닫이 틈새로 나는 다시 그 방을 들여다보았다. 왠지 자꾸만 다시 보고싶어지는 어떤 이상한 심리가 주는 강렬한 욕구에 이끌리어 나는 문틈 새로 눈을 틀어박고 방안의 정경을 염탐하듯이 조마조마하면서 들여다보았다. 피투성이가 된 두 다리를 쭉 뻗고 누워있는 죽은 여자의 시체 옆에서 마악 세상에 태어난 아이가 울고있던 모습이 내 눈에 몹시 대조적이었던 게 지금도 잊혀지지 않는다. 생과 사.
　하나의 불꽃이 꺼져있는 곁에 또 하나의 불꽃이 다시 피어나 있는 것이었다.
　여자가 쏟아 놓은 검붉은 피가 좁은 방안 바닥에 흥건히 고여 있었다. 그 피는 아이가 울고있는 곳까지 흘러와 비잉 아이를 둘러싸고 있었다. 마치 아이는 피바다 가운데 드러누워 울고있는 것 같았다. 방안이 어두컴컴해서인지 피는 검은 쪽에 더욱 가깝게 보였다. 촛불이 어른어른 비치는 그 시커먼 피가 내 눈에 몹시 흉물스럽게 보였던 게 기억난다.

 피는 어디서 보든 끔찍한 느낌을 일으켜주는 것이지만 특히 그때 내 눈에 비쳐오던 피는 시커멓고 뻔들거리는 게 마치 그 안에 뱀과 악어가 우글거리고 구데기와 벌레들, 온갖 병균과 독소가 들끓고 있는 아주 더럽고 혼탁한 시궁창 물처럼 보였다.

 그러면서도 또 한편으로는 그 피안엔 주검의 요기가 서려있는 듯이 보였었다. 마치 그 안에서 귀신이라도 나올 듯, 그렇게도 내 눈에는 보이는 것이었다. 갑자기 그 안에서 시커멓고 무서운 귀신의 손이 나와 내 목을 조일 것 같은 어떤 괴기한 영기가 그 안에 숨어있는, 아주 사위스런 주검의 바다처럼도 보이는 것이었다.

 그 시커먼 주검의 피바다 속에서 한 생명이 태어나 울고 있는 것이었다. 시궁창 속에서 뜻밖에 장미 한 송이가 피어나 있는 격이었다.

 그러나 그 장미는 거기서 옮겨지지 않는 한 곧 시들어 죽어버리고 말 것이다. 그 시궁창 물의 독함 때문에 무엇도 그 안에서는 길게 살아남지 못할 것이다. 더욱 오염된 물일수록 생명을 죽이는 독가스로 그 안은 더욱 충만돼있을 것임은 당연한 이치다.

 아직 그 어미의 태에서 배꼽도 떼지 못한 채 울고 있는 아이의 몸 속에도 그 검붉은 주검의 피가 감겨있는 게 내 눈엔 환히 보이는 것 같았다.

 마치 아이의 몸을 휘감고 있는 뱀처럼. 뱀이 혀를 낼

름거리며 아이의 목을 휘감고 생명을 노리듯 검붉은 피가 아이의 몸 속에서 그 아이의 생명을 집어삼키려고 하고 있는 것이 내 눈엔 보이는 듯한 것이었다. 그 시커먼 피는 같은 아버지의 아들인 내 안에도 당연히 흐르고 있을 것이었다. 독가스가 가득 찬 시궁창 물처럼, 또아리를 틀고 혀를 낼름거리는 뱀처럼 내 안에 도사리고 있으면서 나의 생명을 삼키려하고 있을 것이다, 란 생각이 밀어닥치는 순간, 내게 느껴지던 그 진저리쳐지는 지겨움이 그 순간에만 그치지 않고 만일 그후에도 계속되었다면 나는 지레 죽고 말았을 것이었다.

그 지겨움의 도가 곧 무디어지고 작아져서 점차 스러져 버렸다는 것은 참으로 나에겐 다행스러웠던 일이었다.

아버지를 쫓아 작은아버지와 작은어머니가 달려오고 딸의 연락을 받고 새벽 차로 여자의 큰언니와 친척들이 올라와서 그 참혹한 현장은 처리되었다.

아버지가 어떤 아내의 죽음 앞에서 그렇게 눈물을 보인 것은 그 여자가 처음이었던 것 같았다. 우리 엄마 때도 설희 엄마 때도 아버지는 울지 않았었다. 아버지는 이 여자에게 어떤 **특별한** 정을 느꼈던 것 같았다. 아니면 이 여자에게 몹시 의지하고 있었던 것 같다. 큰맘 먹고 서울에 올라와서 시작했던 장사가 살인적일 정도로 안돼서 굶어서 거리로 나앉게 되었을 때 여자가 들어와 먹여 살리며 돈까지 꼬박꼬박 갖다바쳤으므로 아버지에겐 더할 나위 없이 고마웠던 여자였던 것이었다. 게다가 한번 결혼했었지만 몇 달 안 살고 헤어졌기 때문에 거의 처녀나 다름없던 여자였으므로 아버지로선 이래저래 귀한 여자로서 느낄 수밖에 없었을 것이었다.

"어유! 어유!" 하며 아버지는 죽은 여자 앞에서 울었다.

아이에겐 관심도 없었다.

시골에서 올라온 큰언니가 제일 소리소리 지르며 울었다.

"이년아, 그러게 내가 시집가지 말랬지! 나하고 같이 교회나 다니며 끝끝내 수절하고 살자했지, 그랬으면 이렇게 죽지도 않았을 텐데. 이년아, 서방맛을 보더니 눈이 뒤집혀 언니 말 안 듣고 제 고집세우며 서방 쫓아가더니. 이년아 제 명대로 못 살고 이게 무슨 변괴냐."

통곡 속에 사설을 넣으며 큰언니가 얼마나 울부짖으며 애통해하는지 귀를 막고 듣고 싶지 않을 정도였다. 그러나 그녀의 의견에 나는 전적으로 동감하고 있었다. 언니 말 듣고 우리 아버지에게 안 왔어야 했었다. 죽을 줄 알았으면 안 오려고 했을 것이다. 그랬으면 이렇게 죽지도 않았을 것이었다.

그 여자는 자기가 온 곳이 어디인지도 몰랐을 것이었다. 그 여자가 번 돈으로 배불리 먹었던 나 자신도 그녀의 죽음에 아주 책임이 없다고 볼 수는 없었다.

산다는 것이 나에겐 참으로 치사했던 일이었다. 그러

나 치사했던 일은 그 여자가 죽은 뒤에도 내겐 계속되었다.
 여자의 군인간 남동생도 누나의 부고를 받고 달려왔다. 누나 옆에서 그는 몸부림을 치면서 치면서 울었다. 동기간의 우애가 몹시 좋았던 것 같았다.
 그러나 그 좋은 동기간의 우애도 그 여자를 주검의 길에서만은 건질 수가 없었다. 몰려온 그 여자의 가족들은 여자의 시체에 좋은 베옷을 입히고 좋은 관에 넣어서 차에 싣고 고향으로 떠나가 버렸다. 여자의 짐들도 하나도 남김없이 재봉틀이며 옷장이며 모두 싹 가져가 버렸다. 여자가 낳아놓은 아들도 다른 그녀의 짐들과 같이 싣고 가버렸다. 그들 가문의 어느 집에 입적시켜 잘 키우겠다고 하였다. 비로 싹싹 쓸어내듯이 그녀와 연관된 것은 모두 다 가져가 버린 썰렁한 집안에 아버지와 나만 남게되었다. 아버지는 여자가 죽은 방에서 자고 나는 이쪽 방에서 잤다.
 아버지는, "어유! 어유!" 하며 우는 소리인지 그냥 내는 신음 소리인지 그런 소리를 내며 여자의 죽은 방에서 끙끙 앓았다.
 당장 누가 밥을 해 줄 사람도 없었다. 먹던 쌀이 조금 남아 있어서 그것을 가지고 내가 밥을 해서 남아있던 얼마의 반찬으로 끼니를 해먹었다. 그러나 곧 쌀이 떨어지자 아직도 재고로 남아있던 마른 국수와 간장으로 우리는 다시 돌아가야만 했었다. 그동안에 대단한 영화(榮華)가 있었던 것은 아니었지만 우리는 마치 동화 금고기에 나오는, 깨진 물동이 곁으로 다시 돌아온 노파 같은 신세가 되고 말았다.

그런 어느 날, 아버지는 나에게, "너 말야, 양자로 가라!. 그 왜 너한테 학비 보내주고 널 돌봐주는 한 선생님인가 하는 사람한테."라고 말했다.

둘이 같이 앉아 삶은 국수에 간장을 부어 먹고 있었을 때였다.

여자가 죽고 나서 한 달이 못 되어서였다.

"안됩니다. 선생님에겐 벌써 아이가 둘이나 있습니다." 하고 내가 대답하자,

"그럼, 내가 양자 자리를 알아볼 테니 너 갈 테냐?" 하고 나에게 물었다.

그때 이미 아버지는 그런 마음을 먹고 뒤로 알아보고 있던 중이었다. 내 의중을 일단 그런 식으로 한번 떠보고 있었던 것이었다.

뒤이어 하는 아버지의 말이 이 가게가 그동안에 이럭저럭 계약기간이 찼으므로 주인에게서 전세금을 되돌려 받아 가지고 자기는 홀홀 어디론가 떠나고 싶다는 것이었다. 이제 아버지에겐 도저히 나를 부양할 힘이 없다는 말이었다. 그 여자도 죽고 자기 마음도 허탈하고 돈 한푼 벌어들이는 사람도 없고, 어떻게 자기가 살 수 있겠느냐는 것이었다.

가겟돈 뺀 것으로 아버지는 정처 없이 유랑이나 다니

겠다고 했다.

 그러다 아무 데나 쓰러져 죽으면 죽고,──그렇게 아버지는 아주 처량하게 내 앞에서 말하는 것이었다. 말하자면 나를 버리겠다는 의미였다.

 그래도 아버지에게 무슨 정(情)이 있었던지 자기를 떠나 양자로 가라는 아버지의 말에 나는 고개를 숙이고 흑흑 흐느껴 울었다. 며칠 후 아버지는 나에게 또 그 얘기를 했다. 사실 말인데, 이 집에 세를 들사람이 나타났다는 것이었다. 죽은 여자가 짜깁기 집을 할 때 가게가 잘 되는 걸 눈 여겨 봐두었던 사람이 이 집을 내놓았다는 소리를 듣고 자기가 세를 들겠다고 나섰다는 것이었다.

 그 여자도 역시 먼저 죽은 여자처럼 여기서 짜깁기에 간단한 양장 맞춤을 겸해 하는 일을 시작하고 싶다고 했다. 집세를 받으면 우리는 나가야 하는데 당장 내가 가 있어야 할 자리가 마땅치가 않은 것이었다. 천상 조그만 방 하나라도 나에게 얻어주어야 하는데 아버지로선 나에게 그런 투자를 할 계획이 없었다. 전세를 몽땅 빼들고 아버지는 어디론가 멀리 갈 계획을 세워놓고 있었다. 그래서 아버지가 생각해낸 것이 나를 양자로 주자는 것이었다.

 그 다음날 아버지는 또 다시 내 앞에 와서는 내가 양자로 간다고 해서 나의 성을 바꾸거나 하는 게 아니라고 자세히 설명을 했다. 옛날 사변 전에 알던 친구를 우연히 길에서 만났는데 그 친구에게 아버지가 내 얘기를 하면서 처지가 이렇게 돼서 나를 양자로 주려고 한다니까 그 친구 말이 마침 양자를 맞으려는 여자가 그의 주변에 있다고 해서 지금 아버지가 그 여자를 만나고 오는 길이라는 것이었다.

늙은 어머니와 함께 단둘이 살다가 늙은 어머니가 죽는 바람에 의지가지 할 데 없이 혼자된 여자인데 겉모양도 얌전하고 교양도 있어 뵈더라고 하였다.

교양이 있어 보일 수밖에 없는 것이 여자는 해방 전 여전 출신으로 계속 중학교 교직에 있다가 몸이 좋지 않아서 얼마 전에 퇴임한 전직 여교사라는 것이었다. 그 여자의 호적에 들어간다 해서 굳이 성을 그 여자의 성으로 바꿀 필요도 없고 결혼을 안하고 독신으로 살아온 여자이므로, 남편 성도 따로 없다는 것이었다.

집도 반듯한 것을 하나 자기 명의로 가지고있고 퇴직금 받은 것도 있고 또 그동안에 교사 봉급을 꼬박꼬박 저축해온 돈도 상당하며, 게다가 그녀 어머니 소유로 되어 있다가 그녀의 몫으로 내려온 재산도 꽤 된다는 것이었다.

그 돈이 모두 내가 앞으로 유산 받을 돈이라는 것이었다. 특이나 그 여자의 몸이 몹시 약해서 곧 죽을지도 모른다는 얘기였다. 그렇게 되면 고스란히 그 돈이 모두 나의 재산이 된다는 말이였다. 아버지의 구구한 설명에, 나는 생각해보겠다고 말했다. 가게가 나가서 비워주어야 한다는데 나에겐 당장 갈 데가 없었다. 나로 선 생각해보지 않을 수가 없었던 일이었다. 나는 작은 아버지네 집에 가서 작은아버지에게 우리 아버지가 나에게 양자를 가라고 한다는 얘기를 전했다.

작은아버지는 심각한 얼굴이 되어, "니 생각은 어떠냐?"라고 나에게 물었다.

나는 가고싶다라고 답변했다. 내가 가기 싫다라고 답변한다는 것은 곧 작은아버지에게 나를 맡아달라는 내 의사표현이 되므로 나는 그렇게 말할 수밖에 없었다. 내가 만일 싫다고 한다면 그때부터 작은아버지의 가슴에 내가 얼마나 무거운 짐이 되어 매달려있을 것인가를 나는 너무나도 잘 알고 있었다.

비록 내가 양자로 간다하여도, 그 무거운 짐은 두고두고 작은아버지의 가슴을 풀어주지 않게 될 것이었다.

중학교 입학 시험 출제경향이 주관식에서 객관식으로, 사고력을 요하는 문제에서 선답식으로 바뀌어지는 바람에 작은아버지의 과외방법이 빛을 잃은 데다 시기하던 누군가의 투서로 말미암아 다른 학교로 전근이 되어 물러나 있던 작은아버지였으므로 내가 처음 그 집에 도착했을 때와는 형편이 많이 달라져 있었다. 대신 교감이 되려고 작은아버지는 거기에 대한 교육훈련을 받으러 다니고 있었다. 본 채 옆에 별도로 지어져 있던 방 하나를 예전엔 광처럼 썼었는데 지금은 세를 들여놓고 있는 것만 봐도 사정이 예전만 못하다는 것은 쉽게 눈치챌 수가 있는 일이었다.
 그래도 내가 만일 양자로 가지 않겠다고 우겼다면, 작은아버지는 나를 끝내 내차지는 못했을 것이었다. 그것을 알고 있었으므로 나는 더욱 더 그의 앞에서 그를 자유롭게 만들어주기 위한 몸짓을 지어야만 했었다.
 내 말을 듣고 한참 머리를 가슴에 박고 생각에 잠겨 있던 작은아버지는 침통한 낯빛이긴 했어도 애써 미소를 지으면서, "그래, 니가 정 원 하다면 가는 것도 괜찮다. 교사직에 계시던 분이라니까 너에게 나쁘게야 하겠느냐? 들어갔다가 정 마음에 안 들면 호적가지고 나오면 되니까. 니가 당장 갈 데가 없는 것도 아니고 보따리 싸 가지고 나한테 오면 되니까"라고 말했다.
 그날 나는 작은 집에서 아주 좋은 대접을 받고 만찬상을 받았다. 예전만은 못해도 자기들 사는 데엔 별 지장이 없어 보였다.
 공덕동 가겟집으로 돌아오면서 나는 또 한번 흑흑 흐느끼며 울었다. 그 눈물이 아버지에게 내가 진 빚의 최후의 청산이었는지도 모른다. 내가 만일 아버지의 아들로 태어나지 않았다면 그리고 아버지에게서 내가 받은 것이 전혀 없었다면 아버지를 떠나는 일이 그렇게 내 마음을 한번 크게 슬프게 할 수도 없었을 것이기 때문이었다.
 그리곤 다시는 나는 한번도 아버지 때문에 운 적이 없었다.

바로 다음 날 아버지에게 끌려가 그 여교사를 만났는데 도수가 높은 안경에 눈이 작고 몹시 신경질적으로 생긴 오십대 초반의 여자였다.

나를 보자 여자는 몹시 마음에 들어했다. 내가 그녀의 마음에 든다는 표색이 겉으로도 너무나 완연하게 내비쳤다.

무엇보다도 그녀를 감격스럽게 했던 것은 내 교복과 교모에 달려있던 뺏지였을 것이었다. 남들이 다 우러러 보는 일류고 천재아들을 낳지도 않고 거저 얻은 것이었다. 특히나 중학교 교사직에 있었기 때문에 그녀 안엔 더욱 더 학교차, 일류고에 대한 반응이 민감하게 움직이고 있었을 것이었다.

나는 서둘러야만 했었다. 왜냐하면 고3이 되었으므로 나에게 안정된 환경이 너무나도 절박하게 필요하던 때였다.

나의 양어머니가 된 안경 잽이 여교사의 집은 장충동 뒷골목에 있던 아담한 한옥이었다. 화학선생으로 있다가 퇴임한 그녀의 집은 너무 깨끗해서 마당에 드러누워도 등에 흙 한 점 먼지 한 점 묻지 않을 정도였다.

외출했다 들어가면 나는 반드시 손을 씻어야 했었고, 잠자리에 들기 전엔 반드시 발을 씻고 이빨도 닦아야만 했었다. 양말이나 속옷도 매일 갈아입어야만 했다. 머리며 손톱도 항상 정갈하게 깎고 있어야만 되었고 자고 나면 이부자리도 딱딱 접어서 이불장에 단정하게 넣어야만 되었다. 다 좋은데 내가 힘들게 견뎌야만 했던 것은 밤이면 이제 나의 양어머니가 된 여선생이 불면증이 심해서 밤새 잠을 못 자고 자꾸만 마루며 방이며를 왔다갔다 거니는 점이었다. 그러다 공부를 하고있는 내 방문을 열고, 혹시 방금 무슨 소리를 듣지 않았느냐고 나에게 묻는 것이었다.

그 무슨 소리라는 것의 내용은 대개, 방금 누가 뒷곁으로 돌아가지 않았느냐, 부엌 쪽에서 조금 아까 문 여는 소리가 들리는 것 같지 않았느냐, 창문너머의 담 밑에서 누가 자꾸 잔기침을 하지 않았느냐, 조금 아까 거기서 분명히 누군가의 숨소리가 들리지 않았느냐 따위의 소리들이었다. 내가 듣지 못했다고 말하면 그녀는 분명히 화장실 쪽에서 자기는 들었다면서 나를 앞장세우고 그리로 가서 자기가 들었던 게 맞는지 아닌지 확인해 보려고 했었다.

그녀에겐 신경쇠약 증세에 피해망상증세가 심하지는 않지만 있어 보였다. 더불어 환청과 환각증세까지도 있었다.

학교에서 그녀가 정년까지 있지 못하고 일찍 나온 데엔 그런 까닭이 있었다는 것을 나는 그녀 집에 들어가서 며칠 안 되어 곧 알아챘다.

밤새도록 그렇게 서성거리다가 새벽녘에 잠이 들면 그녀는 대낮까지 자야만 되었기 때문에 나의 도시락엔 신경을 쓸 수가 없었다. 내가 그녀 집에 들어가서 처음 얼마간은 그녀는 고3을 둔 진짜 엄마를 흉내내어 보려고 아침 일찍 일어나 내 도시락을 싸주곤 했었다. 그럴 때 부엌을 들여다보면 그 어수선하기가 남자인 내가 일을 할 때보다도 훨씬 더 했다. 평생 직장만 다니며 어머니의 시중만 받다가 어머니가 죽자 처음 부엌일을 해보자니까 전혀 손에 익지 않았던 일이라 그렇게 허둥댈 수밖에 없다라고 처음엔 나는 생각했었는데 점차 그 어수선함에 대한 다른 해석이 내 안에서 일어나기 시작했다. 그녀 내면의 극도의 불안정감이 그런 형태로 밖으로 엎질러지고 있다라고 내 눈에 보여지는 것이었다.

그녀는 며칠 후 곧 그 어렵게 싸던 나의 도시락 싸기를 포기하고 전 날에 미리

"애, 준이야, 네 도시락 값." 하면서 빵 사먹을 돈을 내 주머니에 넣어 주었다. 그렇게 하는 것은 좋은데 밤에 누가 집안으로 들어오고 있다 라고 생각하면서 잠을 이루지 못하고 그녀가 밤새 집안을 헤매는 일만은 나에게 점점 더 싫어지던 일이었다. 거기다 그냥 빈 몸으로 헤매는 것이 아니고 나중엔 무기까지 휴대하고 헤매는 데엔 등골이 오싹해지지 않을 수가 없었다. 그녀가 휴대하는 무기란 식칼이나 톱, 장도리 등 집안에 두고 있던 물건들이었다. 몽유병자처럼 밤에만 그러다가 그녀는 낮엔 거의 정상인처럼 굴었다.

이미 처녀 적부터 정신과 약을 타다먹고 있다는 얘기를 그녀 스스로 나에게 했다. 그녀가 평생 시집을 못

가고 독신으로 살게 되었던 이유도 그 병 때문이었던 것이다.

혹시 밤에 그녀가 내 방으로 뛰어들어와서 나를 강도나 불법침입자로 오인해서 들고 서성대는 그 망치나 칼로 내려 칠까봐 조마조마한 일만 빼면 그곳에서의 나의 하루하루들은 아주 나쁜 것은 아니었다. 다른 보통아이라면 그곳에서 단 하루도 견딜 수 없다라고 느꼈겠지만 나의 안엔 이미 남들이 견딜 수 없는 곳에서 견딜 수 있는 많은 굳은살들이 배겨 있었다. 찔러도 아프지 않고, 건드려도 아무렇지도 않은,——그러나 그곳에서의 나의 가장 굳은살이 되어주었던 것은 이보다 더 불편하고 괴로운 곳을 그동안 많이 거쳐왔으므로 불편하지만 지금 나에겐 이보다 더 좋은 곳이 없다, 라는 확고한 단념이었다.

나는 그곳에서 대학에 합격했고, 의과대학에 들어가고 의예과 2학년까지 그곳에 머물러있었다.

제14장

　나를 여교사에게 넘겨준 뒤 아버지는 내가 있던 집엔 일체 어른거리지 않았다.
　"준이야 이제부터 너는 나와는 아무런 상관도 없다. 나를 아버지라고 생각해서도 안되고 아버지라고 불러서도 안 된다. 이제 너에겐 세상에서 이 원선생님 하나뿐이다. 너에게는 이분 어머니 한분 밖에 없다."——아버지는 아주 간사하게 여교사 앞에서 누누이 그 점을 나에게 강조했었다.
　그것은 이제 자기 아들을 완전하게 그녀에게 넘겨주고 자신은 더 이상 아들과는 아무런 상관도 않겠다는 그녀 앞에서의 강력한 서약과 같은 것이었다. 말하자면 나에 대한 아버지로서의 친자권을 완전히 그녀에게 양도하겠다는 의미인 것이었다. 나중에야 나는 아버지가 그렇게 나를 그녀에게 양도하는 조건으로 거액을 받아 챙겼다는 사실을 알았다. 말하자면, 아버지는 자기자식을 거액의 돈을 받고 판 것이었다. 따지자면 나만큼 돈을 많이 받고 팔 수 있는 자식도 없었을 것이었다. 노예시장에 내놓는 노예도 땟깔이 좋고 힘이 세고 해야 원매자의 의욕을 당겨 값이 올라가는 법인데 양자로 내놓는 자식에게도 그런 구비조건이 없을 리 없었다. 형은 나에 비하면 전혀 돈이 나갈만한 데가 없었다. 그는 팔래야 팔리지가 않을 자식이었다. 게다가 형은 이미 아버지의 손을 벗어나 밖으로 돌면서 벌써 여자와 결혼도 않은 채 같이 살고 있었다.

이런 기술 저런 기술을 배우겠다고 방황하던 형은 결국 운전기술을 배워서 짐 트럭을 끄는 트럭운전사가 되어있었다. 형한테는 어릴 때부터 품어온 아버지에 대한 미움이 삭지 않은 체 남아있었는데, 그 중에서도 제일 형이 아버지를 용서할 수 없었던 일이 아버지가 자기를 시켜 훈이를 내다 버리게 한 일이었다. 그 일을 자기에게 시켰다해서 형은 아버지에게 아직까지도 이를 부득부득 갈고 있었다.

시켰을 때 안 하겠다고 했더라면 그때 당장은 좀 시끄러웠겠지만 안 할 수도 있었던 일인데 하라고 할 땐 고분고분하게 해 놓고 나선 뒤에 와서야 계속 그 일에 대해 이를 가는 것이었다.

지금 돌아보면 형은 결국 자기 스스로에게 물렸다고 나에겐 보여진다. 설희 엄마에 대한 미움에서부터 옮겨 붙은 훈이에 대한 미움이 형의 마음속엔 있었고 훈이에 대한 무서운 죄책감이 싹튼 그루터기는 바로 형의 그 미움 속에 있었던 것이다. 만일 훈이를 형이 그토록 미워하지만 않았더라면 피할 수 없이 그런 일을 자행한 자기 자신에 대해 쉽게 용서할 수 있었을 것이었다. 나의 경우엔 그런 죄책감이 전혀 오지 않았었다.

오히려 우리집에 남아있었던 것보다 수녀의 손에 끌려 복된 가정으로 인도됐다면 거기서 더 행복하고 건강하게 자랄 수 있다 라고 생각하며 나는 그 뒤에도 훈이가 생각날 때마다 마음속으로 그 아이가 잘 되기만을 빌어주곤 했었다.

물론 나의 경우와 형의 경우는 다를 것이었다.

형은 직접 훈이를 내다버린 장본인이었고, 형아야, 형아야, 하며 차가운 눈비 속에서 형을 찾으며 울고 있던 훈이의 애처롭던 모습을 직접 목격했던 사람이었다. 거기에 대한 연민의 정이 나보다 깊이 새겨져 있을 것임은 자명한 일이다. 그렇다 해도 마찬가지다. 죄책감에 매일 까닭은 없다. 그만큼 더 흐느끼면서 하늘에 대고 그 아이의 행복을 더욱 빌어줄 수도 있다. 당시 우리집 사정이 훈이를 버릴 수밖에 없었던 상황이었고 또──그 애를 죽인 것이나 상처를 입힌 것도 아니다. 성당마당에 데려다 주었다는 것도 잘한 일이었다. 아무도 형을 나무랄 이가 없는데 형 자신이 스스로를 자승자박해서 묶고 있는 것이다. 훈이를 미워하고 있었던데 대한 죄책감 때문에 그는 자기 자신을 훈이에 대한 가해자로써 과장시켜 생각하게 된 것이었다.

형은 아버지처럼 악인은 아니었다. 양심의 가책을 느

낄 줄도 알았다.

 그러나 그런 마음의 갈등 때문에 형의 얼굴은 더 꾀죄죄하고 불안정스럽고 험악해 보이기까지 하였다. 거기에 비하면 아버지의 얼굴은 그보다 더한 짓을 하고도 평탄스런 것이었다. 어릴 때부터 아버지에게 원수를 갚겠다고 별러왔던 형이지만 형은 아직도 아버지와 맞서 싸워본 적이 없었다. 아직도 형은 완력으로나 체격으로나 아버지를 능가하지 못했다.

 아버지나 나에 비하여 형은 키가 작고 엄마의 탈을 더 많이 써서 몸이 가녀린 편이었다. 나와 형이 달랐던 것은 나는 처음부터 끝까지 아버지로부터 다만 도망치고자만 하였던데 비하여 형은 아버지에게 복수를 하겠다고 가슴에 칼을 품고 갈고있었다는 점이다. 결국 형은 그 칼에 형 스스로가 먼저 베여버린 것이나 다름이 없었다. 아버지의 눈에도 형은 변변찮게 보여지고있었으므로 아버지가 팔려고 내놓는다면 천상 나밖에 없었다. 물건으로 치면 나는 최고의 상등품이었다. 아버지도 세상의 평가엔 눈이 밝았던 사람으로서 나의 가격을 몰랐을 리 없다. 말하자면 아버지는 인심매매단의 선구자적 역할을 했었다고 봐야 할 것이다.

 내가 알고 있기로 지금 돈으로 치면 거의 억대에 가까운 돈을 여교사로부터 받고서 아버지는 나에 대한 자신의 친자권을 팔아 넘긴 것으로 안다.

 아버지로서는 잘난 아들을 제 값을 받고 팔 수 있는

큰 기회를 잡은 것이고 여교사로서도 그만한 아들을 샀으니 값이 비싸다고 할 수도 없었다. 홍정이 잘된 편이었다. 그러나 그들이 사고 판 것은 아무것도 없었다.

아버지는 나를 일단 여교사에게 넘긴 뒤 내 주변엔 약속대로 얼씬거리지 않았었다. 허지만 그 뒤로도 아버지는 서울에 한참 남아있었다. 왜냐하면 그 가게가 나갈듯 했다가 다시 나가지 않게 되었고 주인은 계약기간이 만료되었음에도 아버지에게 약속이행을 하지않았기 때문이었다. 우리의 가게를 빌려 짜깁기 집을 계속하겠다던 여자는 먼저 짜깁기를 하던 여자가 가겟방에서 어떻게 죽었는가를 듣고는 사람이 죽은 방에 들어가 살기 싫다면서 마음을 바꾸어 다른 곳에 계약을 하는 바람에 할수 없이 아버지는 가게가 나갈 때까지 기다려야만 했었다.

아버지가 나를 양자로 준 집에 그렇게 한번도 코빼기를 내밀지 않았던 이유는 나타났다가는 여자가——약속 불이행을 트집잡아 아버지에게 건네준 돈의 반환을 요구할지도 모른다는 우려 때문이었을지도 모른다.

아버지에게는 생전 처음 만져 보는 큰돈이므로 가슴이 벌렁거렸을 것이었다. 그래도 그 돈은 신부님에게 사기쳐 뺏은 돈이나 비단장사여자의 과부 쌈지에서 후려낸 돈보다는 낫다. 아이를 낳다가 죽은 여자에게서도 적잖은 돈을 후려내었을 텐데 이상하게도 아버지는 일어나 보면 언제나 빈손이었다.

나는 작은집엔 간혹 갔었는데 거기서 나는 아버지의 소식을 들을 수 있었다.

작은아버지네 집에 새로 들어온 나이가 지긋한 식모와 아버지가 밀통하고 있다는 사실을 내가 안 것은 여름방학 때 잠깐 작은아버지에게 다니러 갔을 때였다.

키가 조그맣고 뚱뚱한 오십이 가까워 오던 여자였는데 과천댁이라고 불리어 지고 있었다. 그녀는 어릴 때 애보기로 왔다가 다 큰 처녀 때까지 꾸준히 작은집에 있으며 작은집 살림을 거의 도맡아 해왔던 영순이 누나가 시집을 가고 곧 뒤이어 작은집에 들어와 일하고 있었다.

버스에서 내려 작은집 쪽을 향해 골목길을 도는 내 앞으로 그 여자가 얼굴에 분을 보오얗게 바르고 살이 비치는 적삼에 날아갈 듯이 부푼 치마를 입고 어딘가를 가기 위하여 바삐 작은집 쪽에서 내려오고 있었다. 들뜬 폼이 잔뜩 안에 바람이 들어가 있었다.

내가 어딜 가시느냐고 물으니까, "느이 아버지 만나러 간다, 느이 아버지, 느이 작은아버지나 엄마한테는 암말도 말아라.──하고는 쏜살같이 내빼는 것이었다. 스쳐 지나는데 아줌마 몸에서 풍기는 분내와 향수 내가 내 코를 한번 꽉 물었다 놓는 것이었다. 어디서 이 시골아줌마가 향수를 구해서 몸에 뿌릴줄까지 알게 되었는지──틀림없이 목욕을 하고 나왔을 이 아줌마의 주머니 속엔 작은엄마한테서 월급으로 탄 돈이 들어있을 것이었다. 아버지의 수법은 언제나 같았으니까. 거미줄에 걸려든 곤충이 거미에게 속속들이 다 빨아 먹히고 죽듯이 이 여자도 아버지의 거미줄에 걸려들어 그렇게 속속들이 다 빨아 먹히고 죽고 말 것이라는 생각이 들었다. 어느 새 아버지가 이 아줌마에게 손을 뻗쳤는지, ——그 수완에 놀라면서도 한편으로는 이제 아버지의 먹이들도 점차 하등급품들로 떨어지고 있구나 하는 생각도 들었다. 비록 향수에 분내를 짙게 풍기고 있었지만 주근깨 투성이의 비뚤어진 쪽박 같은 여자의 얼굴과 감자 같은 몸매가 아버지가 상대해 온 이제까지의 다른 여자들과 비교해 너무나도 품질이 떨어져 보여 여지없이 아버지의 낙양을 폭로해주고 있었다. 아버지가 이젠 작은집에서 일하는 식모아줌마의 몸에까지 주검의 손을 대어 그 창자 속까지 끌어내려 하고 있다는 사실을 목격하고 나선 나는 정말 육친으로서의 아버지에 대한 마지막 정까지도 내 안에서 뱉어내려 했었는데, 그것은 한 인간에 대한 거듭되어 온 실망의 마지막단계였다. 마지막 종이 울리듯 내 안에선 아버지에 대한 영원한 결별의 선언이 올라오고 있었다. 내 안에 주어져 있는 아버지와의 육친으로서의 연계점의 가장 최후의 바닥에까지도 나는 침을 뱉어 주고 싶었다. 퉤퉤 나는 당신과 관계없오. 정말 관계없오.——그것은 호적상으로 이름을 빼어내고 붙이고 하는 그런 곳에서의 일이 아니었다. 그런 피상적인 일과는 달랐다. 이것은 정말로 내 마음 깊은 곳으로부터 아버지와의 영원한 헤어짐을 결심하는 일인 것이다.

　내가 의과 대학에 붙었을 때도 아버지는 내 앞에 나타나지 않았다. 그전에 벌써 아버지는 작은집으로부터도 발을 끊으라는 엄준한 선고를 작은아버지 내외로부터 받은 바 있었다. 그 일하는 아줌마와의 관계가 폭로된 것이었다. 그 밀고자는 바로 나였었다. 아버지의 그 더러운 몸뚱이가 그 여자를 통하여 작은아버지네 집으로 이어지고 있다는 것이 나는 싫었었다. 여자도 쫓겨나고 말았다. 그 여자도 이미 감염되어 못쓰게 되어 버렸는지 아직까지 초기단계여서 회생할 가망이 있었는지는 나는 모를 일이었다.

　나는 의과 대학에 붙고 나서 잠깐 D시에 내려갔다. 한선생님을 뵙고 싶어서였다. 동시에 그곳에 돌아가 친구들에게 나의 합격을 자랑하고도 싶어서였다.

　"선생님 저는 선생님에게로 다시 돌아갈 것입니다. 그러나 그냥 돌아가지는 않겠습니다. 여기서 한 짐 짊어지고 가겠습니다,──라고 했던 약속을 나는 한선생님에게 지킬 수 있게 된 셈이었다.

　내가 의과대학에 합격했다는 소식을 전하는 편지를 띄웠을 때 선생님으로부터 답장이 왔는데, 아주 짤막한 내용이었다.──이눔아, 이제 내 앞에서 썩 꺼져라. 난 이제 너한테 줄 것도 없고 도울 일도 조금도 없으니까. 이젠 너보고 내가 선생님이라고 부르게 될까봐 겁나니,

너하고 나하고는 이제 손을 끊자."

원래 한희규 선생님은 말을 거칠게 하는 사람이 전혀 아니었다. 그런데 그런 거친 말을 적어 보낸 걸 보니, 몹시 흥분했던 게 틀림없었다.

내가 찾아가서 다시 만난 선생님은 여전히 맑은 눈에 햇살 같은 잔잔한 미소를 띄우고 있던 옛날모습 그대로였다. 그동안에 더 자란 내 키가 선생님보다 훌쩍 커서 내 눈 아래로 선생님이 내려다보이는 게 민망스러웠다.

선생님은 여전히 셋집에 살고 있었지만 방이 하나 더 늘어 있었다. 그 하나 더는 방에서 그곳에 아직 남아있는 6학년 때 우리반 했던 친구들을 모두 모아다 놓고 선생님은 합격 축하 파티를 열어주었다.

그날밤은 나에게 정말 행복했던 시간들이었다. 마음의 한 중앙을 항상 가로막고 있던 그 욱죄고 답답하던 대학입시의 관문이 털려 나가고 눈앞에 광활한 옥토처럼 기약된 복된 장래가 환하게 내다보이는 오 그 자유로운 곳에 앉아 진실로 사랑하는 선생님과 정다운 친구들과 함께 먹고 마시고 마음껏 지껄이고 웃고 떠들고 노래하고 그러다 아무 데나 쓰러져 잠들어 버리던 그 날 밤의 행복감을 무엇에 비기랴.

그때 우리들 안에 우리들만의 이런 휴식의 막간이 없었다면, 그리고 계속 우리에게 줄을 서서 달리기만 하라고 하였다면 우리의 핏속에서 혈기의 폭발이 계속되던 그 나이에 우리가 어찌 배길 수가 있었으랴. 이것은 마치 달리는 대열에서 잠깐 빠져 나와 혼자서 달밤에 체조를 하던 격이었다. 우리가 당시 구하던 휴식이란 바로 우리를 속박하던 모든 틀 속에서 잠깐 벗어나 아무에게도 구애받지 않고 달밤에 혼자 체조하듯이 그렇게 제 맘껏 한번 크게 놀아보던 일이었다. 그리곤 다시 우리 자리로 돌아가 묶여야만 하는 것이었다.

나는 그곳에 온 아이들에게 수지의 소식을 물었다. 혹시 아는 애가 있는가 해서——원주민 애들이 다니던 학교와 합병하기 전, 피난 초등학교 시절에 수지는 이미 서울로 올라갔기 때문에 수지를 아는 아이들은 피난 초등학교에 남아 있었다가 합병 당한 몇 명밖엔 없었다. 그리고 그들은 모두 한결같이 수지의 뒷 소식을 전혀 들은바 없다고 나에게 말했다. 그제야 나는 아이들에게 사실 내가 학교 다닐 때 좋아했던 애가 수지라는 사실을 떠들었다. 대개가 수지를 알지도 못하던 아이들 속에 서서.

돌아오기 전날 나는 한선생님과 우리가 살던 옛 동네에 들렀다. 내가 가보고 싶다니까 선생님이 함께 가자고 하였다. 마침 봄방학을 맞아 선생님이 쉬고 있던 때였다. 기와공장도 가맛골도 다 그대로 있었다. 기와 공장 마당이랑 수지네가 살던 인부 사택이랑 철조망 뒤의 언덕이랑 선생님과 함께 샅샅이 돌아다녔다. 수지에게, 가서 연희를 불러오라고 보냈던, 연희가 세 들어 살던 언덕 위의 도르래 우물집도 그대로 있었다. 서울에 가서 못 찾았던 수지를 벌써 옛날에 수지가 떠나버린 자리에 와서 나는 다시 찾아다니고 있었다.

이제 원하던 대학에 들어갔으므로 그리고 나에게도 누구 앞에 내 놓아도 떳떳하게 느껴질 희망찬 장래가 생겼으므로 이젠 당연히 내 앞에 수지가 나타나야 한다고 나는 생각하고 있었다.

옛날 설희 엄마와 같이 반찬가게 하던 집 앞을 지나치면서, 내가 예전 살던 곳이라 눈 여겨 보고있는데 그때 문득 문을 열고 나오던 주인 아저씨와 눈이 마주쳤다. 아버지를 쫓아 야간 도주하면서 그 아저씨에게 적잖이 손해를 보게 하고 떠난 일이 떠올라 얼굴을 감추려 하는데 어느 새 그의 눈길은 나를 알아보고 말았다.
"아니, 너 준이 아니냐?"

하다가 워낙 그동안 키도 크고 어른이 되어 있는 데에 조심스러워져서 말을 놓을까 말까 하는 눈치였다. 그때 주인 남자가 말을 높이기도 하고 낮추기도 하면서 나에게 하고 있던 얘기들 가운데 터져 나온 것이, 시장에서 포목장사를 한다는 여자 하나가 우리가 떠난 뒤 매일매일 찾아와서 아버지를 찾더라는 것이었다. 그런데 이미 정신이 좀 정상이 아니게 보이더라는 것이었다. 그 뒤 얼마 후에 보니까 역전에서 그 여자가 완전히 미친 여자 꼴이 되어 머리칼도 지푸러기처럼 흐트러뜨리고 맨발로 싱글싱글 바보처럼 웃고 다니더라는 것이었다. 자기 딴엔 정거장에서 아버지를 기다리고 있는 것 같더라고 했다.
 나는 그 아저씨에게 내 주머니에 가지고 있었던 얼마의 돈을 꺼내서 우리가 손해 입힌 액수에 맞는지 안 맞는지 알아보지도 않고 주었다. 그런 나의 행위가 나의 어떤 의도에서 일어난 것인지 나는 확실히 알 수가 없었다. 옛날에 아버지와 함께 떠나면서 떼어먹었던 돈이니까 지금 갚아준다는 그 의미가 가장 클 것이었다. 사실 아버지와 공모 작당하여 일을 하였다는 데 대한 적지 않은 가책이 그동안에 있어왔으니까. 그러나 그 행위는 단순히 과거에 떼어먹었던 집세를 갚아준다는 의미만을 내 마음속에서 가지고 있었던 것이 아니었다.
 그것은 아버지에 대한 내 쪽에서의 또 한번의 마지막 청산의 의미를 내포하고 있었다. 그렇게 다소라도 아버지와 함께 세상에 졌던 빚을 갚아줌으로써 나는 그가 내 아버지라는 사실로부터 더욱 더 멀어지고자 했었다. 내가 아버지와 함께 묶여있는 한 나 자신도 그가 받을 필연적 징벌로부터 안전하지 않다고 느끼고 있었기 때문이었다.
 나는 이제 내가 원하던 의과대학에 붙었고 내가 원하던 의사가 됨으로써 아버지와 전혀 관계없는 나만의 축복된 생애를 시작하고 싶었던 것이었다. 드디어 나는 남들이 모두 부러워하는 출발점에 와 섰으므로 나의 모든 불우했던 과거와 그 원인과 그 연결점으로부터 완전히 끊어지고 싶었다. 나의 그 빚갚음은 바로 아버지와 연관돼있는 나의 모든 과거에 대한 완전한 청산을 열망하던 내 마음의 표현이었다.

서울로 떠나는 기차 정거장에서 선생님은 나에게 대학생이 됐으니까, 양복을 한 벌 사 입으라며 양복 한 벌 값에 해당하는 돈을 주었다. 선생님은 이미 내가 선생님으로부터 도움을 받지 않고도 충분히 살수 있는 처지라는 것을 알고 있었다. 내가 양어머니가된 여교사 집에서 잘 참고 살 수 있었던 이유들 중 하나도, 그렇게 함으로써 내가 폐를 끼칠 수 있는 다른 사람들, 즉 한선생님이나 작은아버지 식구들이 나로 인하여 아무런 불편도 당하지 않고 편하게 살수 있다는 생각이 주던 위로 때문이었다.

한선생님이 나를 진실로 사랑하고 나에게 기쁘게 주고 있다는 사실을 믿을 수 있으면 믿을 수 있을수록 나는 더욱 더 그것들을 한선생님에게 되돌려 주고 멀리 떠나서 나 혼자 내 가난을 해결하고 싶어지는 심리,——그것을 나는 사랑이 만들어준 또 하나의 사랑이었다 라고 말하고 싶다. 진정 그것은 선생님의 사랑에 대한 내 나름대로의 보답이었다고 밖에는 말할 수가 없는 것이다. 그러나 선생님이 마지막으로 준 나의 양복 값을 나는 순순히 받았다. 선생님에게도 이것이 나에게 주는 마지막 돈이라는 것을 알고 있었을 것이었다. 이제 나는 선생님을 정말 그의 아내와 사랑하는 두 아들 곁으로 오롯이 되돌려주고 싶었다.

선생님이 선한 일을 위해 산다는 것은 나에게 언제나 환영할 만한 일이지만 내가 덕보는 일로 선생님의 선한 일이 이용되어서는 안될 것이었다. 선생님의 마음속의 사랑만으로도 나는 이제 족했다.

　내가 대학에 입학했다는 사실로 인하여 가장 많이 영광을 입었던 것은 양어머니가 된 여교사였다. 그녀는 온 사방에 대고, 우리 아들이 아무 데 의과대학에 합격했어요, 라고 떠들었다. 그런 자랑거리라도 그녀에게 내가 대어줄 수 있다는 것이 나는 기뻤다. 그럼으로써 내가 그녀에게 신세진 것을 다소 얼마라도 갚을 수 있게 되었기 때문이었다.

　그러나 나는 이미 그녀로부터 떠날 각오를 하고 있었다. 나에겐 장학금이라는 두 날개가 주어져 있었다. 등록금도 나에겐 전액면제였다. 이것은 순전히 내가 하늘이 주신 지혜라는 바통을 넘겨받고 그동안 이를 악물고 달리고 달리고한 결과였다. 달리기 경주에서 아무도 나를 이겨내지 못했다.

　세상은 인색한 곳이고, 쓰려지려는 사람이 있으면 잡아 일으켜 주려고 하기는커녕 쫓아가서 짓밟아 아주 쓰려 뜨려 죽이고 마는 곳이지만 수재들에게만은 꼼짝을 못하고 한없이 관대해지고 마는 곳이었다. 이것은 하늘이 주신 것을 땅이 이기지 못한다는 확실한 증거인지도 모른다. 솔로몬이 부귀 영화 권세 장수를 모두 뒤로 젖히고 지혜부터 청했다지만 나 역시 솔로몬의 뒤를 쫓겠다는 소리밖엔 더 할 말이 없다. 세상살이에서 지혜보다 더 유익한 것이 없기 때문이다. 이 모질고 악한 세상에서 떳떳하게 살수 있는 길은 지혜만이 우리에게 제공할 수 있는 곳이다. 머리만 좋으면 무엇을 하든 잘 살 수 있는데, 머리 좋아지는 약은 이 세상에서 구할 수가 없는 것이다. 하늘이 나에게 명석한 두뇌를 주신 일에 대해 감사해 하지만, 그럼에도 나는 달리고 또 달리고 또 달려야만 했었다.

의과대학 공부가 얼마나 힘들고 어려운 것인지는 당사자가 되어 보지 않고는 모르는 일이다. 집안에 의과대학생을 아들로 두거나 동생으로 두거나, 한 가족 안에 두고 생활해 보는 사람들인 경우엔 그래도 어느 정도는 알게 될 것이다. 대학 입시공부 정도가 문제가 아니다. 다른 대학에 다니는 사람들은 의과대학생들에 비하면 수고 없이 열매를 거두고 있는 사람들이란 측면에서 보자면 많은 자비를 입고 있는 사람들이다. 그 만큼 의과대학 공부가 힘들다. 책상 앞에 하도 오래 앉아있어야 하다보니 사타구니 살이 진물러 진물이 나고 정신적 스트레스에 견디다 못해 미쳐나가기도 한다. 우리가 예(豫)과에 다닐 때 동수라는 친구하나가 결국 미쳐서 정신병원엘 가야만 했었다. 함께 뛰고 있는 아이들 가운데에서 더러 학점이 안 나와서 낙제를 하는 아이들이 속출한다. 그런 아이들은 가차없이 퇴교 당하여 또 다시 입시학원엘 다니며 의과대학에 들어올 입시준비를 새로이 시작해야만 한다.

 의과대학처럼 잔혹한 곳이 없다. 집이 바로 같은 서울에 있어도 버스 타고 왔다갔다하는 시간이 아까워 학교 근방에 방을 얻거나 학교 근방에서 하숙을 하거나, 기숙사에 들어가 옆도 돌아보지 말고 공부만 해야 한다.

 T. S 엘리어트는 사월을 잔인한 달이라고 읊었지만 나는 의과 대학은 참으로 잔인한 곳이라고 읊고 싶다. 본과에 들어가면 예과(豫科) 때의 우리들의 공부라는 것이 식은 죽 먹기였었다는 생각이, 의과 대학생들이라면 누구나 다 들게 마련이다. 그만큼 공부하기가 더욱 혹독해지고 만다. 혹독하다는 표현이 제일 적합하다.

 두툼한 원서들을 정신없이 머리 안에 집어넣어야 한다. 영어사전 한 권 외우기가 문제가 아니다. 하나하나 낯선 명칭들을 모두 외워야만 한다. 요령도 있을 수 없고, 쉽게 만들어 쉽게 빠져나갈 수 있는 길도 없다. 무지무지한 곳이다. 무조건 외어야만 한다. 거기다 여기서 탈락되면 쫓겨나가야만 한다는 정신적 압박감, 심리적 부담감이 이만저만이 아니다. 본과 2학년 때 또 우리 과에 미쳐버린 애가 하나 나타났다. 세리라는 여학생이었다. 그 여자아이는 툭하면 나에게 편지를 보냈다. 강의 시간 중에 쪽지에 무어라고 써서 내 책상 위로 던지기도 하였다.

 "준이야,──난 지금 너만 보고 있어, 넌 왜 그렇게

잘 생겼니? 너는 정말 잘 만들어져 있어, 머리에서 발끝까지 대단한 걸작품이야. 너는 신이 만드신 최고의 걸작품이라고 생각해. 나 좀 한번 너의 그 깊은 눈으로 정식으로 바라봐 주지 않을래? 나는 너의 마돈나가 되고 싶어. 준이야."

어느 땐 그 애가 쓴 편지가 의과 대학 휴게실 편지함 속에 들어와 있기도 하였다. 정식으로 우체국을 거쳐 들어온 편지가. 의본과 2학년 강준 귀하,──앞 봉엔 그렇게 써있고 뒷면엔 의본과 2학년 윤세리 라고 분명한 주소가 적혀있던 편지가.

나는 그런 그 애의 그 병적인 열정이 싫었었다. 인물도 과에서 제일 예쁘고 여자가 그런 의과대학엘 들어왔으니 머리도 대단하다고 봐야할 것이다.

그러나 나에게 맡아지는 그 애의 냄새가 건강하지를 않았다. 어딘가 병이 들어 있었다. 처음부터 그 애는 나에게 는적는적 녹아 들어오면서 제 안에 나를 휘감으려 했지만 그러면 그럴수록 내 안에선 더 거부감이 일어났기 때문에 필요 이상으로 나는 그 애를 냉정하게 대해오고 있었다. 그래도 그 애는 내게 대한 자기 감정의 뿌리를 잘라내려 하지 않고 자기 혼자 아이를 낳아서 키우듯 내게 대한 저 혼자만의 애정을 키워가고 있는 듯 하였다. 나중엔 편지 내용도 점점 농도가 짙어져서,──준이야, 난 정말 이 의과대학 공부가 싫어, 난 네가 나를 안고 이 지겨운 곳에서 탈출하여 우리만의 밀실로 데려가 주길 정말 바래, 준이야, 넌 뭐하고 있는 거야. 내가 이렇게 목말라 죽어가고 있는 데, 준이야, 제발 나를 이곳에서 해방시켜 어딘가로 데려가 줘. 나는 이미 네 신부야. 이 세상에서 가장 감미로운 너의 신부가 되고 싶어. 네 신부가 너 때문에 지금 이렇게 너를 기다리며 애타하고 있는데, 넌 왜 우리의 신방으로 들어오지 않고 있니? 우리들의 신방에서 타고있는 저 다해가고 있는 촛불이 네 눈엔 보이지 않니?──
점점 시간이 가면서 그 애의 편지들은 더욱 뜨거워져가고 있었는데 편지만 봐서는 우리 사이가 이미 경계선을 넘은 것처럼 착각되기 십상일 정도였다. 나는 그 애의 과장된 감정 표현, 과대망상적 자아도취에 함께 놀아나고 싶지가 않아서 일체 모른 체 하고 있었다. 내가 그렇게 일체 그 애를 만나주지 않았기 때문에 그 애는 하는 수없이 편지밖엔 띄울 수가 없었다. 나의 응대 없이 자기 혼자서만 춤을 추어야 하는 상황이었으므로 그 애가 빠지고 있던 자아도취적 과대망상적 착각은 피할 수 없던 곳이었던 지도 모른다.

  그녀가 처음 내게 접근해오던 시작부터 막았어야 될 일이었는데, 그냥 내버려두었다가 드디어 나는 그녀 어머니로부터 큰 봉변을 당하고야 말았다. 어느 날 그녀의 어머니란 여자가 강의실로 찾아와 나를 불러냈다. 얼핏 봐도 화려한 폼이 가정집 부인 같지를 않고 큰 요정의 마담 같았다. 댓자곳자 나의 뺨을 때리면서,──

자기 딸을 망쳐놓은 놈이라고 욕설을 퍼부었다. 나는 그녀에게 나는 댁의 따님한테 아무런 짓도 한 적이 없습니다 라고 뻣뻣이 맞섰다. 우리 세리 말이 네 아이를 배고 있다는 데, 그게 네가 그 애에게 아무런 짓도 한 적이 없는 거냐?——고 하며 그녀는 또 두번째로 나의 뺨을 쳤다.

 내가 아무리 변명을 해도 소용이 없었으므로, 결국은 세리를 데리고 산부인과엘 가보자는 소동까지 일어났다. 그제서야 세리는, 아니다, 라고 제 어머니에게 말했다. 그녀 어머니는 내 추측대로 큰 요정의 얼굴 마담이었는데 거물 정객의 씨를 하나 받아서 낳은 게 세리였다는 얘기가 돌고 있었다. 확인해 본 바는 아니지만 아마 사실일 것이었다. 그런 그녀의 집안 환경을 알고부터 나는 더욱 그녀가 싫었다. 그런 곳에서 나는 나의 아이를 빼내고 싶지가 않았다.

 결국 세리는 2학년2학기를 다 못 채우고 퇴교 당했다. 그 상태로는 도저히 그 힘든 의과대학 공부를 지탱해나갈 수가 없었다. 세리처럼 금이간 깨진 그릇 위에 얹기엔 의과대학이란 짐이 너무 무거웠다. 건강한 사람도 짐이 무거워 퍽퍽 쓰러지던 곳이 의과대학이었다. 세리가 나 때문에 정신이 이상해지기 시작했는지 아니면 의과대학 공부가 하도 어렵다 보니 머리가 이상해져서 그렇게 나한테 이상한 짓을 하기 시작했는지, 그건 자세히 규명해보지 않았기 때문에 알 수 없는 일이다. 아주 미친 상태는 아니었지만 그때 세리는 정상이 이미 아니었다. 그녀가 그렇게 된 데에 대한 나대로의 책임이 전혀 없었다고는 말할 수 없지만 적어도 나는 내 의지를 가지고는 한번도 그녀에게 책임질 짓을 해본 적이 없었다. 의지가 결합되지 않은 행동은 절대 죄일 수 없다는, 나대로 확고하게 가지고 있는 기준에 의하면 나는 그녀에 대해 무죄했다.

 의과대학 공부를 수행하기만도 나는 너무 벅찼었다. 내가 만난 의과대학 공부는——공부는 나에게 힘든 것이 아니었다——라고 고백했던 과거의 나의 공부들하고는 차원이 달랐었다. 이건 사람을 생으로 살려놓고 굶어 죽이듯한 일이었다. 공부밖엔 다른 일은 도무지 맛보지 못하게 하는 곳이었다. 어떤 압축기에 사람을 집어넣고 즙을 짜내는 일에다 비견할 수도 있었다. 어느땐 너무 많은 것을 머릿속에 집어넣다 보니 머릿속이 터져 버릴 것 같기도 했었다. 거기다 나는 장학금까지 받아야만 되었었기 때문에 다른 아이들이 주저앉아서 쉬는 곳에서도 나는 쉬지 못하고 더 정상까지 올라가야만 했었다.

 내가 장학금에 그렇게 집착해야만 했던 까닭은 여교사의 집으로부터 나와야 한다는 절박감이 점점 물이 불어나 위험수위에 육박해오듯 내 안에서 점점 불어나고 있었기 때문이었다.

 정신병자들에게 나는 안팎으로 들볶이고 있었다. 학

교 오면 세리에게, 집에 가면 또 양어머니인 그녀에게
——병원에서 신경안정제를 타다 먹고 있었음에도 그녀
의 상태는 조금도 호전되지 않고 점점 더 나빠져 가고
있었다. 평생 의지해 오던 노모가 죽은 뒤의 정신적인
불안정감이 그녀의 그 고질적으로 앓아오던 병세를 더
욱 더 악화시켜가고 있는 것 같았다. 양자인 나를 맞아
들여 비어버린 그녀 안의 어머니의 자리를 메꾸어 보려
던 시도였지만 그녀는 곧 거기에서 실패해 버리고 말았
다. 외딸 하나만 바라고 평생 과부로 늙어 온 그녀 어
머니만큼은 아무도 그녀에게 하여줄 수가 없었던 것이
다. 나는 그녀와 집에 매일 같이 있을 수도 없었다. 의
과 대학의 과중한 공부 때문에 집에 안 들어갈 때도 많
았다. 집까지 가려면 시간이 걸리므로 그 시간에 한가
지라도 더 보고자 하여 빈 기숙사방에 들어가 공부를
하거나 학교 근방의 친구 하숙집에 가서 밤샘을 하거나
하였다. 나도 다른 친구들처럼 학교 근처에 방을 얻어
생활하고 싶었지만 감히 양어머니 앞에서 그 말이 입에
서 떨어지지 않았다. 그렇지 않아도 내가 집에 와서 자
지 않는다고 그녀로부터 불평이 많았다. 그것도 당연
한 것이 내가 들어가지 않으면 그녀 혼자 집에 있어야
만 하였기 때문이었다. 게다가 그녀는 누군가 집안에
침범해 들어올지도 모른다는 공포심에 항상 떨고 있었
다. 그 원인을 굳이 따지자면 그녀 공포심의 원천은 생
명에 대한 지나친 집착이었다고 볼 수 있을 것이다. 죽

을까에 대한 두려움이 그녀 마음 안에는 너무 가득 차 있었다. 내세에 대한 희망도 없고 확신도 없는 상태이다 보니 죽음에 대한 공포는 당연한 귀추인데, 그 정도가 너무 심해서 도저히 같이 살 수가 없었다. 지나치면 모두가 병인 것이다. 증세가 점점 더 심해져서 그녀는 잘 때도 머리맡에 칼이나 톱이나 망치를 두고 잤다. 만일 침입자가 나타나면 그 흉기로 찌르겠다는 것이었다. 침입자에게만 그렇게 한다면 다행인데, 내가 만일 무슨 볼 일로 그 방에 들어갔다가 강도로 오인되어 칼에 찔리거나 장도리에 맞아죽을 우려가 전적으로 없다고 말할 수가 없는 일이었다. 나는 도저히 거기에 계속해서 머무를 수가 없었다. 특히 세리가 나의 애를 뱄다고 트집을 잡아 학교에서 망신을 당하고 난 뒤 나는 더욱 더 이 정신병자가 나에게 또 무슨 일을 저지를까 전전긍긍해야만 되었었다.

　세상 도처에 미친 사람들이 들끓고 있는 듯이 느껴질수록 정상적인 사람들에 대한 나의 우호도는 상대적으로 높아져서 한선생님이라든가, 작은아버지라든가, 내 눈에 똑바로 서 있다라고 느껴지는 사람들이 이 세상에 존재하고 있다는 사실만으로도 감사해지는 기분이었다. 떠나리라 결심을 하고 있으면서도 실행할 엄두가 나지 않아 멈칫거리고 있던 여교사와의 결별의 순간은 결국 나한테 오고 말았다. 제사문제가 화인이 된 것이다.

　여교사는 나에게 상속문제를 거론하면서──만일 내

가 자신이 죽은 후에 제사 밥을 먹게 하여주는 조건이 라면 자신의 재산 상속인으로 내가 되는 일에 대하여 반대할 의사가 없지만 만일 여기에 불응한다면 재고하 겠다는 얘기를 꺼냈다. 신경안정제를 충분히 먹고 나왔 는지 상당히 심각한 얼굴이었었다. 이점만을 분명히 해 야겠다는 결기가 서려있는 표정으로 그 여자가 제사문 제를 들고 나왔을 때 나는 나의 솔직한 마음을 가장 정 직하게 말해야 할 때라고 생각했다.

 내가 지금까지 살아온 경험에 비추어 본다면 이런 경 우 가장 정직하게 말했을 경우가 뒷날에 돌아보았을 때 제일 아무런 후회도 여한도 느껴지지 않는다는 사실이 떠올랐기 때문이었다. 여교사에게 나는 첫째——나에겐 양어머니의 재산을 상속받고 싶은 마음이 추호도 없다 는 사실부터 알렸다. 그리고 제사에 관한 나의 의견을 말하자면, 나는 전혀 그럴 의사가 없다라고 분명하게 얘기했다. 먹지 못하는 죽은 사람에게 음식을 차려놓는 다는 사실이 나에겐 무의미하게 보일 뿐이며, 또 그것 이 효행적 의미로도 나에겐 다가오지 않는다고 말했다. 음식이란 살아있는 사람이 먹고 생명을 지탱하기 위하 여 있는 것인데, 맛도 모르고 위장도 썩어 가는 죽은 사람에게 음식을 준다는 것은 합리적인 사고를 해야만 하는 나 같은 지성인으로서는 나의 합리와 지력을 포기 해야만 하는 일이므로 도저히 받아들일 수가 없는 일이 라고 말했다.

이런 식으로 내가 나의 합리를 포기해가면서 불합리한 사언 행위에 가담하기 시작한다면 결국 나는 그 모순 때문에 나중엔 미쳐버리고 말 것이라는 점도 명백히 했다. 만일 양어머니께서 죽어서도 제삿밥을 먹기만 하여 준다면,――나는 기어이 백번이라도 제삿상을 해 바칠 의사가 있지만 죽은 사람이――입도 혀도 코도 식도도 위장도 창자도――모든 내장기능이 다 정지를 당했는데 어떻게 음식을 씹고 삼기고 소화시켜 살과 피로 보낼 수가 있겠는가. 이점은 삼척동자도 다 아는 상식인데, 어떻게 중학교 화학선생까지 하셨다는 양어머니께서 뼛골이 삭고 살과 내장이 썩어 가는 죽은 사람에게 음식을 바쳐야 한다고 주장할 수가 있는지,――이해가 안 간다고 말했다.
   가령 이빨이 없어 씹지 못하는 할머니에게 누가 딱딱한 음식을 준다하면 그것이 잘하는 일이라고 할 수 있겠는가. 또 식물인간이 되어 의식불명의 환자에게 밥상을 누가 끼니때마다 차려 바친다 하면 그것이 선한 일이라 말할 수 있겠는가. 하물며 먹을 수도 씹을 수도 없는 죽은 사람 앞에 음식을 바친다면 그것이 어떻게 잘하는 일이 될 수 있으며 죽은 사람에게 아무 유익도 주지 못하는 그 우매한 행동이 어떻게 갸륵한 정성이 될 수 있겠는가. 갸륵한 정성이란 갸륵한 뜻이 담겨져 있어야만 하는데 먹지 못하는 이에게 먹으라고 무언가를 주는 것은 나의 생각으로는 일종의 죽은 자에 대한 조롱이며 우화며 회화적 행동일 뿐 갸륵한 행동으로 보여지지가 않는다고 말했다. 나는 절대로 우리 아버지처럼 영적인 세계를 전혀 인정하지 않는 아주 육적인 인간만은 아니지만, 그러나 죽은 사람에 대해선 죽은 사람에게 맞는 효도의 방법을 생각해야만 한다 라고 나는 주장했었다. 특히 내 안엔 언젠가, 내가 입시를 위하여 혹은 단순한 지식욕이나 호기심으로 도서관에서 닥치는 대로 읽었던 수많은 책자들 가운데서 우연히 내 눈에 띄었던 이조말엽의 실학자 정하상씨의 상재상서(上宰上書)란 책자의 조상제사에 관한 의견도 들어가 있었다. 그의 주장에 의하면, 자는 부모 앞에도 밥과 술을 차려놓지 않거늘 하물며 죽은 부모 앞에 밥과 술을 차려놓는다는 것은 참된 효(孝)의 정신에서도 벗어나는 일이며 거짓되고 헛된 것이다 라는 것이었다. 솔직히 말하자면 이 글을 읽고 나는 내심 무척 놀랐었다. 옛날 사람이 어떻게 이렇게 맑은 이성으로부터 나오는 논리 정연한 말을 할 수 있는지. 그때 나는 옛날 사람이라면 무조건 무지무식 했었다고 생각하는 사람들에게 이 글을 읽히고 싶다고 느꼈을 정도였었다. 내가 그의 주장에 동의했었던 것은 그가 대 실학자여서도 아니고 또 순교를 당한 대 성인이어서도 아니고 다만 그의 말이 내 생각과 같았기 때문이었다. 어떻게 이렇게 지극히 정상적인 사람의 말이 반대를 받아 그에게 죽음까지 안겨주었는지, 나는 그때 몹시 노여웠었다.

말싸움이 길어지고 거기서 승산이 없다고 단정되자 양어머니는 파르르 신경질을 내면서

"잘났다, 잘났어, 니가 잘 났으면 얼마나 잘났니? 조상님네들이 옛부터 해오던 일인데, 니가 공부를 잘하면 얼마나 잘 하구 알면 얼마나 안다구, 그걸 무시하겠다는 거야?"

"내가 어디 조상님들을 무시합니까? 그렇지만 그분들이 똥을 누던 칙간에서 우린 지금 똥을 누고 있지 않습니다. 그분들이 하던 일이라도 지금 우리들이 생각해봐서 옳지 않다면 안 할 수도 있는 거 아닙니까? 어머니는 돌아가신——어머니의 생각이 다 옳았다고만 생각하십니까? 그분이 살아있을 때 그분의 생각이 옳지 않다고 생각해서 그분과 다투었던 일도 많았을 거 아닙니까? 지금 만일 옛날의 갓 쓴 할아버지들이 우리들 앞에 나타나 자신들의 생각대로 하라고 우리한테 명한다면, 우리가 지금 그분들의 생각이 다 옳다 라고 생각하면서 따를 수가 있겠습니까? 우리 조상님네들이란 누구예요, 옛날에 갓 쓰고 담뱃대 물고 에헴,——하던 할아버지들이 아닙니까? 생각해 보세요. 그분들이 살아 돌아와 우리들 앞에 선다면 우리들이 무조건 그분들의 모든 생각들을 다 옳다 라고 받아들이고 따를 수가 있습니까? 옛날엔 옳다라고 주장하던 일들이 지금은 틀린 것으로 판명되는 예들이 한 두 가지가 아니예요."

결국 우리들의 싸움은 끝이 나지 않았고 그 안에서

여교사인 양어머니는 모종의 판단을 내린 듯 했다. 죽어서 제사밥을 먹어야 하는 일,——이것은 그녀에게 포기할 수 없었던 일이었으므로 그녀는 결국 나를 자신의 양자로 입적시킨 일에 대하여 후회하지 않을 수가 없게 되어버리고 말았다.

  진퇴양난, 외면상으로나마 의사아들을 갖는다는 영광을 포기하기도 그녀로서는 보통 힘드는 일이 아니었을 것이었다. 거기다 그동안 몇 년 같이 살아오면서 나에게 정도 들었을 것이었다. 그녀의 갈등이 더 오래 계속되지 않도록 내가 도와주어야만 했었다. 나는 더 이상 그녀의 집에 머물러 있고 싶을 의사가 없었다. 조상 제사에 관해서 만도, 그녀가 완고하다면 나 역시 완강했다.

  나의 합리가 그것을 거부했다. 지성의 발화기에 있었던 나에게 먹지 못하는 죽은 자에게 밥을 차려 내놓으라는 요구는 나의 지성을 폐하라는 조종(弔鍾)소리와도 같았다. 다른 사람은 어떨지 몰라도 당시의 나의 지성이나 이성엔 그것은 주검의 명령과도 같았다. 그때까지 내가 전심 몰두하여 달려온 지식과 학문의 세계란 나에겐 끊임없는 논리적 사고 훈련의 장이었다. 죽은 자에게 밥을 차리라는 요구는 단순한 명령 같지만 나에겐 나의 머리를 포기하라는 위협으로까지 받아들여지는 곳이었다.

  나처럼 인생을 살아가는 데 있어서 매사에 대해 깊이

생각하며 살아온 사람에겐 옛 사람이 하던 일이니까 무조건 따르라는 명은 용납이 될 수 없던 일이었다. 그것은 내 자신의 생애를 처음부터 포기하라는 말과 같았다. 그들의 생각이 고귀한 것이라면 나의 생각 역시 고귀한 것이다. 내 인생이 어떤 협곡에 처해있을 때에도 한번도 나는 생각하는 일을 포기한 적이 없었다. 아무리 위대하다라고 불리어지는 종교라 하여도, 나는 내가 생각해서 옳다는 생각이 들지 않는다면 받아들일 수가 없었다. 이것은 나의 자존심과도 관계된 문제였다. 죽은 자에게 밥상을 차려달라는 말이나 그리고 죽어서도 밥을 먹겠다는 발상이나,——나는 그녀의 그런 황당무계한 생각들을 나의 사고의 틀 안에 도저히 수용할 수 없었다. 그것은 그동안 내가 쌓아온 논리체계 안에 전적으로 반하는 것이었기 때문이었다. 나는 다른 사람들이 어떻게 두 개의 상반된 논리를 동시에 자기 안에 수용하면서 잘 들 살 수 있는지,——이해할 수가 없었다. 그것은 나에겐 내 존재의 파괴요 분열을 의미하는 일이었다. 그리고 조상제사의 형식에 대해서도 나는 전혀 익숙치 못했다. 한번도 나는 그런 데 참여해 본 적이 없었기 때문이었다. 특히 내가 제사를 주관해 본 경험은 더욱 없었다.

 시골 살 때 나는 더러 동네 사람들이 밤에 그 조상제사란 것을 지내는 것을 구경한 적이 있었는데 느낌으로도 벌써 우중충하고 섬뜩해 보이는 게——나한테는 그

것이 좋아 뵈던 일이 아니었다. 죽은 사람의 혼을 불러 낸다는 일 그 자체가 나에겐 싫었다. 살아있을 때에는 좋던 사람도 죽은 후에 그 사람을 생각할 때면 나는 왠지 무서워지곤 했으니까.

내가 아는 바로는 조상제사란 바로 죽은 조상의 혼이 그리로 나오라고 청하는 일이었으므로 그 자리가 어둑컴컴해 뵈고 무서시무서시해 보였던 것은 당연한 일이었다. 그리고 또 일반적으로 제사라 불리우는 것들이 나에겐 다 싫었다. 고사니 굿이니 하는,──보이지 않는 저쪽 세계의 어떤 대상들에게 절을 하고 빌고 하는 사람들의 행위들이 내 눈엔 한편으로는 황당하고 부질없고 또 한편으로는 불법해 보였다.

어릴 때부터 나에겐 만물을 지으신 창조주가 계시고 자연계의 만상과 모든 세상만사를 섭리하시는 분이 계시다는 생각은 꾸준히 지녀져 있었다. 거기에 대해 특별히 배운 적은 없었지만 우리가 착한 일을 하면 상을 주시고 우리가 악한 일을 하면 벌을 주시며, 하늘에서 비를 뿌려주시고 태양과 별들을 만드시고, 봄엔 꽃을 피게 하시고 가을엔 열매를 맺게 하여주시는 분이 계시다, 라는 사실에 대하여는 한번도 나는 의심해 본 적이 없었다. 그분이 소위 우리가 부르는 하느님, 천주님이시다 라는 것도 알고 있었다. 거기에 대고 빌지 않고 다른 귀신에게 대고 비는 것은 내 눈엔 관리들에게 뇌물을 가져도 주고 사바사바하는 것이나 혹은 폭력배나

강도, 치한등을 동원해서 제 이득을 취하려는 불법한 심리에서 나온 발상으로밖엔 보이지 않았다.

　비록 우리가 우리의 복이나 장수를 위해 빈다 해도, ——그 일에 대하여 정법한 권한자이신 만물의 창조주 섭리주께 빌어야만 하는 것이 정당한 일이라고 나는 생각하고 있었다. 이것은 후에 내 안에 만들어진 생각이 아니고 아주 어릴 때부터도 그런 생각을 나는 가지고 있었다. 특히나 이 조상제사에 대하여 용납할 의사가 없었던 나의 이유들 중엔 내가 비교적 똑바로 서 있다라고 생각해온 사람들이 여기에 가담하지 않고 있었던 까닭도 있었다. 그 중에서도 제일 내 안에서 이 조상제사를 막고 있었던 것은 나의 가슴속 깊은 곳에 언제나 태양처럼 떠 있던 덕이의 존재였다. 예전에 마을에서 덕이네가 유독하게 제사를 지내지 않던 집이라는 기억이 등대처럼 나의 길을 비추어주고 있었기 때문이었다. 나의 인생뱃길은 덕이를 어기고는 갈 수 없었다.

　결국 나는 여교사의 집을 나오고 말았다. 그러나 이제 나에겐 문제가 없었다. 기숙사로 들어가면 되었으니까. 그 여교사를 어머니라고 부르지 않아도 된다는 것이 나에겐 그렇게 좋을 수가 없었다.

　아버지가 새 여자를 데리고 와서 우리들에게 어머니라고 부르라고 할 때마다 매번 그것이 우리들에겐 굴욕이었다. 어머니가 아닌 사람을 어머니라고 부른다는 것이, 그리고 마음도 없는 일을 우리가 해야한다는 것이,

그렇게 짐승처럼 복종만 해야 한다는 것이, 우리들에겐 참을 수 없던 굴욕이었다.
 이제 그 일도 나에겐 종지부를 찍은 것이다.
 나를 그녀에게 양자로 양도한다는 조건으로 아버지가 그녀에게 얼마의 돈을 요구했었으며 그 흥정과정에서 어떻게 돈이 깎이며 액수가 정해졌었는가에 대해서, 내가 떠날 때에야 비로소 여교사가 나에게 상세히 얘기해 주었다. 그렇게 비싼 값으로 나를 샀다는 얘기를 하고 싶어서일 것이다. 그녀의 삼십 여 년간의 교직생활의 결산인 퇴직금의 상당부분이 아버지에게 잘려 먹힌 셈이었다. 그 돈을 가지고 아버지는 어디론가 잠적해 나타나지 않았다. 과천댁을 후려냈다고, 작은아버지내외한테 호통을 맞고 잠적한 뒤로는 아버지를 봤다는 사람이 없었다. 그리고 아버지의 행방에 대하여 그 누구도 성의를 가지고 추적을 해보려고 했던 사람이 없었다. 나 역시 그동안 입안에 든 싫은 것을 계속 뱉어내듯이 아버지에 대하여 내 마음속으로부터 고별선언을 계속해 왔을 뿐이었다. 호적상으로도 나와 아버지는 이미 남남이었다. 형도 동거하던 여자와 혼인신고를 한 뒤 아버지의 호적으로부터 도망쳐 나와 버렸다.
 그리고 몇 십 년 뒤 내가 아버지를 다시 만난 곳이 바로 이 해부학 교실인 것이다.

제15장

　내가 수지를 다시 만난 것은 의과대학과정 6년 즉, 예과 2년 본과 4년을 다 마치고 나서였다. 마치자마자 나는 의사시험에 패스했고 곧 이어 본교부설종합병원 인턴시험에도 무난히 패스했다. 천근같던 모든 짐이 순식간에 나에게서 다 벗겨져 나가던 때였다. 내가 다니던 명문의대에서도 의사자격고시에서 거의 10%가 짤려 나갔고 인턴시험도 만만치가 않았었다. 특히 본교에 붙어있는 본교대학부설종합병원에 남아 인턴생활을 시작하는 행운을 얻기가 졸업생들에게 아주 쉬운 일이 아니었다. 우리 의과대학엔 많은 부설병원들이 딸려있었는데 그 중에서 의과대학 건물과 붙어있는 부설병원이 졸업생들이 가장 선호하던 곳이었다. 나의 경우는 성적이 특상위였으므로 다른 사람들 눈엔 의사고시나 인턴시험에서 내가 불합격 판정을 받는다는 것은 불가사의한 사건으로 한번 상상이나 해 볼 정도의 희귀한 일이겠지만 당사자인 나에게는 그렇지가 않았었다. 예외적 사건이란 얼마든지 일어날 수가 있으니까.

다른 수험생들이나 마찬가지로 나 역시 간을 졸였다. 얼마나 졸였는가는 합격판정을 받고 나서의 나의 해방감이 얼마나 컸었는가를 측정해 보면 알 수 있을 것이었다. 그날부터 나는 마음이 맞는 친구하나와 맥주 마시기, 극장순례, 당구 치기 등에 몰념하기 시작했다. 또 한번의 주어진 막간의 휴식을 나는 내 멋대로 맘껏 달밤에 혼자 체조하기 식으로 구가해볼 계획이었다.

이때 수지가 내 앞에 나타난 것이었다. 수지가 나타나기로 한다면 이보다 더 적기는 없을 것이었다. 그러나 막상 그때엔 나는 수지생각을 많이 하고 있지 않았다. 오히려 그전에 이때엔 꼭 수지가 내 앞에 나타나 주어야만 한다,——라고 생각했던 때가 많았다. 그러나 그렇게 내가 기대했던 시간들 안엔 내앞에 코빼기도 안 비쳤던 수지가 기대도 않고 있던 때에 불쑥 나타난 것이었다.

같은 의과대학의 졸업생 친구하나와 극장엘 갔는데 표를 파는 아가씨가 매표구의 그 조그만 창구로, 몇 장이, 하고 눈을 흘기듯이 흡뜨고 밖에 있는 나를 바라보는 데 나의 첫눈에 그 얼굴이 어디서 많이 보던 얼굴이었다. 그쪽도 나를 알아보고 놀란 눈이 되어 내게서 시선을 떼지 않았다. 준이 아니니? 하며 그쪽에서 먼저 내 이름을 기억해 내고 반갑게 소리를 질렀다. 그제서야 내 기억력이 하나의 얼굴을 내 앞으로 끌어다 주었다. 다른 데는 다 변했는데 얼굴가운데의 모습이 옛날에 보았던 그 연희의 얼굴이었다. 연희지? 했더니, 연희는 헤 웃으면서, 이제 생각나니? 했다. 상글상글하고 하얀 얼굴이 잠깐 사이를 더 두고 보니까 예전의 연희의 더 많은 모습을 내 머릿속에 떠올려 주었다.

"영화 끝나고 나올 테니 잠깐 시간 좀 내줄 수 있니?"
"이 극장 바로 앞에 한이라는 다방이 있어, 지하실인데 영화보고 나서 거기 가서 기다리고 있어."

하며 연희는 다음 사람에게 자리를 내주고 옆으로 물러나 있는 나에게 바쁘게 말해주었다.

영화는 매우 재미가 없었다. 듣던 바와 달라서 실망이었다. 그렇게 영화를 보면서 영화가 끝나기를 기다려 보긴 처음이었다. 끝나자마자 나는 제일 먼저 뛰어나와서 친구와 헤어져 다방으로 달렸다. 극장 문을 나오면서 매표소 쪽을 보니까 교대가 바뀌어 다른 여자가 앉아있었다. 나를 만나기 위해 연희가 다른 여자를 구해서 대신 거기 앉힌지도 몰랐다.

다방에 가니까 연희는 이미 나와 앉아 있었다. 창구에서는 얼굴만 보였는데 이제 연희의 전신을 다 볼 수 있었다. 키는 얼마나 큰지 앉아 있으므로 아직 모르지만 그동안의 연희는 살이 많이 찌고 얼굴도 옛날보다 훨씬 넓적해져 있었다. 너무 핀 꽃처럼 헤벌어져 있어서 옛날처럼 예쁘지는 않았다. 내가 가서 마주 앉으니까, 연희는 대뜸,

"준이야, 왜 이제 나타나니? 좀더 일찍 나타나지 않

구, 나 옛날에 너 많이 좋아했었단 말야".
 하며 웃었다.
 "넌 반장이었던 성호 좋아했었잖아?"
 "아냐, 나 너 좋아했었어. 너 몰랐었니? 준이야!"
 말의 어미가 강한 게 진실을 토로하는 투였다. 아니 이럴 수가, 난 한번도 연희가 나를 좋아한다고 생각해 본 적이 없었다.
 "목에 때가 꼬질꼬질 끼고 그렇게 더럽게 하고 다녔었는데 어떻게 니가 날 좋아했었니?"
 "그랬었니? 그런데 넌 얼굴이 하얘서 그렇게 더러워 뵈질 않았었는데?"
 그러다 연희는,
 "옛날 얘기하니까 우리 재밌다,"
 하면서 웃었다.
 먼 산에 진달래 울긋불긋 피었고, 종달새 높이 떠 저 저귀던 곳——.
 가녀리고 떨리는 고운 목소리로 노래부르며 눈물까지 글썽였던 그때의 연분홍꽃잎 같던 연희가 아련히 떠오른다. 그때에 비하면 지금의 연희는 질깃질깃한 기름기가 많이 그 모습 안에 들어가 백여 있었다. 왜 우리는 가장 아름다웠을 때의 우리의 모습대로 그대로 있지 못하는가, 더 아름다운 모습으로 변해 가는 건 좋은 일이지만 아름다웠던 모습이 아름답지 않은 것으로 바뀐다는 건 보는 이로 하여금 보물이라도 뺏긴 듯한 분한 마음을 일으켜 준다.
　차를 시켜놓고서야 연희는,
"준이야, 넌 지금 뭘 해?"
하고 물었다.
"나 룸펜이야, 놀고 있어."
　사실 막간의 휴식동안이었으니까.
"거짓말이지? 그동안 서울에 있었니?"
"중학교 3학년 때 서울에 왔어"
"그런데 왜 그동안 한번도 우리가 만나지지 않았지? 혹시 니가 서울에 와 있으면 만나지지 않을까 하고 길 가다가도 난 눈여겨보곤 했었는데, 넌 정말 그동안 더 근사해졌다. 사귀는 여자도 있겠지? 결혼했어?"
"아직.
"애인은 있겠지."
"없어, 공부만 했거든."
"무슨 공부를 아직도 해? 졸업 맞고 취직했어야지, 군인 갔다 왔어?"
"군인 아직 안 갔다왔어, 더 있다가 갈려구."
"난 결혼했어, 니가 이렇게 나타날 줄 알았으면 기다리고 있었을 텐데."
　웃음의 소리지만 연희의 얼굴에 연분홍색 홍조가 띠어있는 게 내게 대한 묵은 연정이 그녀의 핏속에서 피어오르는 게 보인다. 저게 수지였으면 얼마나 좋을가.
　만일 옛날에 그 인기 있었던 연희가 성호가 아닌 나

를 좋아하고 있다는 걸 내가 알았었다면, 그래도 나는 내 마음의 가장 높은 자리에 연회가 아닌 수지를 앉혔었을까──생각해 본다. 모를 일이다.

"니 신랑은 뭘 해?"

"회사 다녀. 그래도 난 첫 아이 낳을 때까지는 그냥 직장 다닐려고……."

그녀가 직장이라 말하는 데가 매표소인가 보다.

옛날에는 피난 온 아이들 중엔 제일 잘 살던 측에 들었던 연회였는데, 지금은 그렇지가 않은 것 같다. 대학은 졸업했는지──.

"언제부터 이 극장에서 일 했어?"

"대학 2학년 다니다 그만두고,──그때부터, 그러니까 오래되었지? 이젠 얼마 더 못할 것 같애."

"그렇게 오래 니가 여기 있었는데 내가 왜 한번도 이 극장엘 안 왔었지?"

"글쎄 말야, 너 그동안 옛날 우리 반 했던 애들 중에 서울 와서 만난 애 있어?"

"하나도 못 만났어, 너는?"

그동안 어딜 돌아다녔어야지, 공부에 갇혀서.

"난 여기 와서 그때 우리 반 했던 애들 몇 만났다. 남자들 둘 만났고 여자들 둘 만났어."

"누구누구야?"

"남자는 너 광수 알아? 까불던 애, 우리 여자들이 고무줄 하는데 와서 맨날 고무줄 끊어 놓고 그러던 애?"

"응, 알아, 주근깨."

"그래 그래? 그리고 너 윤식이 알아? 니네 집 반찬가게 뒤 천막 수용소에 살던,"

"알지, 그때 우리 기와공장 마당에서 같이 모여 숨박꼭질하곤 했었잖아."

"그래 맞아, 그 애두 만났어, 나 그 애 연락처도 알아."

"걔네들이 다 너 좋아했었지, 연희야 너 알고 있었어?"

"윤식이가 나 좋아했던 건 알고 있지만 광수가 날 좋아했었다구? 나 걔 때문에 몇번이나 울었는데, 우리 노는데 와서 하두 못되게 굴어서 내가 막 뭐라고 그랬더니 걔가 발길로 내 허벅지 있는데 차서 애들이 선생님한테 가서 일러서 걔 벌서고 혼났었잖아? 너 그거 기억나?"

"그랬었니? 생각 잘 안나, 그런데 광수와 윤식이는 지금 뭘 해?"

"윤식이는 약대 졸업 맞고 광교에서 약방하고, 광수는 주유소 해. 신촌에서, 주유소해서 걔 돈 얼마나 많이 번다고——."

"잘 됐구나, 니가 만난 여자 애 둘은 누구야?"

"너 수지 알아?"

연희의 입에서 수지라는 이름에 떨어지는 순간 나는 정갱이를 냅다 차인 기분이었다. 연희를 만난 순간부터 그때까지 오직 그 소식하나만을 기다리고 일심전력으로 연회의 입을 바라보고 있었기 때문이었다. 영화가 재미없었던 것도 연회를 통해 혹시 수지의 소식을 알 수 있지 않을까 하는 기대에 온통 정신이 팔려 있었기 때문인지도 몰랐다. 드디어 수지를 만날 수 있게 되었구나 하니까 그 첫 순간엔, 그토록 기다려 오던 끝인데도 도망치고 싶은 생각이 불쑥 들었다. 기다리던 때보다도 만나고 나면 더 나빠질까 봐, 문득 두려운 생각이 와락 드는 것이었다.

"수지 지금 어딨어?"

"너 수지 기억나지? 수지하고 우리 셋이 그 동네 애들하고 같이 기와공장 마당에서 잘 놀았쟎아? 무궁화 꽃이 피었습니다 도하고 술래잡기도 하고,"

"다 기억나."

"니가 수지보고 우리집에 가서 날 불러오라고 그래서, 내가 너 약올려줄려고 수지한테 난 졸려서 잠이나 잘테니까 준이 개보고 가서 전해, 오늘은 개 혼자 놀라고,"

그때 일을 생각하면서 연회는 저으기 들뜨는지 말이 헤퍼지고 눈웃음치는 웃음을 연실 웃는다. 그 웃는 모습 안에서 옛날 그녀의 어린 날의 모습이 감실거리지만 그녀의 넓데데해지고 달라진 얼굴의 전체 모습 안에서 그 조금 남아있는 옛날 모습이 도리어 나에겐 감질만 나게 한다. 하지만 내 마음은 수지생각으로 가득 차서 그 애의 얼굴에 깊이 정신을 팔 겨를이 없었다.
 아 그랬었구나, 내가 수지보고, 너 거짓말하는 거지? 연희가 너보다 더 이쁘니까 데리고 오기 싫어서, 질투심이 나서, 하고 말했던 일이 모두 내 머릿속으로 떠올랐다.
 그때 수지는
 "아냐, 준이야, 정말 갔었어, 나 거짓말 안 해"
 하면서 겁을 냈었다.
 수지는 언제나 그렇게 내 앞에서 겁을 먹곤 했었다.
 "수지 지금 어딨어?"
 "그런데 너 왜 그렇게 놀란 얼굴이야?"
 한참을 제 멋에 겨워 헤헤 실눈으로 웃으며 계속 떠벌리던 연희는 그제야 내 안색이 정상이 아님을 알아챈 것 같앴다. 수지의 이름을 듣고는 귀밑까지 핏기가 싹 가시는 듯이 느끼고 있었으니까 수지의 얘기가 나오면서부터의 내 얼굴이 어떻게 연희에게 비쳤으리라는 것은 쉽게 상상이 간다.
 "수지 결혼했어?"
 드디어 나는 내가 제일 무서워하고 있었던 일을 입 밖에 내어놓고 말았다.
 "안 했어."
 "애인두 없어?"
 "애인두 없어."
 그 순간 생사양단의 기로에라도 서 있듯이 조마조마

하며 웅크려 들어가 있던 내 가슴이 용수철처럼 튀어 오르고 말았다.
"갠 지금 수녀된다구 준비하고있어."
"수녀된다구?"
수지다운 발상이다.
"걔네 그때에도 독실한 가톨릭 신자였잖니? 걔하고는 같은 서울에 살면서 자주 만나곤 했었다. 서울에 와서 제일 먼저 내가 만난 애가 걔야, 걔가 E 여고 다닐 때 우리집이 그 근방이었거든. 걔하고 만나서 니 얘기 많이 했었다."
E 여고? 그럼 그 애 학교는 바로 내가 다니던 학교 옆이었다. 그런데 왜 우리는 만나지 못했었을까. E 여고라면 수지가 공부를 잘했었다는 얘긴데, 내 기억으로는 그 애는 공부를 썩 잘 하던 애는 아니었었다. 하지만 그 피난 초등학교엔 다른 피난지에 가서 몇 해씩 쉬다오는 바람에 공부를 다 까먹어 제 실력을 제대로 발휘하지 못했던 애들도 많았으니까. 수지 성적도 그때까지는 아직 정상적인 제 실력 회복이 안되어 있었는지도 모른다.
"걔 집이 어디야?"
"집은 모르고, 직장은 알아. 수지 지금 E대 나오고 여자 중학교에서 영어선생님해. 걔 서울와서 공부 잘했었다. 그런데 수지얘기 나오니까 너 정신이 멍해지는 걸 보니까 이상한데. 혹시 너 수지 좋아했었던 거 아냐?"

"그때 우리 모두 같이 친했던 친구들이였으니까."

또 거짓말을 해버리고 말았다. 수지한테 또 한번의 빚을 더 져버리고 만 셈이다. 그러나 이것이 수지에게 지는 나의 마지막 빚이 될 것이다.

내가 수지를 만나기 위해서는 연희가 아직도 나를 더 도와주어야만 한다.

"수지 직장 전화번호 좀 줘."

부탁을 하니까 연희는 핸드백에서 전화번호 수첩을 꺼내서 뒤적여 드디어 수지의 직장 전화번호를 나에게 알려준다. 아, 이젠 당장이라도 수지를 찾아갈 수 있게 되었다. 그 먼 길이 이렇게 가깝다니. 연희와 나는 같이 다방을 나왔다. 연희의 키는 내 어깨 밑으로 뚝 떨어졌다. 160센치도 훨씬 못되는 것 같다. 옛날엔 꽤 큰 편이었는데, 그 뒤로 많이 자라지를 못했나 보다. 나는 연희에게 저녁을 사 주겠다고 제안했다. 연희는 순순히 응했다.

우리는 다방에서 멀지 않은 레스토랑에 가서, 연희는 텅스튜(tongue stew)를, 나는 훈제된 연어를 시켜 먹었다.

"연희야, 수지한테 전화를 걸어서 나하고 좀 만나게 해줄래? 내가 걜 꼭 만나야 할 일이 있어. 걔한테 내가 갚아야할 빚이 좀 있거든."

밥을 먹으면서 내가 내내 궁리해낸 말이었다. 내가

전화를 걸었다가는 그 애가 거절할지도 모르니까. 수녀가 된다고 결심하고 있는 애니까, 나에게 어떻게 나올지 불안했다. 게다가 나는 그 애에게 보통 옛날 친구가 아니고, 가맛굴의 추억이 있는 남자애니까, 거룩한 길을 택한 입장으로는 반드시 피하려 할 것이라는 생각이 들었기 때문이었다.

"준이야, 니가 직접 전화해 수지한테, 걔도 너 보면 반가와 할거야. 우리 셋이 특별히 친했었잖아? 옛날 고등학교 다닐 때 걔 나 만나면 니 얘기 많이 했었어."

"뭐라구?"

"남자애들 중에서, 니가 제일 보고 싶다고……."

수지는 언제나 솔직했다

"요즈음 만나서는 수지 내 얘기 안 해?"

"안 하지, 수녀될려고 마음먹었으니까."

수녀될려고 라는 말이 연회의 입에서 튀어나올 때마다 나는 한번씩 걷어차이는 듯 했다. 일부러 더 연회가 그 말을 내 앞에서 자꾸 꺼내는 것 같았다. 수지를 단념하라구. 그 애의 눈에도 내 모습이 점차 의심스러워져가고 있는 모양이었다. 그러나 수녀란 낱말이 떨어질 때마다 오히려 수지를 향한 내 열망의 불길은 더욱 더 기름을 당한 모닥불처럼 맹렬히 타오르고 있었다. 역시 나의 수지라는 확인도 그 명칭은 나에게 더해 주었다. 그런 수지가 아니라면 내가 이제까지 나타나길 기다려왔을 필요도 없을 것이었다.

"연희야, 니가 한번 수지와 내가 만날 수 있도록 주선해 줄래? 우리 셋이 만나도 좋아, 다시 말하지만 내가 꼭 그 애를 만날 일이 있어, 꼭 해 주어야할 말도 있거든."

"그래 알았어, 내가 학교로 전화해서 그 애를 한번 불러내 볼께."

연희는 나한테 텅스튜 저녁을 대접받고 있는 입장이어서 끝까지 거절은 못했다.

"그렇지만 걔한테 딴 생각은 품지 말아. 이미 벌써 오래 전부터 수녀 된다고 마음먹고 있었어, 아마 곧 들어가게 될 꺼야. 학교 그만 두고 예비 수녀로."

"내일 좀 만나게 해 줄 수 없어? 토요일인데. 걔 학교도 일찍 끝날 것 아냐?"

"해 볼께, 그런데 걔가 나오려고 할지 모르겠어."

"옛날 초등학교 때 동창인데 한번 만나는 게 뭐 어때?"

헤어질 때 연희가 나의 연락처를 물었다. 수지에게 일단 전화를 걸어서 그 애의 의사를 타진하고, 그 애가 허락하면 만날 수 있는 장소와 시간을 정해서 나에게 알려주겠다는 것이었다. 나의 연락처를 적은 쪽지를 받아서 자기 수첩에 적으려다가 연희는 깜짝 놀라면서

"준이야, 너 병원에 있어? 그럼 의사야?"

"아직은 아니고, 의과대학 끝내고 의사시험보고, 인턴시험보고, 다음 달부터 나 학교병원에서 인턴 시작하게

될 꺼야"

"어머, 준이 너 잘 됐구나, 그때 너희 집 가난했었잖아? 너희 새엄마 아프고."

나를 바라보는 연희의 얼굴엔 잃어버린 행운을 아까워하는 몹시 서운해함이 떠 있었다. 이럴 줄 알았으면 좀더 기다려볼걸 하는 마음인지도 모른다. 하두 누추했던 아이니까 별 게 안 되어 있으려니 생각했었던가 보다. 그러나 연희가 결혼하지 않고 기다렸대도 내가 연희에게 줄 수 있는 몫은 연희가 지금 나에게서 얻을 수 있었다 라고 생각하고있는 그것은 아니었다. 적어도 내 인생 전부는 아니었다. 그것을 내가 주고 싶었던 애는 연희가 아니었고 수지였다. 지금이라도 연희 앞에서 그 사실을 밝혀야 한다라는 생각이 불쑥 치밀었다.

조금 전 또 마지막 거짓말을 하고 만 뒤의 그 가책도 나는 해결해야만 되었었다. 지금 이 순간을 놓치면 다시 그 말을 못하고 말지도 모른다.

"사실 너한테 고백하지만, 그때 나 수지 좋아했던 거 알아?"

"그럼 너 그때 수지 좋아했었어?"

"그래."

"난 니가 날 좋아했었다고 생각했었는데."

연희는 콧등을 구기며 전혀 아무렇지도 않은 듯이 웃어 보였다.

그 애의 얼굴엔 벌써 주름살까지 지어 보였다. 하기

야 여자 나이 스물 일곱 살이 되었으니까
 "너는 반장 성호를 좋아하는 줄로 난 알았으니까, 그때 변소간 뒤에서 너하고 성호하고 단둘이 얘기하고 있는 걸 내가 봤으니까."
 "아 그때 변소간 뒤에서? 그 얘긴 반장끼리. 성호는 남자 반장이었고 난 여자 반장이었잖아. 걔하고 나하고 반장끼리 선생님이 우리보고 공부시간에 떠드는 애를 적어내라고 그래서, 그 얘길 의논하고 있었던 거야. 난 못 적어내겠다고 했고, 그 애는 적어내야 한다고 해서 우리는 옥신각신하고 있었을 때였어."
 그러나 모든 건 다 지나간 일이고 내 마음 안에 담겨 있는 것은 오직 수지뿐이었다. 그리고 내가 빚을 진 것도 수지뿐이었다. 연희에겐 내가 따로 한 짓이 아무 것도 없었다. 내가 옛날에 좋아했던 애가 자기가 아니고 수지라는 것을 내 입으로부터 직접 듣고 나선 연희의 표정엔 확실히 변화가 있었다. 여자이기를 완전히 포기한 듯, 단맛이 다 빠져나간 무뚝뚝한 얼굴로 변해서,
 "다음에 또 만나, 수지한테는 내일 연락해서 니가 있는 기숙사로 곧 전화해 줄게."
 하면서 저쪽 길가의 버스정류장에 서 있는 버스를 향해서 급히 뛰었다. 방금 자기 집 방향으로 가는 버스가 온 모양이었다. 그렇게 뛰어가는 연희의 모습은 키가 작고 통통한 것이 너무나도 볼품이 없어 보였다.
 만남으로서 지워지는 곳이 있다면 바로 내 안의 연희

의 자리였다. 수지의 자리만큼은 아니었었지만 연희의 자리도 내 안엔 있었는데 이제 그 자리는 없어져버리고 말았다. 저만큼 가서 갑자기 연희는 무슨 생각이었던지 고개를 돌리고,

"수지 이뻐졌다! 옛날보다 많이 이뻐졌어!"

하고 나에게 소리를 질렀다.

왜 연희가 마지막으로 그 말을 나에게 하고 갔는지 모를 일이었다. 이젠 나를 완전히 자기 마음속에서 뽑아내고자 하는 의지의 표현이었을까. 수지가 이뻐졌다는 말은 그 애가 가장 내 앞에서 하고 싶지 않은 말이었을텐데. 그 애가 굳이 그 말을 나에게 마지막으로 하여 주었던 것은 자기가 원하면서 못 이루었던 일을 수지에게 이제 완전히 물려준다는 의사표시였을까. 아니면 단순히 진실을 알리고 싶어서일까

그날밤 나는 잠을 쉽게 이룰 수가 없었다. 너무 오래도록 바래왔던 일이어서 그 성취의 순간을 바로 앞두고 들뜨지 않을 수가 없었다. 너무 마음이 들떠서 수지의 얼굴이 어떻게 생겼는지 생각도 나지 않았다. 수지의 얼굴은 내 마음 아주 깊은 곳에 있었기 때문에 가라앉아야만 보이는 곳이었다. 만나면 과연 수지의 얼굴을 내가 알아볼 수 있을지. 그동안 무수히 계속되어 온 또 한번의 그 의문이 다시 떠올랐다. 그동안 내 마음속에서 키워온 것이 실재의 수지와는 상관없이 내 환상이 만들어 온 허상일지도 모른다는 회의도 일어났다. 무엇

보다도 가장 무서운 것이 실망이었다. 연희를 만남으로서 연희를 잃어버렸듯이 수지를 만남으로서 수지를 잃어버릴 수도 있을 것이며, 그리고 나면 앞으로의 내 인생을 내가 무엇으로 지탱해 나갈 수 있을지도 걱정이었다.

당장 대체물이 준비되어 있지 않은 현재로서는 암담할 것 같았다. 이제까지의 수지는 내 인생 안에서 지팡이와 같은 구실을 충분히 하여 왔었다. 그 애를 만나리라는 희망에 의지하여 쓰러지지 않고 내가 살아올 수 있었다 해도 과언이 아니었다.

의과대학에 가려 하였을 때도 장래 의사가 돼서 수지 앞에 자랑스럽고 떳떳하게 나타나고자 하는 계획보다 더 큰 계획이 나에겐 없었다. 그 외엔 내가 특별히 의사가 되어야할 다른 이유가 없었다. 장래에 대한 나의 큰 계획 옆엔 언제나 수지가 서 있곤 하였었다. 수지를 잃어버린다는 것은 지금 나에겐 전혀 훈련도 예비도 되어 있지 않은 일이었기 때문에 막상 재회의 순간이 임박하고 그 결과의 미지수가 눈앞에 닥치자 몹시 나는 긴장이 되었다. 그러나 실망이 두려워 미리 수지를 피한다는 것은 나에겐 있을 수 없는 일이었다.

이튿날 눈을 뜨자마자 연희에게서 전화가 왔다. 수지가 만나지 않겠다는 것이었다. 아무리 자기가 사정을 했지만 수지는 막무가내라는 것이었다. 내가 워낙 실망을 하는 눈치니깐 니가 직접 수지에게 전화를 해서 청해보라고 권했다. 토요일이니까 일찍 전화해야 된다면서 연희는 전화를 끊었다. 틀림없이 연희가 수지에게 준이가 널 좋아했었다고 하더라, 는 말을 했을 것이다.

　진실을 토로 하고싶어서였을 뿐인데, 내가 괜한 말을 연희에게 해 보낸 것 같았다. 수녀가 되겠다고 마음을 먹었는데 양심상 그냥 옛 친구로 라면 몰라도 좋아하던 여자로서 만나자고 접근하는 남자를 만나줄 수가 없을 것이었다. 시계를 보니까 아침 열 시였다. 간밤에 뒤척이다 늦게 잠이 들었기 때문에 이제야 눈을 뜬것이다. 나는 부지런히 세수를 하고 수염도 깎고 옷을 갈아입었다.

　그리고 밖으로 나와서 버스를 탔다. 아무리 늦어져도 열두시 전에는 수지가 근무한다는 학교에 도착할 수 있었다. 들어가 본 적은 없지만 지나다 한번 본 적은 있는 학교였다.

　화창한 날씨였지만 스치는 바람결이 얼음 발이 박인 듯 차가 왔다. 음력 정월 말경이었다. 작은집에 가서 설음식을 먹고 온지가 얼마 안 되었었다. 검은 털 오바에 하얀 털로 짠 목도리를 안에 두르고 속옷으로는 밤색 바지에 밤색 털쉐터를 입었다. 그 옷들은 내가 가지고 있는 옷들 가운데 제일 좋은 옷들이었다. 검은 털오바에 하얀 목도리는 작은엄마가 설에 갔더니 내 입새가 하두 변변치 못해 보여서인지, 곧 의사 선생님이 될 사람이 그게 뭐냐 하면서 사준 것이었다.

"이제 맨 날 까운만 입을텐데요."

"그래도 그렇지, 병원에만 있지 않고 가끔 외출할 때도 있을 텐데."

작은엄마가 직접 나를 백화점에 끌고 가서 입혀보고 사준 것이라서 몸에도 꼭 맞고 색깔이며 모양이며 내가 직접 고른 것이어서 내 맘에 꼭 들었다. 거기다 멋진 털목도리까지 있는 것이다.

수지가 나타났을 때 마침 나에게 이런 옷이 준비되어 있었다는 것이 천만 다행이다 싶었다. 나의 흰 얼굴과 큰 키에 썩 잘 어울렸다.

내가 수지 학교에 도착한 것은 열두 시가 채 못되어서였다. 과히 유명한 학교는 아니었지만 역사가 오랜, 꽤 알려져 있던 여학교였다. 오래된 건물 세 동이 마당을 가운데 끼고 삼면으로 즉 ㄷ자를 이루며 서있었다. 학교 마당과 학교 울타리에 뼁 둘러 서있는 나목(裸木)들 위엔 햇빛이 부서지고 있었지만 뺨을 스치는 바람결의 날은 여전히 날카로웠다. 정오인데도 날씨는 풀리지가 않았다.

많이는 아니었지만 운동장에 나와있는 아이들도 더러 눈에 띄었지만 몸을 웅크리고 추워하는 모습이 역력했다. 현관 안으로 들어서자 나는 교직원실이 어디 있느냐고 거기 나타난 어떤 여학생에게 물었다.

"저어기요."

하고 아이는 오른편 복도 끝을 가리키고 이층으로 뛰

어 올라가 버렸다. 가슴이 몹시 뛰었기 때문에 나는 큰 쉼 호흡을 한번 크게 해서 안에서 복받쳐 올라오는 것들을 토해내고 나서 직원실을 향해 걸었다. 직원실 안은 어수선했다. 정리 정돈하는 능력은 학생들 수준보다 과히 월등하지도 않은지 아무렇게나 책상 위를 흐트러 놓고 선생님들은 거지 반 다 수업에 들어가 버리고 교무실 안은 텅 비어있었다.

 저쪽 끝에 늙스구레한 남자 하나가 책상 앞에 앉아서 교무일지인지, 두꺼운 검은 뚜껑이 달린 책 안에 뭔가를 적고 있었다. 수지는 거기 보이지 않았다. 나는 교무실 앞에 우두커니 서있기가 뭐해서 뚜벅뚜벅 복도를 걸으면서 교무실 앞을 왔다 갔다 하였다. 몇번째 그런 일을 되풀이하였는지 모르는데 수업이 끝나는 종이 따르릉 울렸다.

 그리고 나서 곧 한 둘씩 선생님들이 양쪽 복도 끝에서 윗 계단으로부터 나타나기 시작했다. 수지를 찾기 위하여 내 시선은 그들 사이를 뛰고 있었다. 텅 비어 있던 교무실 안이 수업에서 돌아온 선생님들로 거지반 다 차는데도 수지는 나타나지 않았다. 나는 혹시 그동안에 수지의 모습이 하도 변해서 와 있는데도 내가 못 알아보는 것이 아닌가 해서 직원실 유리창에 이마를 대고 거기와 앉아 있는 여선생들을 하나 하나 유심히 점검해 나갔다. 나의 1.2시력으로 아무리 자세히 보고 또 보아도 거기 수지 비슷하게 닮은 여자는 단 하나도 없었다. 책상앞 자리 말고 또 어느 구석에라도 숨어 있었던 여자가 있나해서 이 구석 저 구석 교직원실 안을 샅샅이 눈으로 훑어보아도 수지 같은 여자는 없었다.

 오늘 혹시 결근을 한 것은 아닐까. 내가 찾아올까 봐 미리 겁을 먹고 학교에 안 나올 수도 있으니까,──그런 생각까지 하면서 내가 붙어 있던 교무실 유리창에서 한발 떨어져 나와 마악 고개를 돌렸을 때였다. 그때가 바로 수지가 위층에서 층계를 내려와 복도 바닥으로 한발을 내딛는 순간이었다.

 수지를 보는 첫 순간의 나의 느낌은,──바람을 쐬러 마당에 나와 우연히 초저녁의 동녘하늘로 눈을 돌렸다가 문득 거기 떠 있는 초록별 하나를 발견했을 때의 느낌,──바로 그것이었다. 나의 눈에 들어오는 수지의 모습은 눈도 코도 입도 아무 것도 따로 보이지 않고 서 있는 모습 전체가 하나의 작은 반짝이는 초록별로 보이는 것이었다. 초저녁 무렵의 밤하늘에 제일 먼저 떠서 혼자 외롭게 반짝이고 있는 작은 초록별 하나가 나와 조금 떨어져 있는 복도 끝에 서서 나를 향하여 서 있는 것이었다. 그렇게나 그리웠던 것을 나는 지금 드디어 보고 있는 것이었다. 그러나 그때 내 눈앞에 나타난 수지의 모습은 이미 그리웠던 것이 아니고 그리운 것이었다. 나는 수지가 그렇게 나의 그리운 것들을 모두 끌고 내 앞에 나타나리라곤 상상하여 본 적이 없었다. 남자들이 흔히 자기가 동경하고 이상하는 여인상에 대하여 말할 때 나는 관심 있게 듣지 않았었다. 그러나 수지가 나타난 순간 이 여자가 바로 내가 동경하고 이상하는 여인상이다.——라는 생각이 내 머릿속을 갑자기 내려치는 것이었다. 내가 그리워하고 있는 것이 무엇이며 이상하는 여인이 어떤 여인인가를 순식간에 수지는 내 앞에 나타나 보여주고 있는 것이었다.

  정식 수녀복은 아직 안 입고 있었지만 검정 짧은 통치마에 하얀 동정이 달린 검정 저고리를 입고 있는 게 거의 수녀와 진배없어 보였다. 굽이 낮은 단화에 검정 양말——그런데 그렇게 입고 있는 모습이 그녀에게 그렇게나 잘 어울릴 수가 없었다. 진주 달린 아무리 화려한 야회복을 그녀에게 입혀 놓는다하여도 그보다 그녀를 더 예쁘게 보이도록 만들어 줄 수가 없을 것 같았다.

  머리도 전혀 파마끼없이 앞가르마를 똑바로 타서 뒤로 얌전히 매고 있었고 얼굴엔 분기 한 점 없었다. 물론 입술엔 연지 바른 흔적이 전혀 없었다. 피부는 본디 흰 편이 아니지만 옛날처럼 까무잡잡하지는 않고 약간 자두빛깔이 도는게 매끄럽디 매끄러운 어린애 살결처럼 보드라와 보이고 은행 껍질처럼 얇은 눈꺼풀에 쌍꺼풀이 질듯 말듯 한 눈매나 도도록하게 나온 이마며 자그마하면서 오똑한 콧날이며 모두가 그렇게 예쁠 수가 없었다. 얌전하게 닫혀있는 입술 살결도 연하디 연하게 보이는 게 과일의 연한 속살 같았다.

키는 아주 크지는 않았지만 160센치는 훨씬 넘어 보였고 한복 입은 몸매도 야리야리 여자답게 날씬하고, 아주 작은 얼굴 윤곽도 상큼하고 아기자기한 게 너무 귀여워 보였다. 무엇보다도 그 모습 전체에서 풍겨 나오는 그 조촐함과 청아함이란, 바이올렛 꽃 한 송이 같다고나 할까,——그러나 바이올렛 꽃 한 송이가 어찌 그녀의 그 청순함과 어여쁨에 비할 수 있을까. 아무의 발도 닿지 않는 저 깊은 산 속에 혼자 피어 있는 산골짜기의 백합꽃 한 송이일지라도 청순하디 청순해 보이는 그녀의 모습엔 도저히 미칠 수 없으리란 생각이 들었다. 그러면서도 그녀의 모습 안엔 어떤 빛이 서려 있었다. 그 맑은 눈동자가 반짝반짝하고 있었기 때문이었을까.

내가 첫 순간 그녀를 하나의 작은 초록별처럼 느낀데엔 무언가 그럴만한 이유가 있어서일 것이었다. 그녀로부터 풍겨 나오는 특별한 어떤 반짝이는 빛 같은 것이 나로 하여금 그렇게 그녀를 느끼게 하여 주었을 것이었다.

너무 회어서 눈부셔 보이던 그녀의 그 하이얀 이빨도 내 눈에 그녀를 반짝거려 보이게 만들고 있던 것들 중의 하나였었다. 신(神)은 그동안에 나를 위하여 뛰어난 걸작품 하나를 만들어가고 계셨다 라고 나는 생각하고 싶었다. 이렇게 수지가 아름다워질 수가 있단 말인가. 까무잡잡한 조그만 얼굴에 노상 손톱을 입에 물고 꿈꾸는 듯한 눈동자로 어디서든 계속 나만 처다 보고 있던 수지밖엔 나에겐 아는 애가 없었다.
 그러면서도 눈앞에 서있는 그녀는 나의 수지였었다. 조금도 낯설지가 않았다. 나는 한참을 입도 떼지 못하고 그녀를 바라보고 있었고 그녀는 마치 마술이라도 걸린 듯이 한발도 더 못 떼고 층계 바로 아래에 서 있었다.
 한참이라고 말하고 있지만 필시 몇 초 사이였을 것이었다. 그 사이에 나는 그녀의 눈동자 안에서 많은 것을 보았다. 나를 보는 그녀의 눈동자 안에서도 나처럼 동요가 물결치고 있었다. 그 안에서 나는 내가 그녀에게도 그리웠던 것임을 볼 수 있었고, 지금은 또 내가 그녀에게 그리운 것이 되어 있음도 볼 수 있었다. 결코 나를 떠났던 눈이 아니었다. 마음으로 항상 나를 붙잡고 있었던 눈이었다. 나와 마찬가지로 그녀도——그런데 왜 그녀는 수녀가 되려고 했었을까. 그러나 그런 보호막 안에서 그녀가 지켜지고 있지 않았다면 어떻게 지금 이런 청아한 모습으로 내 앞에 나타날 수 있었을까.
 "어머, 준이 아냐?"
 그렇게 첫마디를 떼면서 그녀는 내 앞으로 다가왔다. 바로 이 목소리였다,——라고 그녀의 목소리를 들은 순간 나는 마음속으로 외쳤다. 내 기억 속에서 옛날의 수지 목소리가 아주 또렷하게 되살아 오르면서 아 정말 이 애가 수지구나 하는 뭉클한 감회에 나는 다시 한번

젖고 말았다.
 그러나 그 목소리는 원색은 옛날 그대로였지만 지금 더 연하고 애띠어진 것 같았다.
 "오랜만이야."
 하며 나는 수지에게 악수를 청했다. 그러나 그녀는 마주 손을 내밀지는 않았다. 가까이 와서 자세히 보이는 그녀의 얼굴은 더 예뻤다. 나를 대하고 몹시 흔들리고 있는 그녀의 기색이 내눈에 뻔히 내려다 보였다. 남자를 대하고 이렇게 얼굴이 새빨게지는 여자가 이 세상에 아직 남아 있다는 것이 내 눈엔 몹시 신기하게 느껴졌다. 나를 그렇게 좋아한다고 미치광이가 되어 날뛰던 세리도 내 앞에서 이렇게 얼굴을 붉혀본 적이 없었다.
 그러나 이렇게 남자 앞에서 자기 마음을 감추지 못하는 것을 보면 아직 수녀로서의 수련은 충분히 되어 있지 못한 것 같았다.
 "연희한테 전화 받았어, 네가 찾아왔었다고."
 "이렇게 학교까지 찾아올 줄은 몰랐지?"
 그녀는 잠깐 답변을 못하고 고개를 숙이고 있었다. 옛날처럼 손톱을 입에 무는 대신 들고 있는 출석부 같은 것을 손으로 만지작거리며 있었다. 나의 강렬한 시선 밑에서 꼼짝을 못하고 당황하면서 떨고 있는 그녀의 모습이 애처로울 지경이었다. 어느 새 옛날 그 자리인 것이다. 그녀 앞에만 서면 느껴지던 자신감이 다시 되돌아와 나를 그녀 앞에 당당하게 세우고 있었다.

그녀 앞에만 오면 내가 왜 이렇게 기운이 세지고 마는지──나는 그런 내 자신을 이해할 수가 없었다.

준이야, 거짓말 아니야. 나 정말 연희한테 갔었어, 그녀가 그렇게 나에게 말했을 때처럼 지금 난 또 그렇게 그녀 앞에 서 있는 것이었다. 내 앞에만 오면 그녀는 부서지고 낮아지고 연해지고 물컹물컹해지고, 밟으면 밟히고 밀면 밀리고──그래서 나에겐 더없이 소중했던 수지가 아직 그대로인 것이다. 나는 그 짧은 시간에 그 모든 것들을 감득해 버리고 말았다.

근방에 아이들이 지나가면서 우리들을 보고 있었고, 교직원실 안에서도 누군가가 우리들을 삐쭉 내어다보고 있었다. 수녀 지망생에게 훤출한 청년 하나가 찾아와 수작을 걸고 있는 현장인 것이다. 접근금지라는 표지판이 붙어있는 검은 옷을 입고 하늘에 계신 신랑 외엔 어떤 신랑도 이 세상엔 없다라고 보여졌던 그렇게나 조촐하던 여자가 얼굴을 붉히고 한 남자 앞에서 어쩔 줄을 몰라하고 있었다. 남들에게 자기가 어떻게 보여지고 있을지 모를 리 없는 수지였다. 나 역시 마찬가지였다.

"수지야, 나 어디 가서 기다릴까? 너 끝날 때까지."

그러자 수지는,

"준이야, 이렇게 우리 서로 봤으니까 됐잖아? 반가웠어, 그냥 가. 나중에 또 만날 기회가 있겠지."

하며 뒷걸음을 치려하는 것이었다. 그 순간 내 가슴은 비수를 맞은 듯이 아팠다. 나는 왈칵 그녀에게 달려

들어 그녀의 두 손을 붙잡고 말았다.

"수지야, 나 너한테 할 얘기가 너무 많아."

불시에 나에게 두 손을 붙잡힌 수지는 뿌리치지도 떠밀지도 못하고 고개를 떨군 채 가만히 서 있었다. 그 경황없는 중에도 그녀의 조그만 두 손이 풋솜처럼 내 손아귀에서 부서지고 있는게 나에게 그렇게 사랑스럽게 느껴질 수가 없었다. 내 손아귀에 잡혀있는 그녀의 두 손을 통하여 포획된 작은 짐승처럼 그녀가 바들바들 떨고 있는 게 느껴졌다. 그런 그녀가 너무나 가엾게 느껴져 나에겐 놓아주고 싶은 마음까지 일어났다. 수녀가 되도록 그녀를 풀어줄까, 그것이 내게 오게 하는 것보다 더 그녀를 행복하게 해 주는 길이다, 라는 생각이 나에게 안 드는 것이 아니었다. 이 예쁘고 착한 여자를 수녀원의 신성한 우리로 보내는 것이 나의 우리 안에 가두는 것보다 얼마나 더 좋은 일인가를 내가 모르는 바가 아니었다.

그러나 나는 어떡하란 말인가. 이제 나는 어떻게 살란 말인가. 누구보다도 내 자신이 나에겐 가장 불쌍해 보였다. 그녀가 나를 떠난다는 생각만으로도 나는 마음 속으로 벌써 엉엉 울고 있었다. 이젠 나는 도저히 수지 없이는 살 수가 없었다. 나에게 붙잡힌 두 손을 빼내지 못하고 서 있던 수지는.

"준이야, 학교 앞에 나가면 수산나 라는 다과점이 있어. 거기 가서 기다릴래? 한시 반까지는 나갈 수 있어."

라고 말했다. 그러나 나는 그럴 수 없다고 잘라 말했다. 그녀가 나를 빼돌리고 달아날지도 모르니까. 그리고 다시 학교엘 나오지 않고 그녀는 어디론가 숨어버릴지도 모른다. 옛날 서울로 떠날 때도 그녀는 나에겐 한 마디 말도 없이 떠나버렸었다. 이제까지 내가 그녀 없이 어떻게 살아왔는지, 왜 그녀를 좀더 일찍 찾으려 하지 않았는지, 도무지 이상해질 지경으로 그녀 없는 나날들이 벌써 나에겐 너무나도 잔인하게 느껴졌었다. 나는 어떤 일이 있어도 반드시 이 여자를 가져야만 되고, 가질 것이다라고 내 마음속에서는 소리치고 있었다. 그런 결심이나 각오를 내 마음 안에서 만들어 내고 있었던 것은 나대로의 떳떳함이었다고 나는 지금 회고한다. 수지에 대한 나의 떳떳함은 곧 신 앞에서의 나의 떳떳함과도 직결되던 것이었다.

"그럼, 넌 어디서 날 기다리겠다는 거야?"

하고 수지는 다과점에서 그녀를 기다려달라는 그녀의 청을 한 마디로 잘라버리는 나를 그 조그맣고 귀여운 얼굴을 들고 정면으로 쳐다보았다. 내가 도망가지 못하도록 그녀의 두 손을 잔뜩 움켜쥐고 있었기 때문에 그녀는 나의 가슴에서 한 뼘 정도 밖에 떨어지지 않은 자리에 서서 나의 얼굴을 올려다보고 있었는데 초롱초롱 맑은 눈매며 그 가물가물한 눈빛이며, 자두살 같은 청초하고 생생한 두 뺨이며, 공주님처럼 예쁜 이마며, 물 밖엔 먹어본 적이 없어 보이는 그 깨끗한 입술이며, 내 눈앞에 닿을 듯이 보이던 그녀의 그런 모습들이 무지개보다도 더 황홀한 그리움들을 내 가슴으로부터 끌어올려 주어서 나는 오히려 가슴이 아팠었다고 표현해야 좋을 것이다. 그녀를 바라보고 있던 나의 두 눈으로부터 그런 내 마음의 전달이 분명히 그녀에게 갔으리라고 생각한다. 그녀는 나의 넋만 빼았었던 것이 아니고 그녀의 넋도 나에게 빼앗기고 있었으리라. 우리들 넋의 오고감이 곧 우리들의 사랑이었다고 믿고 싶다.

"수위실에 가서 기다리고 있을게. 끝나는 대로 빨리 나와, 수지야."

내가 그렇게 말하니까, 수지는 순순히 그러겠다고 고개를 끄덕였다. 수지를 놓아주고 나는 우선 이 학교 안엔 뒷문이 있는가 부터 살펴보았다. 다행히도 이 학교 뒤엔 어마어마한 축대가 가파르게 이어져 있었다. 산을 깎아 뒤로는 축대를 쌓고 앞으로는 산을 깎아 고르게 다듬은 터에 학교건물을 세운 것이었다. 축대 위로는 소나무들이 빽빽이 우거진 산이 계속되고 있었다. 뒤로 나가는 문은 없었다.

나는 수지가 나오기 전에 준비해야 할 일들이 많았다. 우선 의과대학 친구 한 놈에게 전화를 걸어 자금을 가지고 나오라고 했다. 권세득이란 친구였는데 서울 근교에 조그만 그놈 집의 별장이 있다는 소리를 들은 적이 있었다. 마침 그놈은 집에 있었다. 그 녀석도 나처럼 두 가지 시험에 다 합격했고 곧 나와 같은 병원에서 인턴생활을 시작할 예정이었으므로 집에서 맘껏 늑장을 부리고 있던 참이었다. 그때까지 게으른 잠을 자고 있다가 나의 전화를 받고 비로소 일어난 녀석은 내가 부탁하는 몇 가지를 순순히 다 들어주겠다고 하고 나서 끝으로, "

도대체 뭣 때문이냐?"

하고 물었다.

나중에 얘기하겠다면서 나는 전화를 끊었다. 내게서 튀어나올 소리들이나 놈이 나에게 대꾸할 말들이 모두 수지에겐 모독이 갈 말들로 느껴졌기 때문이었다. 내가 수지에게 무슨 일을 저지르든 그것은 다른 사람들이 흔히 생각하는 그런 일들은 절대로 아니므로 수지가 모독을 당할 이유가 없다라고 나는 생각하고 있었다.

나의 심중엔 그날을 넘겨서는 안 된다는 생각이 어느덧 확고하게 들어앉아 있었다. 수지는 수녀가 되려고 마음을 먹었으므로 그렇게 쉽게 자기의 뜻을 굽히려 하지 않을지도 모르는 일이었다. 그녀가 내 앞에 있을 때는 나는 얼마든지 그녀의 군주가 될 수 있지만 그녀가 도망쳐버리고 말면 나는 무능력해질 수 밖에 없는 것이었다. 그녀에게 아무런 일도 할 수가 없는 것이다. 이제 또 십 몇 년 동안을 기다릴 수는 없는 일이었다. 그리고 요번에 그녀가 달아나 버리는 곳은 서울로 올라가는 일 정도가 아닌 것이었다. 올라가면 찾을 수 있는 곳이 아니고, 첩첩이 높은 담이 둘러쳐진 수녀원 속인 것이었다. 그곳은 신의 영역이며 그곳에 일단 들어가면 그녀는 절대로 나오려하지 않을 것이고 나 역시 그곳까지 침범해서 그녀를 끌고 나올 자신은 없었다. 그렇게 되면 나에겐 수사가 되는 길밖엔 없었다. 나에게 기회는 지금 뿐인 것이다. 그리고 바로 오늘 나는 그 일을 단행하려는 것이었다. 나는 마치 마악 사라지려는 기치의 후미를 쫓아 달리고 있는 기분이었다. 지금 놓치면 차는 영영 놓치고 마는 것이었다. 조금더 늦었으면 큰 일 날 뻔했다는 생각은 검정 옷을 입고 나타난 그녀를 보는 첫 순간 나를 한번 세차게 내려 질러갔던 생각들 중의 하나였다. 그래도 다행히 나에 관한 감정이 그녀 안에 살아있음이 확인되었으니 망정이지 만일 그녀가 그 모든 감정을 그녀 안에서 다 소탕시키고 청소한 뒤에 내가 나타났다면 나는 영락없이 버려진 거지꼴이 되고 말았을 것이었다. 그때의 나의 그 초라함과 낙망스러움을 상상해 보면 나는 차라리 죽는 게 나을 거라는 생각까지 들었다. 이제 나는 그 수지 아니면 다른 여자들은 다 싫었다. 그것은 그녀를 보고 나서 더욱 확실해지고 굳어져 버린 나의 감정이었다. 그것은 전에 내가 수지만 생각해 오던 일과는 달랐다. 그 농도와 강도가 천양지차가 되어버리고 만 것이었다. 그 이유는 간단했다. 그 때의 수지가 주던 만족도와 지금의 만족도가 천양지차로 달라져버렸기 때문인 것이다.

드디어 수지가 저쪽 현관에서 걸어나오고 있는 게 보

였다. 이제 꼼짝없이 나에게 잽히게 된 수지가 어느 한 편으로는 내 마음을 몹시 아프게 했었다. 늑대에게 먹히게 된 작은 한 마리의 양처럼도 보였다. 날씨가 몹시 추웠기 때문에 수지는 종종종 뛰어와서 고개를 갸웃이 숙이고 수위실 안을 들여다 보았다. 그러다 수위 영감 옆에 앉아 여유 작작 농담을 나누고 있는 나를 발견했다. 그러나 내 마음 안은 도무지 여유 작작이 아니였었다. 현관 쪽을 얼마나 바라보고 있었는지 눈이 아플 지경이었다. 수지가 나타날 때까지 계속 다른 사람들만 쏟아주고 있던 현관문을 나중엔 미운 놈 얼굴처럼 냅다 한번 쥐어박고 싶기까지 했었다. 나와 눈이 마주치자 수지는 어서 나오라면서 손짓을 하였다. 이제 수지는 이 학교의 여러 사람들에게 남자와 같이 있는 자신의 모습을 들키게 되었다. 그것도 나에겐 그녀의 약점을 잡게 된 것 같아 신나게 느껴졌다. 하지만 그녀가 얼마든지 핑계를 만들어 자신의 약점이 안되게 할 수도 있을 것이었다.

이른 봄이라고도 할 수 있는데 한겨울보다도 날씨가 더 매웠다. 수지는 여학생들처럼 긴 깜정오바를 입고 있었다. 그것이 그녀에겐 너무 잘 어울렸다. 다른 이들의 몸에 가면 칙칙하고 불길하고 음울하고 어둡고 샤위스러워 보이기까지 하는 검정 색이 그녀의 몸 위에선 이 세상에서 가장 청순한 빛깔로 변해있는 것이었다. 마치 그 검은 옷은 이 혼탁하고 불결한 세상의 오염으로부터 그녀를 떠 내주고 있는 조그만 표주박 같았다. 검은 옷 속의 그녀는 깊은 산 속의 나뭇잎이나 꽃잎이나 풀 위에 떨어져 있는 맑은 한 점의 이슬방울처럼 아주 맑고 청순하게 보였다.

  나는 수위실을 나와서 그녀와 나란히 세득이란 친구가 보내 준 차 앞으로 갔다. 멀리 나가 어디 조용한 곳으로 가서 그녀와 많은 얘기를 해야만 하기 때문에 부득이 친구의 차를 빌릴 수밖에 없었다는 얘기를 걸으면서 나는 수지에게 했었다. 수지의 얼굴은 다소 굳어져 보였지만 아무런 대항의 말도 하지 않았다. 만일 수지가 차를 타지 않겠다고 앙탈을 부렸거나 했다면, 나의 계획은 더러운 쇼가 되어 버리고 말았을 것이었다. 나는 강제 추행범의 신세가 되어버리고 말았을 테니까. 그러나 그녀는 마치 포승줄에 묶여 가는 죄수만큼이나 순순히 나의 계획에 동조해주고 있었다. 우리는 뒷좌석에 나란히 앉았다. 수지는 한 마디의 말도 하지 않았다. 정색을 하고 가만히 앉아있는 그녀의 모습은 숨쉬는 작은 조각품 같았다. 키는 날씬하게 큰 편이었지만 어깨쪽지도 조븟하고 허리며, 다리며 모두가 가늘어 보였기 때문에 앉아있는 그녀의 몸은 아주 작아 보였고 생머리를 함초롬하게 빗어 뒤로 넘긴 예쁜 그녀의 머리통도 아주 자그마해 보였다. 그러나 그 작은 몸 하나를 내 곁에 앉히고 가던 내 마음의 부풀어오름이란——차라리 이대로 하늘 끝까지 끝없이 가고 싶었다. 더 이상 바라고 싶은 것이 나에겐 하나도 없었다. 그냥 이대로 영원히 있고 싶을 뿐이었다. 어제와 오늘이 한 여자로 인하여 이렇게 다를 수가 있다는 사실이 나에겐 너무나도 신기롭게 느껴지던 일이었다. 그리고 또 한 여자로 인하여 소속되었던 세계가 수많은 단층을 건너질러 이렇게 다른 세계에 와 있을 수 있다는 사실도 나에겐 당장에 납득이 안되던 일이었다. 세득이의 승용차로 두 시간이 채 못되게 달려 우리는 별장에 닿기 전에 조금 못 미쳐서 음식점들이 모여 있는 저자거리 같은 데서 잠깐 내려 간단히 저녁을 먹었다. 운전수의 말이 오래 비어두어서 별장 안엔 먹을 게 없고 근처에도 다른 별장들만 드문드문 있고 음식점 같은 것이나 가게는 전혀 없으니까 저녁을 미리 여기서 먹고 들어가 쉬시는 게 좋을 것이라고 하였다. 우리는 운전수의 말을 따르기로 하였다. 그러나 수지나 나는 둘 다 음식이 별로 먹히지 않았다. 나는 우유와 빵, 과일 같은 것을 적당히 사서 차에 실었다. 우리가 도착한 별장은 차도에서 별로 깊이 들어가지 않은 산 속에 있었다. 별장 촌이라고 할 수 있었는데 제일 앞쪽에 있는 언덕 위의 별장은 길에서도 바라다 보였다. 그러나 우리가 들어간 세득이네 별장은 산에 가리워 차도에서는 보이지를 않았다. 그러나 그 곳 역시 아주 깊은 산중은 아니었다. 십여 채의 별장이 각기 자기 멋대로 색다르게 지어져서 드문드문 나무들 속에 파묻혀 있었다. 주말엔 주인들이 내려와서 쉬는 모양인데 우리가 그곳에 도착했던 그날밤엔 반 정도의 별장들에 불이 들어와 있었다. 그런 계절 치곤 많이 내려와 있던 편이라고 세득이네 차 운전수가 말해주었었는데, 그들을 나는 우리들 결혼식의 축하객들이었다고 생각하고 싶다. 그 정도의 축하객들밖엔 없었던 게 수지에겐 몹시 미안한 노릇이다. 세득이네 별장은 돌을 쌓아 돔 모양으로 지어져 있었는데 사발을 엎어놓은 형상이라고 하면 꼭 맞는 표현일 것이다. 그래도 굴뚝도 있고 창문도 보이고 하였었다. 젊은 운전수는 여기 오면 항상 그렇게 하였던 듯한 익숙한 솜씨로 뒤에 쌓여있던 장작더미에서 장작을 안아다 벽난로에 넣고 불을 지피고 스위치를 올려 마루의 전기히터를 틀고 자루가 달린 물걸레를 가지고 와서 여기저기 닦기도 하고 하였다. 수지가

"제가 할께요, 할께요."

하면서 자루를 빼앗으려 해도,

"괜찮습니다. 제가 맨 날 하는 걸요."

하면서 굳이 자기가 했다. 벽난로가 달려있는 조그만 거실이 있고 간단히 식사를 해결할 수 있는 조그만 식당과 식당 안엔 취사도구와 찻잔, 식탁 등이 있었다. 욕실과 화장실이 갖추어져 있는 침실도 하나 있었다. 침실 안엔 옷장 겸 이불장이 있었는데 이불장 안엔 얇은 분홍이불과 하얀 요, 그리고 접혀서 차곡차곡 쌓여 있는 하얀 시트도 몇 개가 들어 있었다. 벽난로가 있는

거실의 창은 대형 유리로만 환하게 트여져 있어서 유리창 밖으로 산골짜기와 산골짜기 위의 하늘이 내어다 보였다. 아름답고 마음에 드는 곳이었다. 수지와 단둘이만 있기엔 참으로 좋은 장소였다. 우리가 그곳에 도착했을 때엔 아직 저쪽 산 끄트머리에 남아있던 황혼이 벽난로에 불이 지펴지고 마루바닥이 닦여지고 하는 동안에 어느 덧 사라지고 창 밖으로 아늑한 밤이 찾아들고 있었다. 대형 유리창 너머로 바로 보이는 밤하늘에 어느 새 일찍 뜬 초저녁별이 희미하게 반짝거리고 있었다. 나는 왜 수지를 처음 보았을 때 저 별을 연상했을까를 생각하고 있었다.

그리고 해만 지면 그렇게 무서워지곤 하던 옛날의 밤들과, 무서울 때마다 산정에 서서 끝없이 밤하늘의 별들을 바라보고 있노라면 어느 새 내가 하늘로 올라가 별들과 더불어 놀고 있곤 하던 일과, 그리고 거기 가면 빛나는 천사처럼 하얀 옷을 입고 내 앞에 나타나곤 하던 덕이의 그 환한 얼굴도 나는 생각하고 있었다. 장작불이 타고있는 벽난로 앞의 응접 쇼파 위에 수지와 마주 앉아서 나는 나의 어둡고 괴로운 지난날들을 생각하고 있었다. 그것은 마치 유람선을 타고서 어두운 강물 속을 내려다보고 있는 일과도 같았다. 어디에 있든지 나의 깊은 곳의 슬픔은 사라져주지 않았다. 그렇다 해서 수지와의 행복감이 덜해지던 것은 아니었다.

오바를 벗어 걸고 수지는 깜장치마 저고리 바람으로

앉아있었다. 그제야 나는 옛날 덕이가 그 쬐그만 몸에 언제나 즈이 엄마가 해 입혀주던 한복만 입고 다니던 일이 생각났다. 덕이와 수지는 한 뿌리에 달려있는 한 나무의 열매라는 생각이 또 한번 나의 뇌리를 질러가던 순간이었다.

벽난로에 불도 지피고 집안 청소도 말끔히 끝낸 운전수는 나를 불러내어 키를 주면서 별장을 나오실 때 꼭 문을 잠그고 오시라는 당부를 잊지 않았다. 자기는 일단 차를 가지고 집으로 돌아가 있을 테니 만일 필요하시면 세득이 학생한테 연락을 주시면 심야엔 길이 막히지 않아 빨리 올 수가 있으니까 삼십 분 안에 도착할 수가 있다고 말했다. 내가 알아서 할 테니까 가라고 나는 운전수를 보냈다. 수지는 그림처럼 앉아서 밖에서 차가 떠나는 소리를 듣고 있었다.

"수지야, 너 내가 너 좋아했었던 거 알아?"

하고 나는 운전수가 떠나고 우리 둘만이 남자 입을 열었다.

"연희한테 들었어. 그렇지만 옛날 일이야. 어렸을 때."

수지는 자기와는 관계없는 일처럼 말했다.

"내가 너한테 옛날에 너무 나쁘게 굴었던 거 사과해. 만나서 빚을 갚아주고 싶었어."

"벌써 다 잊어버렸어. 넌 나한테 빚진 거 없어."

수지는 그 애리애리한 목소리로 내가 그녀에게 말을 꺼낼 때마다 또박또박 내 말을 받아서 공을 차듯이 나에게 되넘겨 주고 있었다. 이럴 수가.

"그동안 내가 어떻게 지내왔는지 듣고 싶지 않니, 수지야?"

"연희한테서 너 의사 됐다는 얘기 들었어, 다음 달부터 너네 대학병원에서 인턴 시작한다고. 잘됐다고 생각했어. 행복하게 살아."

"누구하고?"

"내가 그걸 어떻게 알아? 너 사귀는 여자 있을 거 아냐?"

"없어, 너밖에. 다른 여자 사귄 적 없어."

"그럼, 앞으로 사귀면 되잖아? 넌 얼굴도 잘 생겼고, 또 의사구 하니까 여자들이 많이 따를 거 아냐? 옛날에도 우리 반에 너 좋아하던 여자애들 많았었어."

"나같이 거지 새끼 같은 애를 누가 좋아했겠니? 너만 좋아했었지."

"내가 널 좋아했었던 건 사실이지만, 그건 옛날이야. 옛날 일이야."

"지금은 내가 싫어? 수지야? 난 네가 좋은데. 옛날보다 지금의 네가 난 더 좋은데. 넌 지금 지금의 내가 옛날의 나보다 더 좋다고 느껴지지 않니?"

나는 도저히 그냥 있을 수가 없어 또박또박 내가 하는 말마다 걷어차고 있는 나의 바이올렛 꽃송이 곁으로 가기 위하여 쇼파에서 몸을 일으켰다. 그러자 나의 바이올렛 꽃송이는 새파랗게 질려서 자리에서 일어났다.

"준이야, 니가 만일 나한테 나쁜 짓을 하면 나는 죽어버릴지도 몰라. 이건 자살이 아니고 도망치다가 죽는 거니까 죄가 아냐. 나는 수녀가 될거야. 준이야. 난 이미 결심했어."

"넌 수녀 못 돼."

"왜?"

"넌 이미 나하고 잤으니까."

인간에게도 조건반사 같은 게 있는지 모른다. 옛날에 수지 앞에 가면 나는 왠지 막돼지고 싶어지곤 했었는데 꼭 그와 같은 일이 또 그녀 앞에서 되풀이되고 있었다.

"난 그런 일 없어. 준이야. 우린 아무 일도 없었잖아? 어릴 때였구."

"그렇지만 잔거나 마찬가지야. 넌 나한테 허락을 했었으니까. 마음만 먹어도 죄가 된다고 성경에 써있어."

내가 다니던 의과대학의 채플시간에서도 나는 열심했던 학생이었다. 나는 거기서도 우수한 학점을 따야만 했었다.

"그리고 넌 나로 하여금 수없이 마음으로 간음케 한 여자야. 너 몽정이라는 거 알아? 난 꿈 속에서 얼마나 여러번 너하고 잤는지 몰라. 내가 좋아하는 여자라곤 너밖에 없었으니까."

"그렇지만 그것은 나와는 상관없는 일이야. 준이야, 너 혼자 했던 일이니까."

그러나 나의 바이올렛 꽃송이 안엔 드디어 기가 죽어

뵈는 기색이 나타나기 시작했다. 그 조그만 얼굴이 쪼르르 비를 맞은 듯이 그만 풀기가 없어지고 마는 것이다.

"니가 나하고 아무런 사이가 아니라면 어떻게 내가 너만 생각하면서 마음속으로 그런 죄를 지을 수가 있겠어? 너하고 나하고 그런 일이 있었기 때문에 그런 거 아냐? 니가 어떻게 거기에 책임이 없다는 거야?"

나는 마치 어린애를 놓고 얘기하는 기분이었다. 내 눈엔 정말 수지가 어린애 같았다. 티없는 무구한 어린애――나는 문둥이라서 반드시 그 어린애를 잡아먹어야만 했었다. 수지의 그 청아함, 그 맑음, 그 결백함, 그 투명함, 그 청초함, 그 천진무구함, 그녀의 그 정결함 속으로 나는 뛰어들지 않고는 견딜 수가 없었다.

그날밤, 내가 수지 안으로 뛰어든 것은 그 이상의 더 아무것도 아니었다. 그녀의 맑은 샘, 그녀의 청아한 푸른 하늘, 그녀의 산 속의 백합화, 입산금지라는 표지판처럼 접근금지의 엄준한 호령이 붙어있는 그녀의 검은 옷 속의 정결함――거기에 대한 참을 수 없는 갈탐과 열망이 결국 나로 하여금 그녀를 취할 수밖에 없게 만든 것이었다. 그날밤의 나의 시작은 거기에 있었다. 내가 곁으로 다가가서 수지야 하고 껴안자 수지는 울기부터 시작하였다. 아무런 반항도 하지 않고, 그리고 그 때부터 그녀는 그녀의 깊은 마음속에 있던 말들을 내 앞에 쏟아놓기 시작하였다.

"준이야, 난 너 밖에 몰라. 서울에 와서도 네 생각만 했었어. 그렇지만 난 네가 나를 좋아하지 않는 줄로만 알았어. 나만 널 좋아하고 넌 연희를 좋아하는 줄 알았거든. 지금도 난 널 사랑해. 나도 널 옛날보다 더 사랑해. 아까 널 학교에서 처음 봤을 때 난 니가 지금 나타난 게 잘된 일이라고 생각했었어. 조금만 더 늦게 나타났으면 우리는 서로가 만날 수가 없잖아? 그렇지만 준이야. 오늘밤은 날 그냥 보내 줘. 우리가 결혼할 때까지 그냥 깨끗한 사이로 지낼 수 없겠니? 준이야, 이렇게 빌께."

그러나 나는 그렇게 할 수 없었다. 그냥 놓아주면 수지는 날 버리고 도망쳐버릴지도 모르니까. 수지는 나의 품안에서 너무나 불쌍하게 울고 있었다. 마치 잡혀온 제물처럼 꼭 옛날같이. 세월이 가도 우리 사이엔 변하지 않았던 것들이 있었다. 수지는 이미 오래 전부터 나의 신부로 정해져있던 여자였었다. 그녀는 이미 오래 전부터 나의 영역이었다. 이것은 시작이 아니었다. 시작은 이미 옛날에 되어 있었던 일이었다. 시작하다 만 일을 나는 이제 완성하려하는 것이었다. 그토록 오래 찾아왔던 나의 신부를 찾았으니 나는 이제 당연히 차지해야만 했던 것이다. 수지, 나의 신부. 나는 그녀를 침실로 안고 들어가 하이얀 새 시트를 침대 위에 깔고 그 위에 눕혔다. 어린양을 칼로 베 듯한——그러나 그녀만 베인 것이 아니고 나도 베이고 있었다. 그러나 나에겐 그녀가 너무 억울한 것만 같았다. 그 성결스러워 뵈는 검은 옷고름을 풀고 있는 나의 두 손은 사정없이 떨리고 또 눈물은 왜 그렇게 사정없이 나의 두 눈에서 쏟아지고 있었던지. 너무나 원하던 곳 이어서였던 지도 몰랐다. 내가 정말 이 여자를 이렇게 차지해도 되는지, 나는 정녕 알 수가 없었다. 마치 아득한 태고적의 밀림 속처럼 그녀 안에 깊이깊이 감추어 온 그 그윽한 정결의 숲 속으로, 아무도 입을 대어 본 적이 없는 그 맑은 샘 가로, 그 누구의 발길도 닿지 않은 그 하이얀 눈 속으로 내가 정말 이렇게 초대되어도 되는 것인지, 나 같은 놈이, 나의 지난날의 모든 서러웠었던 일들이 파도처럼 되돌아와 또 한번 나를 치고 내가 초대된 곳의 그 흡족함이 나에겐 당치도 않게 과분하게만 느껴졌었다. 너무나 감사해 견딜 수가 없었다. 나는 일을 끝내고 이제야말로 나의 완전한 신부가 되어버린 수지를 부둥켜안고 계속 흐느껴 울었다. 우리의 큰 감동은 언제나 우리의 눈물을 몰고 온다는 것은 이상한 일이다. 수지도 나와 같이 울고 있었다.

수지에겐 이제 영원히 잃어버린 것들을 슬퍼하는 마음도 있었을 것이었다. 그러나 나에겐 그런 것들이 없었다.

"수지야, 미안해, 미안해."

하면서 나는 수지의 그 자두살 같은, 그 어린아이 같은 뺨 위에 내 눈물의 뺨을 부비며 울었다. 그날밤 나는 수지가 잠깐 잠이 든 뒤 밖으로 혼자 나가서 하늘에 대고 사죄했다.

"당신의 정배가 되고자 하였던 여자 하나를 그만 내가 차지해버리고 말았습니다. 용서해주십시오. 만일 제가 당신만큼 이 여자를 사랑해준다면 당신 눈에 나의 허물이 다소 적게 보이지 않겠습니까? 제가 그렇게 많이 이 여자를 사랑할 수 있도록 저를 도와주십시오. 저에게는 너무나 과분한 여자를 주셨으니 평생 당신께 감사하며 당신도 그 여자도 내 힘껏 사랑하도록 노력하겠습니다."

신이 인간의 양심을 통하여 자신의 진노와 견책을 알려주시는 것이 사실이라면 나는 내가 수지에게 행했던 일에 대하여 용서받았다 라고 자부하고 싶다. 왜냐하면 나는 한번도 거기에 대하여 양심의 가책을 느껴본 적이 없으니까. 나는 수지를 하느님께서 나에게 주신 선물이라고 믿는다. 우리의 진실한 사랑이 하는 일에 대하여는 우리가 걱정할 바가 없다라고 나는 생각한다.

진실한 사랑 안엔 반드시 하느님의 개재(介在)하심이 있으니까, 진실한 사랑 자체가 누구의 소산이며 어디로부터 오는 것인가, 결국 모두가 거기서 나서 그 쪽으로 직결되는 것이다.

내가 그날밤처럼 하늘에 계신 분께 그렇게 진심으로 감사를 올린 적이 그 이후도 그 이전에도 없었다. 방으로 돌아와서 자고있는 수지를 바라보고 있었을 때의 또 한번의 그 나의 새로워지던 감사함과 기쁨이란 ──수지와 내가 똑같이 어른이 되었던 밤이었다. 그러나 실상 나의 피를 가장 불타오르게 하던 것은 그녀의 몸이 아니었고, 그녀의 몸에서 풍겨주던 그 성결스러움의 향취였으므로, 우리가 한 몸이 되던 일은 그녀의 그 성결스러움 속으로 한없이 한없이 나의 몸이 빨려 들어가고 있던 일에 불과했다. 그러나 우리들의 첫밤의 흔적은 남아있었다. 이튿날 아침 나는 내가 수지를 안아다 눕힌 하이얀 시트 위에서 그녀의 혈흔을 발견해야만 했었다. 가엾게도 수지가 나의 아내가 되기 위해서는 반드시 흘려야만 했던 피였다. 만일 그녀가 수녀가 되도록 내버려두었다면 그런 상처는 당하지 않아도 되었을 것이며 동시에 그런 피는 흘리지 않아도 되었을 것이었다. 그것을 보자 나는 내가 그녀에게 못할 짓을 하였다는 또 한번의 찡해오는 미안함과 또한 그만큼 더해지는 그녀에 대한 뜨거운 사랑 안에서 그녀를 와락 껴안고

"미안해, 미안해, 수지야. 내가 사랑해줄게. 정말 너만 죽도록 사랑해줄게."

라고 말하면서 수없이 그녀의 뺨에 나의 볼을 부비었다. 그런데 그때 문득 내 눈에 정말 이상하게 느껴지던 일 한가지가 목격되고 말았다. 왜 수지가 흘려놓은 그 피는 내가 전에 여러번 보았던 다른 사람들의 피들처럼 그렇게 시커멓고 불길하고 섬뜩하게 보이지를 않는 것일까. 참으로 이상한 일이었다. 그 이유를 다만 사랑하는 여자의 피이기 때문일 것이라고 단순히 밀어 부칠

수도 있었다. 사랑하는 눈엔 모든 것이 이뻐보이니까. 그러나 단순히 그렇게만 밀어 부칠 수가 없었다. 왜냐하면 그 의문이 일어나던 순간의 나의 느낌이 마치 서릿발같았으므로 그것은 반드시 나의 가장 냉정한 곳에서 올라왔던 일이었다. 누구든지 자기의 느낌이 어디서 오는 것인지 그 출처를 감득할 수 있는 어느 정도의 능력을 가지고 있다고 믿는다. 분명 그때의 나의 눈은 소위 사람들이 말하는, 사랑하면 눈이 먼다, 라는 그런 눈이 아니였다.

오히려 그 순간의 나는 갑자기 눈이 활짝 밝아지는 듯 했었다. 그 생각이 드는 순간 마치 나는 구름 속에서 나오듯 내가 휩싸여있던 그 몽롱한 사랑의 감정에서 후딱 벗어 나오고 말았다. 다시 말하지만 분명 그녀의 피는 예전에 내가 여러 차례 목격했던 다른 이들의 피들과 다른 것이었다. 내가 전에 피라는 것을 유독하게 바라보지 않았었다면 그냥 지나쳤을 수도 있었다. 그러나 피라는 것이 나에겐 특별한 주목을 끌던 곳이었다. 무언가 피안엔 틀림없이 어떤 알 수 없는 비밀이 숨겨져 있었다. 어떤 피든, 피라는 것은 누구에게나 아주 끔찍한 느낌을 일으켜주는 곳이기 때문이었다. 내가 시골 살 때나 D시에 나와서 피난민들 속에 섞여 살 때 우리들 사이엔 빗자루에 피가 묻으면 도깨비가 된다라는 이상한 소문이 돌고 있었다. 물론 황당한 소리일 수 있었다. 그러나 그 얘기도 피에 관한 어떤 비밀을 암시

하고 있는 게 아닐까, 하고 나는 생각해 본적도 있었다. 그만큼 피라는 것이 나에겐 신비스런 곳으로 느껴졌다. 일부러 특별한 관심을 갖고 연구해본 적은 없지만 우연히 부딪칠 기회가 생길 때마다 나는 다른 사람들보다는 더 깊이 있는 곳에서 피의 의미에 관한 사색이 되어지곤 했다. 그러므로 수지의 그 특별한 피에 대한 나의 발견은 그동안 나의 여러 차례의 다른 피들에 대한 유심한 주목을 거쳐 나온 뒤의 일이었다. 수지의 피를 다만 어린아이의 피 같다 라고만 표현할 수도 없었다. 아직 탯줄도 끊지 못한 채 울고 있던 어린아이의 얼굴도 시커멓게 보이던 것을 나는 기억하고있었다. 그 아이의 피도 내 눈엔 이미 검게 보였었다.

전에 내가 여러번 보아왔던 저들의 피가 검붉은 흑혈에 가깝다면 지금 내가 보고있는 이 수지의 피는 다만 꽃잎을 짓이겨 놓은 듯한 밝은 선홍색이었다. 이것은 물론 나의 눈에만 비쳐오던 색깔이었다. 허지만 어떤 대상에게건 그가 가지고 있는, 감지되는 분위기라는 것이 있는 법이다. 사람의 얼굴도 보이는 그대로만이 아니고 그의 마음으로부터 비쳐 나오는 자기 분위기라는 것을 가지고 있고 또 그것을 보는 사람으로 하여금 느끼게 하여 주듯이, 수지의 피와 다른 이들의 피들 안에도 각기 상반된 자기분위기를 가지고있고 그것이 나의 내재된 눈 안엔 보이고 느껴지는 것이었다.

저들 쪽의 피가 시커먼 주검의 상복을 연상시키는 곳

이라면 이쪽 수지의 피는 밝은 빛이 투과해 들어오는 하이얀 모시옷을 생각나게 하는 곳이었다. 저쪽의 피가 마치 그 안에 뱀과 구더기와 온갖 흉악한 물건들을 가득 내포하고 있는 더럽고 탁한 검은 강물이나 개천처럼 보이는 곳이라면 수지 쪽의 피는 바닥이 환히 들여다보일 만큼 맑고 또 그 안에 살아있는 물고기나 생물들이 가득 담긴, 옥수가 흐르고 있는 강물이나 개천 속처럼 보이는 곳이었다. 저들 쪽의 피가 귀신이라도 나올 듯이 흉물스럽고 사위스럽고 섬뜩해 보이는 곳인데 비하여 이쪽의 수지의 피는 화창함과 빛남과 설백함으로 가득 차 있어서 도무지 밤에 봐도 무서울 것 같지가 않았다. 더럽고 탁한 물 속엔 그 안에 무엇이 살고 있는지 보이지 않기 때문에 당연히 우리로 하여금 의심이 가게 만들고 무서운 느낌이 들도록 하여주지만 수지의 피는 너무나 깨끗해 보여 그런 느낌이 도무지 들 수가 없는 것이다. 솔직히 말해 나는 이렇게 수지의 피처럼 밤에 봐도 무섭지 않을 수 있는 피가 존재하리라고 생각해 본 적이 없었다.

수지가 나에게 꾸준히 주고있던 그 좋은 느낌들——이를테면 크리스마스카드 속의 한 마리 사슴 같은 그녀의 모습이나 그녀의 초록별과 산 속의 백합화가 다 여기에 뿌리를 두고 피어난 것들이었을지도 모른다는 생각이 들었다. 연희를 따돌리고 수지가 그렇게 우뚝 내 앞에 서 버리게 된 일이나, 그리고 그 긴 세월동안 나를 줄기차게 잡고 놓아주지 않던 수지의 그 큰 능력의 신비도 바로 이 안에서 찾아야 될것 같았다. 수지 같은 여자가 나 같은 놈에게 얼마나 더욱 필요한 존재인지는 하늘만이 아실 일이므로 나는 수지를 하늘이 보내주신 나의 천사라고 밖에 믿을 수가 없었다.

그런 생각들에 몰입돼있는 동안 내가 얼마나 수지를 꼭 껴안고 있었는지, 수지가, 참다못해,

"준이야, 나 좀 풀어 줘. 숨막혀 죽을 것 같애."

하고 수지는 그 어린아이 같은 목소리로 소리를 질러야만 했었다. 나의 그 모습은 수지를 나의 몸 안에, 그리고 나를 수지의 몸 안에 완전히 집어넣으려는 나의 열렬한 의지로부터 나왔던 몸짓이었다. 회석이라는 게 있다. 아주 나쁜 것도 좋은 것 안에 함께 섞으면 보통은 될 수 있는 것이다.

그러나 수지에겐 너무 미안했던 일이었다. 그러나 나로선 필사적인 일이었다. 나는 꼭 살아야만 했었기 때문이었다.

이튿날 나는 수지를 데리고 그녀의 집으로 갔었다. 그녀에게 난생 처음 외박을 시켰으므로 그 해명을 해 주어야 했기 때문이었다.

수지네 집은 그동안 서울에 올라와 자리를 충분히 닦고 중상 정도의 수준으로는 살고 있었다. 염색계통에서 뛰어난 기술자였던 수지 아버지는 이젠 회사의 높은 자리에 올라가 있었고 수남이는 ROTC 장교로 입대해있

어 집에 있지 않았다.

수지 엄마는 곱게 늙어서 세월이 그렇게 흘렀는데도 내가 알아볼 수 있을 정도였다. 그렇게 많이 변하지를 않고 있었다.

아담한 이층집에서 이 집도 옛날 덕이네 집과 작은아버지네 집처럼 방방마다 그들이 예수고상이라고 부르고 있는 십자가를 걸어놓고 아늑한 분위기 안에서 평화롭게 살고 있었다. 수지를 통하여 나 같은 놈이 그런 가정에 속할 수 있었다는 것은 나에겐 행운이었다고 볼 수 있다.

수녀가 되겠다고 준비하고 있던 딸이 연락도 없이 밤새 돌아오지 않아 거의 초죽음이 되어있던 그들 부부는 우리들이 들어서자 일단은 그 초죽음에서는 벗어나는 눈치였다. 우선 살아있는 현물들이 들어오니까. 수지 엄마에겐 내가 낯익은 얼굴이었지만 수지 아버지는 만난 적이 거의 없었으므로 나의 얼굴에 대해 아는 바가 별로 없었다. 수지 엄마는 나를 보자 대번 알아보았다. 내가 그녀를 알아보았듯이. 그러나 그녀는 수지와 나의 속 관계에 대해서는 모르고 있었으므로 느닷없이 그렇게 나타난 나를 몹시 낯설어했다. 거기다 수지는 곧 내달에 수녀원에 들어가게 되어 있었다. 집안에 성직자가 하나 난다는 크나큰 영광을 눈앞에 두고 벅차있던 그들로서는 나의 출현이 참담했을 것이었다.

나는 수지의 부모님 앞에 두 무릎을 꿇고 간밤에 내

가 수지에게 저지른 일에 대하여 사과를 드렸다. 밤에 집으로 전화를 드려야했었는데——거긴 전화도 있었다——수지에게 저질러 놓은 일이 너무 염체가 없어서 직접 찾아 뵙고 말씀을 드리고자 하여 그냥 이렇게 왔노라고, 나는 참으로 뻔뻔스럽게 얘기를 했다.

게다가 나에겐 정식으로 그들에게 청혼을 할 부모도 없었다.

수지는 방 저쪽 귀퉁이에 가서 고개만 푹 숙이고 앉아있었다. 마치 남자하고 붙어서 가출했다가 집에 붙잡혀 온 불량소녀 모양으로,——사실 그녀가 한 행실을 따지자면 그런 대우를 받아도 마땅했다. 얼마든지 중간에서 도망칠 수도 있었고, 뿌리칠 수도 있었는데 순순히 자기 발로 수지는 나의 계획에 협조해주었던 것이었다. 그러나 그 때 그렇게 푹 수그린 머리를 가슴에 처박고 불량소녀처럼 앉아있던 수지의 모습이 내 눈엔 얼마나 사랑스러워 보였던지,——후일 나는 내 뇌리에 부착돼있는 그녀의 여러 가지 사랑스런 모습들의 사진첩 속에서 제일 먼저 그 사진을 꺼내어 들여다보곤 하였다. 그때 그녀의 그 모습이 내가 반추하고 싶은 그녀의 여러 가지 사랑스런 모습들 속에서 제일 먼저 내 뇌리에 떠오르곤 하였다. 나 때문에 그녀가 그런 꼴이 되어 버리고 만 것이 나에겐 신나던 일이기도 하였었다. 나의 얘기를 듣고 난 수지 아버지는 천정을 바라보며 한참동안 한숨만 푹푹 쉬었고 그녀 어머니 역시 벌레 씹은 표정으로 밑만 내려다보고 있었다. 그러나 딸은 이미 버려졌고, 또 제가 좋아서 한 일이므로 막을 수도 없었다. 수지가 전하는 말에 의하면, 한번도 자식들에게 눈 한번 흡뜨지 않고 큰 소리 한번 낸 적 없이——매질이란 상상도 못할 만큼 귀엽디 귀엽게 키워왔던 대로 이번에도 그녀 부모는 그녀에게 역시 큰소리를 치거나 모욕적인 언사를 퍼붓거나 하지 않았다.

　이곳은 내가 살아온 세상과는 확실히 딴판인 것 같았다.

　게다가 그들 눈에 내가 과히 흉업지가 않았던 것 같았다. 우선 일자리가 튼튼한 남자를 데리고 왔다니까, 그게 그들에겐 제일 안심인 듯 하였다. 무엇보다도 자기 딸을 굶기지 말아야할 테니까. 그리고 나의 인상이 그들 마음에 아주 안 들지가 않은 모양이었다.

　나는 내가 잘 생겼다 라는 것을 누구보다도 가장 잘 알고 있었다.

　우리 아버지보다도 나는 더 잘 생겨 있었다. 아버지는 안에 든 것이 없었지만 나는 안에 든 것까지 있었다. 거기다 나는 역경을 이기고 일어선 자가 자기내면에 가지게 되는 어느 정도의 늠름함, 그리고 그동안에 물론 나의 부단하고 피나는 노력의 결과였지만, 수없이 나의 수재 동료들을 젖히고 앞장서 뛰는 동안에 얻어져 있는 자신감, 그리고 이젠 드디어 어느 정도의 튼튼한 장래를 보장받게 되었다는 데에서 오던 안정감 등이 내 안에 있으면서 만들어 주고있던 보기 좋은 모습들도 나에겐 입혀져 있었다.

아버지는 다른 아무 것도 없이 그 잘난 허우대만으로도 자기가 찍어놓은 여자들을 제 맘껏 주무르며 누렸고 제 주변의 사람들을 속여서 눈앞의 많은 이득을 취했었다.

내가 만일 그렇게 하고자 한다면 나는 아버지보다 훨씬 더 많은 일을 할 수 있을 것이었다. 나는 그것을 알고 있었다. 수지뿐만이 아니고 많은 우리과 여학생들이 내게 눈독을 들이고 마음을 졸이고, 그 외에도 내가 만날 수 있는 여자들 가운데의 많은 수가 나의 잘생긴 모습과 내가 갖춘 여러 가지 그들이 탐낼만한 것들 때문에 나에게 흠모를 보내고 있다는 것을 내가 모를 리 없었다. 내가 손만 뻗으면 그들이 단번에 달려올 것임도 나는 알고 있었다. 그런 속에서 내가 옛날 어릴 때의 수지에 대한 그 짧은 기억들을 붙잡고 또한 발설하지도 않은 내 마음속으로 만의 언약과 수지는 받을 염도 않고 있던 나만의 빚을 계산하면서 오직 수지만을 향하여 달려왔다는 것은 누가 봐도 이상스런 일이었다. 어떤 보이지 않는 손이 우리 둘 사이를 당겨주지 않고는 도저히 될 수 없었던 일이라고 믿는다.

그러나 동시에 내 의지와의 동반이 없이는 아무도 그 일을 나에게 할 수 없었을 것이었다.

나에겐 그 잘 생겼다는 것이 정말 아무것도 아니었다.

특히나 아버지를 닮았다는 그 소리도 나에겐 어릴 때부터 시작해서 항상 꾸준히 싫었었다. 나보고 잘 생겼다고 말하는 주위의 찬사나 환호가 나에겐 아무런 기쁨도 주지 않았다. 아직도 내 안에서 사라져주지 않는 열등감은 그들이 나에게 속고 있다는 생각마저도 불러 일으켜주고 있었다. 나에게 잘 생겼다는 사람들을 만날 때마다 나는 그들 속에서도 역시 이방인이었다. 실제의 나 자신보다도 더 과장된 평가를 누군가로부터 받는다는 것은 나에게 가장 견딜 수 없던 일이었다. 사람들이 그렇게 말할 때마다 나는 오히려 그들로부터 달아나고 싶었다. 특히나 나는 설희 엄마를 통하여 육체의 그 한계성과 불확실성에 대하여 너무나도 절실하게 학습을 받았던 사람이었다. 정말 그녀 최후의 날들 속에서의 모습은 무서웠었다.

그러므로 내가 나의 잘 생긴 외모에 대하여 은근한 자부심을 갖는다든가, 그 이점을 이용해 누군가에게 접근하여 내 이익을 구한다는 것은 내가 선택하여 살아가고 있던 내 인생의 길 안에서는 도저히 용납이 될 수 없던 일이었다.

나의 아버지를 미워했던 만큼 나는 그런 일들을 미워했었다. 내가 아버지의 길을 쫓는다는 것은 아버지의 끝도 동시에 쫓는다는 것인데, 나는 아버지의 끝을 따라갈 수는 없었다. 남들은 내 주위에 많은 여자들이 잔치를 이루고 있는 줄 알고 있었지만 실제로는 내 주변은 누구보다도 한가했었고,――그럼으로 수지가 꾸준히 그렇게 오랜 동안 내 곁에 항상 같이 있을 수가 있었던 것이었다.

수지에게처럼 내가 접근했던 여자가 없었다.

흔히 접근한다는 말의 의미에서 보자면 수지에게도 내가 접근했었다고 보기가 어려웠다. 나의 모든 것을 그녀에게 주려 했었다는 표현이 더 정확한 것이었다.

그녀는 나에게 그녀 자신을 주었다고 생각했을 것이며, 나 역시 그녀를 차지했다고 생각했었지만 그 내면을 들여다보자면 내가 그녀에게 주고자하였던 것들이 더욱 열렬하였었다.

수지의 부모의 눈에도 내가 얼마나 그녀를 사랑하고 원하고 있는 지가 보였을 것이었다. 수지는 나의 참혹했던 시절에 나타나 그 조그만 품으로 나를 안아주었었고, 커서도 또 그녀는 나에게 그렇게 하여 주었었다. 안아준 것만 아니고, 그녀는 나를 세워주었었다. 그녀 앞에서만은 나는 언제든, 내가 무슨 옷을 입고 있건, 어떤 자리에 있건 왕자처럼 느낄 수가 있었으니까.

내가 안식을 바랄 때에도 나는 수지 쪽을 쳐다보았다.

남들에게 짓밟히고 얻어맞아 돌아갈 때에도 수지 앞에 가면 나는 왕자였었다.

그녀는 나에겐 정말 특별한 여자였다. 어릴 때에도 그렇고 그 후에도 줄곧 그랬다.

그러나 수지의 수법은 아주 단순했다.

내 앞에 오면 그녀는 그만 무너져 버리고 마는 것이었다. 내 안에서만은 그녀는 물거품이 되어버리고 마는 것이었다. 나를 왕자로 만들어주기 위하여 그녀는 그렇게 되어버릴 수밖에 없었던 지도 모른다.

그러나 그녀는 나의 왕녀였다.

그녀가 나를 만일 왕자로 만들어주지 않았다면 그녀도 역시 왕녀가 될 수 없었을 것이었다.

나의 아내이므로 그녀는 나의 지위만큼 따라올 수밖에 없었다.

그러나 그녀는 누구보다도 자기가 지켜 가는 것들에 대하여, 소리 없이 강한 여자였다.

대궁 없이 피는 꽃이 어디 있는가. 그녀의 예쁜 것들 안엔 꼿꼿한 대궁이 있었다.

만일 내가 그녀가 수녀가 된 뒤에 나타났다면 그녀는 결코 나의 품에 안기려하지 않았을 것이다. 그것이 바로 그녀의 대궁인 것이다. 따지자면 그녀의 예쁜 것들도 그 대궁 안에서 피어나는 결과인 것이다.

그 대궁이 없다면 어떻게 그녀가 그렇게 예쁜 꽃으로 피어날 수 있었겠는가.

그리고 그 대궁들이 나에겐 모두 좋게 보이는 것들이고, 비록 나하고 똑같지는 않다 하더라도 나보다 나은 것이라는 생각이 들기 때문에 나는 그녀의 그런 대궁들을 가위로 잘라버릴 생각은 전혀 없었다. 내가 만일 그녀의 그 대궁을 잘라버린다면 그녀는 죽은 꽃이 되어버릴 일이니 나로선 원할만한 일이 아니었다.
 결혼한 뒤로 나는 한번도 그녀를 내 곁에서 떼어놓은 적이 없었다.
 결혼하기 전, 그렇게 수지의 부모님에게 찾아가 결혼 승낙을 받아낸 뒤 결혼하기까지의 몇 달 동안 떨어져 있었던 것이 그녀와의 그 오랜 해후 뒤에 우리가 서로 따로따로 살았던 유일한 기간이었다.
 세득이네 별장에서, 나에게 접근금지의 그 검은 옷고름이 풀리면서
 "준이야, 결혼할 때까지만 우리 깨끗한 대로 그냥 있을 수 없겠니?"
 하면서 울며 애걸했던 수지는 결국 자신의 소원을 뒤늦게나마 이룬 셈이었다. 결혼할 때까지 수지는 그녀의 집에 나는 인턴숙소에 있었으니까.
 나의 여자가 된 수지에 대하여 내가 이제 그렇게 조급히 서둘러야 할 이유도 없었다. 수지가 떠난 뒤 십 몇 년 동안을 잘도 참아왔던 나였으니까.
 그리고 인턴생활이란 것이 그 혹독함에 있어서 세상에 이런 곳이 있으면서 왜 경찰에 고발을 당하지 않고 있나 하는 생각이 들 정도로 가혹한 곳이었다. 잠도 못 자고 밥도 못 먹고, 거기다 이리 뛰고 저리 뛰고, 밀리는 환자들 속에서 밤새우고, 몸무게가 부쩍부쩍 줄어들 정도였으니 그 고단함이 어땠는지는 누구나 짐작해 볼 만한 일이다. 나는 고생은 많이 한 놈이지만 아버지처

럼 젊었을 때 많은 육체노동에 단련된 몸은 아니었었기 때문에 처음 시작한 수련의 생활이 나에겐 중노동이었다.

기초학문인 해부학 쪽으로 마음이 쏠린 것은 뒤에 일어났던 일이었으므로 나는 의사로서의 수련의 과정을 제대로 다 거쳤었다. 특히 인턴 때의 고생은 나에게 정말 견디기에 힘들었던 곳이었다.

그 안에서 결혼을 생각하던 친구들은 하나도 없었다. 적어도 내 주위엔.

그 인턴 때 나는 수지와 결혼했다. 인턴 때 결혼한 학생은 아마 그 의과대학 사상 내가 처음이었던지 모른다. 적어도 레지던트 2년이나 3년차쯤 가야 결혼할 엄두를 내는 것이 우리 의과대학 졸업생들의 상례였다.

내가 수지와 결혼을 서둘러야 했던 이유는 수지 안에 이미 내 아이가 잉태되어 있었기 때문이었다. 세득이네 별장에서 내가 수지에게 저질러놓은 일의 열매였다.

그때 나는 내가 무슨 짓을 했는지도 잘 몰랐고, 수지 역시 마찬가지였으리라고 생각한다. 우리 둘은 우리가 무슨 짓을 저질러놓은 지도 모르는 채 물결쳐오는 감동 속에서 서로 부둥켜안고 두 심장이 하나가 되어 엉엉 울었을 뿐인데, 그 안에서도 우리 두 몸이 맺혀서 아이가 잉태되었다.

내가 수지를 여자로 만나기 시작한 것은 훨씬 뒤의 일이고, 적어도 그날밤은 나는 정말 무어가 무언지도 몰랐었다. 밀려드는 감동의 홍수 속에서 이것이 내가 그토록 그리워했던 나의 신부 수지다, 수지다,──다만 그 생각만 하면서 그녀의 성결스러운 향취 속으로 마치 아카시아꽃 향기 속으로 꿀벌이 파고들 듯, 그렇게 한없이 파고들었을 뿐이었다. 그런데 그 안에서 우리들의 아이가 생겼다는 것이었다.

 수지로부터 그 소식을 듣고 나는 가슴 깊은 곳으로부터 치미는 감격에 못 이겨 이럴 때 인간이 한번씩 하늘에 대고 토하는 감사함의 소리를 질렀었다.

 우리 사이의 첫번째 아이는 우리들의 육체의 결합에서 생긴 아이였다기보다 우리의 두 마음의 껴안음에서 비롯되었던 아이였다고 보아야 했었다.

 고된 인턴 생활 속에서도 수지 몸 안에 나의 아이가 자라고 있다는 생각만 하면 나의 가슴 안엔 행복감이 어느 새 그득 고여 있곤 했었다.

 수지는 나에게 행복이란 것을 열어준 여자다. 물론 수지를 만나기 전에도 나에게도 행복이란 것이 전혀 없었던 것은 아니지만 수지를 만난 이후, 수지가 나에게 느끼게 하여 주었던 행복감에 비하면 예전의 것들은 행복의 그림자에도 미치지 못했다는 생각이 들었다.

 그리고 수지처럼 다른 사람들을 행복하게 해주려고 애쓰는 사람도 없었다.

 그녀는 자기 곁에 있는 사람들을 어떻게 하면 더 행복하게 해줄 수 있을까, 몹시 세심하게 배려하고 있는 것이 눈에 뵈었다.

 수지의 배가 불러오기 전에 우리는 그 해 5월에 성당에서 결혼식을 올렸다.

 수지의 말에 의하면 우리들을 묶어주신 이는 사람이 아니고 하느님이시기 때문에 우리의 결혼은 절대로 풀 수 없다고 했다. 나에겐 그녀와의 결혼을 풀고싶은 마음은 추호도 없었다. 언제까지나 그녀와 같이 살고싶었을 뿐이었다.

 꽃처럼 아름답다는 말이 있는데 그것은 결혼식 날의 수지를 위하여 만든 수식어인 것 같았다. 그녀는 마치 마악 피어오른 물을 머금은 꽃 한 송이 같았다. 그러나 그 표현도 그날의 그녀에겐 아주 맞지 않았다. 하이얀 드레스에 하얀 너울을 쓰고 장미생화로 엮은 부케를 든 수지의 모습은 마악 천상계단을 내려온 천상화(天上花) 같았다. 꺾인 꽃 같은 데는 조금도 없었다. 남자의 손이 전혀 닿지 못하도록 높은 곳에 가 있다가 방금 내려오는 것 같았다.

 우리들의 그 한번의 관계는 아직 육으로 내려오지 않은 때여서 그녀를 그때까지 더럽히지 못했던 것 같았다.

 검정치마 저고리가 그렇게나 그녀에게 어울린다고 생각했었는데, 하이얀 드레스를 입고 선 그녀의 모습을 보자 어떤 것이 더 그녀에게 어울리는 옷인지 분간할 수가 없었다. 그러나 나에게 한가지 분명했던 것은 그녀를 내가 소유한다는 것이 가당치도 않은 일이라는 생각이었다. 내 품안에 데려와 망가뜨리기가 너무나 아깝다고 느껴져서 영원히 저 아름다운 모습 그대로 보관시킬 수 있는 곳으로 보내주고 싶다는 생각마저 들었었다. 그러나 그녀 안에 이미 내 아이가 들어있다는 생각이 미치자 나는 다른 생각들을 모두 끝내고 어떻게 하는 것이 그녀를 가장 사랑해줄 수 있는 길인지 그 생각을 하고 있었다. 그래도 내게 오는 수지가 너무 가엾어 보였었다.

하례객들도 거의 수지네 쪽 사람들이었다.

수지 아버지가 살아오는 길에서 만났던 사람들과 수지 역시 그녀가 봉직 해온 학교 교직원들과 알고 있던 수녀님들, 신부님들, 중·고등학교와 대학교 친구들 등 아는 사람들이 많았다. 연희도 와 있었다. 수지 어머니 역시 성격이 번잡한 편은 아니었는데 내가 보기엔 몸에 사람을 모으는 꿀을 가지고 있었다. 그녀에게서 풍기는 그녀 몸의 꿀은 부드러움과 온화함이었다.

나의 많지 않은 손님들 속엔 한희규 선생님이 부인과 아이들을 데리고 끼어있었다. 학교도 빠지고 올라온 것이었다. 날이 갈수록 내 인생 안에서의 선생님의 역할이 무엇이었는지가 내 안에 사무쳐져 왔지만 속으로 사무쳐져 올수록 오히려 선생님에 대한 나의 겉 태도는 무뚝뚝해지고 있었다.

선생님도 아마 아실 것이었다. 선생님에 대한 나의,

그런 무뚝뚝함이 더 깊은 만남으로 선생님을 유인하려는 나의 진실한 몸짓이라는 것을.

 여전히 안경너머의 그 해맑은 눈과 깨끗한 피부와 햇살이 피어나는 듯한 입가의 미소를 아직 그대로 지니고 있는 한선생님은 이제 더 이상 나를 돌보아주지 않아도 된다고 판단하고 자신의 만학의 길을 열어 D시 국립대학 대학원에서 석사과정을 끝내고 박사과정에 들어가 있었다.

 양어머니였던 여교사도 참석해있었다.

 돗수 높은 안경에 가느다란 눈에 뺨이 좁은 게 여전히 신경질적인 모습이었지만 거기 와 앉아있는 걸 보니 난 유달리 반가웠다.

 수지의 의견은 그 여자에게 신세진 것을 우리는 반드시 갚아야 한다는 것이었다.

 나 역시 거기에 동의했다.

 폐백은 나에게 부모가 없었으므로 작은아버지 어머니가 대신 받았다.

 오히려 그것이 수지에겐 잘된 일인지도 몰랐다.

 결혼 뒤 나는 수지를 내 곁에서 한번도 떼어낸 적이 없었다.

 군의관으로 가 있을 때든 미국에 가서 공부할 때도, ——언제나 캥거루가 새끼를 달고 다니듯 그렇게 수지를 나는 달고 다녔다. 그녀는 내 몸이므로 반드시 내 곁에 있어야만 했다.

수지는 나의 인생을 완전히 바꾸어놓은 여자였다. 나의 비운은 그녀를 만남으로써 마감되었다고 생각한다. 축복 받은 존재는 그 축복을 곁에 있는 사람들에게도 나누어줄 수 있다고 믿는다.
　마치 저주받은 자가 제안의 모든 것들을 저주 속으로 몰아넣듯이 축복 받은 자 안에 있는 모든 것들도 다 축복을 당한다고 생각한다. 다른 사랑이 연계되어 나가듯 신의 사랑도 연계되어 나간다고 나는 믿는다.
　수지는 나에게 아들만 셋을 낳아주었다.
　그녀 같은 여자가 나의 아이를 낳아준다는 것이 나에겐 언제나 감격스러웠던 일이었다. 겉으로 말은 안 했지만 내심 몹시 감사하고 미안하고 황송스럽던 일이었다.
　내 아버지와 내 피에 대한 열등감과 수치감은 그녀와의 관계 안에서도 여전히 내 안에 남아있었다. 아내와 나 사이에 태어난 아이들을 바라볼 때마다 나는 자꾸 희석이라는 낱말을 한번씩 떠올리곤 하였다. 아이들 안엔 수지의 깨끗한 피와 나의 검은 피가 반반씩 섞여 흐르고 있을 터이므로 거기에 대해서 수지에게 몹시 고마운 생각이 들지 않을 수 없었다.
　수지 닮은 딸을 하나 꼭 갖고 싶었던 게 나의 소원이었지만 수지는 나의 그 소원만은 이루어주지 못했다. 수지 곁에 내가 좀더 자주 갈 수 있었다면 수지는 더 많은 아이를 나에게 낳아주었을 것이었다.

이혼이 수지에겐 용납이 안 되는 일이듯 낙태 역시 수지에겐 용납이 안 되는 일이었다.
 세상이 아무리 바뀌어도 수지가 가는 길과는 상관이 없었다.
 이것이 바로 소리 없이 강한 수지의 대궁이었다.
 장미엔 가시가 있듯이 수지의 몸은 늘 조금씩 아팠다. 아주 몸져눕거나 하는 큰 병은 없는데 무리를 하면 곧 들어 누웠다. 평생 그녀에게 살은 붙지 않았다. 몸은 맨 날 가는 그대로였다. 아이를 낳고 나서 다른 여자들은 살이 찌는데 수지는 아이를 낳고 나서도 살이 찌지 않았다.
 몸이 그렇게 가늘어 가지고서야 체력이 딸려서 힘든 일을 할 수가 없는데, 거기서 조금 더 나가면 무리가 되어 들어 누웠다. 우선 많이 먹지를 않는 게 문제였다. 고기와 기름기 있는 음식은 일체 입에 대지 않고 떡 같은 것도 하나나 한입만 먹으면 양이 끝이었다. 더 많이 먹는 법이 없었다. 이런 수지에 대하여서도 나는 불평이 없었다. 소처럼 억세고 튼튼한 아내를 나는 원해본 적이 없었기 때문이었다.
 그녀가 약하다 해서 크게 나의 생활에 불편을 준 적도 없었다.
 아이들을 키우는 데나 집안 일이나, 그녀가 돌보아야만 하는 곳에 대하여 그녀는 소홀히 하는 법이 없었다. 그래서 몸이 피곤해지기 마련이었다.

그녀가 피곤해 누우면 나는 그녀 곁에 얼씬도 하지 않았다. 애처로와서,

그녀 자신도 툭하면, 혁이 아빠, 몸이 아파요, 라고 하면서 나에게 그냥 자기를 청하는 것이었다.

그녀는 아직도 자기가 결혼한 줄을 잘 모르는 것 같았다. 그러나 나는 그녀가 나에게 청하는 것이 무엇인 줄을 알고 있었다. 끝내 나는 내 아버지처럼 내 아내를 나의 제물로는 만들지 않았다. 오히려 내 자신이 그녀의 제물이 되고자 하였었다. 혹시 다른 여자 때문에 내 마음이 산란할 때엔 나는 아내 곁에 가지 않았다.

내 마음이 온전히 아내에게 돌아올 때까지 기다렸다가 마치 제단 앞에 정장을 차려입고 나아가듯 온전한 마음을 갖추어 입고서야 아내의 몸에 접근했다. 나는 한번도 부정한 마음을 지닌 채 아내 곁에 가본 적이 없었다.

수지는 내가 아직도 온전한 마음으로 자기를 사랑하는지, 사랑하지 않는지 다 알고 있었다. 때로 나의 검은 피를 타고 유감이 들어와 잠시 내 마음이 흔들릴 때에도 내 마음 안에서 한가지 생각만은 흔들리지 않았다.

수지 만한 여자는 이 세상에 다시 없다는 그 생각이 워낙 육중하게 내 마음속을 차지하고 있었으므로 나는 크게 벗어날 수가 없었다.

수지는 나로 하여금 한 여자만을 꾸준하게 사랑할 수

있게 해 주었다는 점에서도 나에게 큰 유익을 끼친 여자였다. 다른 여자를 찾아 방황하기 위하여 쓰여질 지도 몰랐을 나의 시간들을 수지는 좀더 유익한 일에 쓸 수 있도록 돌려주었다.

수지에게 내가 평생 권태를 모르고 살 수 있었던 것은 그녀의 어여쁜 몸매나 사랑스런 얼굴이나, 여자다운 매력이나, 그런 것들보다도 그녀의 몸에서 항상 떠나지 않는 청아함, 성결스러움의 분위기 때문이었다. 그것은 다른 여자가 흉내낼 수 없었던 그녀만의 고유한 것이었다. 수녀의 길을 포기했음에도 그녀의 몸 안엔 여전히 푸른 하늘이 열려있었다. 하늘로부터 만이 올 수 있는 어떤 성결스러움의 향취가 그녀의 몸에서는 은은히 풍겨오고 있는 것이었다. 내가 부정한 마음이 되면 그녀 곁에 갈 수 없었던 이유도 거기 있었다.

또한 그녀가 자기 곁에 너무 자주 내가 오지 못하도록 막고 있었던 이유도 거기 있었다. 나와 살면서도 그녀는 자기가 있던 자리로부터 타락하고 싶어하지 않았다. 자기가 있던 자리에 그대로 있고 싶어했었다. 나와 함께 진흙탕 속으로 내려와 뒹굴고 싶어하지 않았다. 그런 그녀에게 나는 때로 불평도 했었지만 나의 좀더 깊은 곳에서는 그런 그녀를 환영하고 있었다.

결혼식에서 내가 그녀를 망그러뜨릴지도 모른다고 두려워했던 나의 불안은 적중하지 않았다. 나이가 먹어가면서도 그녀는 여전히 청초해 보였다.

사람들은 그 비결을 몰랐지만 나는 알고 있었다. 그러나 그녀는 겉으로는 아주 평범한 아내로서 살고 있었다. 조금도 남 유달라 보이지를 않았다.

그녀에게 기껏 남 유달라 보이는 점이 있다고 한다면 그녀는 그 나이의 다른 여자들보다 훨씬 젊고 맑고 차분하고, 초롱초롱하고, 지적으로 보인다는 점뿐이었다.

수녀가 됐던 것만큼은 많은 일을 못했을지 몰라도 나와 결혼한 후에도 그녀는 자기 감량 껏 우리의 주변 사람들에게 선한 일을 하려고 몹시 애써왔다.

수녀의 길을 막았다는 채무감이 항상 나한테 남아 있었으므로, 나는 수지가 그런 일을 한다는 데엔 언제나 협조적이었었다.

사실 내가 그녀 앞에서 제왕처럼 굴었다지만 그리고 그녀가 내 앞에서 언제나 자신을 무너뜨리고 물거품이 되었다지만,——그것은 결국 그녀 안에 나를 흡수하기 위한 그녀의 특별한 수법이었다고 볼 수도 있었다.

그럼으로써 나는 그녀 안에 녹아 들어가 버리고 말았으니까, 만일 그녀가 뻣뻣하게 굴면서 매사에 나와 맞서고자 하였다면 나는 결단코 그녀의 것들 속으로 흡수당하지 않았을 테니까.

나는 내 모교인 의과대학의 교수가 되었고 그녀는 사회적인 아무 직함도 없이 내 아내의 자리에만 머물렀지만 실제로는 그녀는 내 인생을 이끌어왔다고 해도 과언이 아니었다.

그녀에 관한 나의 생각 가운데 또 하나 내가 뿌리칠 수 없었던 것은 나의 어린 신부 덕이와의 연관성이었다.

솔직히 말하자면 내가 세득이의 별장에서 나오던 날 아침, 그녀의 집으로 갔을 때 그 집에 가 앉아있는 동안 방안의 십자가를 바라보면서 내가 제일 먼저 생각한 곳은 덕이네 집이었다. 덕이네 집 안방이며 대청이며 부엌이며,── 나는 마치 내가 덕이네집에 가서 앉아있는 듯한 기분이었다. 그리고 세득이의 별장에서 수지가 흘린 피를 보았을 때도 덕이의 피도 이랬을 것이라는 생각이 순식간에 내 머리를 스치고 지나갔었다.

수지와 나와의 사랑의 나이테를 세어보자고 한다면, 더 거슬러 올라가 덕이 때부터 세어야하는지도 모른다. 덕이와의 세월까지도 수지 안에 포함시켜야 할 테니까. 수지를 볼 때마다 덕이가 컸으면 저렇게 생각하고 저렇게 말했겠지,──라고 생각할 때가 많았다. 특히 수지가 그녀 곁에 나를 오지 못하게 하는 걸 볼 때도.

그러나 그런 얘기는 수지에게 하지 않았다. 수지는 나에게 오직 여자란 자기뿐이길 바라고 있었을 테니까. 그녀의 그런 생각이 틀린 것은 아니었다. 덕이와 수지를 내 안에서 두 사람으로 볼 수는 없으므로.

수지가 낳은 아이들은 나보다 제 엄마를 더 좋아했다. 그 아이들은 우성의 DNA만 가지고 태어났는지 나보다도 훨씬 더 잘 생기고 품위가 있었다. 조용하고, 함부로 아무 말이나 막 뱉지 않고, 생각을 거친 뒤에 말을 하고, 예의가 발라 몹시 정중해 보이고,――특히 지 엄마를 닮아서인지 빈자(貧者)나 고통받는 자들, 비천하고 버려진 자들에 대한 자비심과 동정심이 특별했다.

 나도 잔인한 놈은 아닌데, 툭하면 녀석들이 내가 사준 시계나 코트나 장갑, 지갑의 돈 따위를 불쌍한 사람들에게 주고 들어온다는 데는 질색을 하지 않을 수가 없었다. 특히 어릴 때 도시락을 저희 반 친구에게 주고 저희들은 굶어 집에 돌아와서는 허겁지겁 닥치는 대로 먹는 데는 나로서 울화통이 터지지 않을 수가 없었다.
 "이놈아! 하느님께서도 너부터 먹고 남 주라고 하시지, 넌 굶고 남 주라고 하시지 않는다!"
 하며 홧김에 내가 소리를 질러대면 놈들은 어릴 때엔 훌쩍훌쩍 울더니 커서는 울지도 않았다. 나처럼 바톤을 넘겨받은 릴레이 선수처럼 공부, 공부, 하며 악착같이 달리지도 않는데 공부를 옛날의 나만큼 보다 오히려 더 잘하고, 별 큰 탈없이 자라주는 세 아들들에 대하여 나는 그들을 신께서 나에게 주신 것이 아니고 수지에게 주신 것이라고 믿는다. 나 같은 놈에게 그런 아들들이 당치도 않은 것이다. 나는 그 애들이 꿀벌이 꿀을 옹위하듯 제 엄마를 옹위하고 제 엄마를 쫓아 하느님을 사랑하고 말끝마다 주님, 주님 하는 것에 대하여 좋고 또 고맙게 생각한다.
 그러나 나 자신만은 끝내 그들과 합하여 성당엘 나가거나 기도를 하거나, 겉옷을 달라는 자에게 속옷까지 벗어줄 의향이 없다.

이것은 수지와 결혼한 후에 아직도 내가 계속하고 있는 그녀에 대한 나의 폭행이다. 나 때문에 그녀는 성 어거스틴(St. Augustine)의 어머니 모니까(Monica) 성녀처럼 무수히 빌고 있을 것이다. 그녀가 나를 위해 그렇게 빌어주고 있다는 데 대한 여유작작함 때문에 나의 태만이 계속되고 있는지도 모르지만 왠지 끝내 나는 그들 속으로 쉽게 들어가 지지가 않는 것이었다. 자꾸만 꽁무니를 빼게 되는 것이다. 그러면서도 나의 마음 안엔 신성함에 대한 남 유다른 열망이 주어져 있었다.

그리고 한번도 내 마음속에서 신의 존재를 젖혀버린 적은 없었다.

그리고 그런 안에서도 나는 신의 많은 은총을 받아왔다, 라고 생각하고 있었다. 그러므로 나는 아직은 이대로 그냥 가고 싶었다. 여기서 더 새로운 일을 시작하고 싶다는 다급한 욕구가 느껴지지 않았다.

이제까지의 나 자신이 비록 신앙은 열렬히 추구하지 않았지만 내 양심이 명하는 바의 길을 달려왔다, 라고 나는 생각하고 있었고 거기에 대한 일말의 자부심도 있었다.

그리고 돌아보면 내 인생이 과히 잘못되었던 것도 아니었다.

그러므로 앞으로도 이제까지의 내가 걸어오던 식대로 그대로 가면 될 것이라고 생각하고 있었다.

어린 날 수지와의 가마굴에서의 그 허물도 우리가 결혼함으로써 우리들의 결혼 안에 합류되었기 때문에 돌아봐도 조금도 수치스럽다는 생각이 들지 않았다. 소위 말하는 신앙생활이란 것은 못했지만 나는 내가 과히 많이 탈선적인 행동을 한 적이 없다라고 생각하고 있었다.
 집에서 기르는 가축이 주인이 주는 것만 먹듯이 나는 신이 허락하신 정법한 것만 먹으려 애써왔다. 우리가 법을 지키려는 것은 어기면 붙잡혀 들어가 옥에 갇히기가 싫어서일 것이다. 마찬가지로 나 역시 정법한 것만 먹고자 했던 것은 자유를 누리려던 노릇이었다고 볼 수 있었다. 죄책감의 사슬에 묶이기가 싫어서였다.
 형은 아직까지도 자기가 훈이를 내다버렸다는 데 대한 가책에 괴로워하고 있었다. 지금쯤 훈이는 다 커서 무엇이 되어 있을지도 모르는데 형은 아직도 '형아야, 형아야,' 하며 눈 비가 내리는 속에서 자기를 찾으며 울고있었던 훈이만을 생각하고 있었다. 그리고 끝끝내 자신이 훈이에 대한 가해자라는 생각에서 벗어나지 못하고 있는 것이다.
 사실 한 인간이 한 인간에 대해 그렇게 끝끝내 가해자는 될 수 없는 일이었다. 따지자면 형의 그런 생각도 주제넘은 것이다.
 누구나 자기 인생은 자기가 만드는 것이다. 훈이 역시 어디서든 제 인생을 제가 만들어가고 있을 것이었다.

형의 그 지나친 가책감은 누가 들어도 지나친 것이다 느껴지는 것인데 형 스스로에겐 도무지 해결이 안 되는 감옥인 것이다.

  양심의 문제이므로,——겉으로 묶여있는 사슬이 아니고 안으로 묶여있는 사슬이므로, 이것은 신(神)만이 풀어주실 수 있다 라는 생각이 들었다.

  형 자신도 같은 생각에서 기도도 해보고, 그 쪽으로 많이 노력해보고 있었다. 그래도 잘 안 되는 모양이었다. 우선 잠을 잘 못 자고 마음이 항상 괴롭고 불안정해서 얼굴 표색이 말이 아니었다. 그것도 하루 이틀, 한달 두 달도 아니고, 몇 십 년간을 계속 그러고 있으니,——곁에서 보기에도 이만 저만 딱한 일이 아니었다.

  그래도 다행히 트럭운전사를 해서 결혼식도 한번 올리지 못하고 동거인으로 있다가 호적에 처로 올라간 아내와 세 아이들을 부양하는 데는 큰 지장이 없이 살아왔지만 그의 인생은 한 마디로 창살 없는 감옥에다, 고문하는 이 없이 고문당해온 세월이었다.

  원인을 따지자면 형도 아버지의 희생물이었다. 그러나 모두가 다 제 탓이었다. 아버지의 시체가 나의 해부학 교실에 들어와 있다는 얘기를 나는 형에게도 알리지 않았다. 형은 지금도 몹시 아버지를 미워하고 있었다. . 참으로 길고도 오랜 미움이었다. 형은 자기를 그렇게 만든 것이 아버지라고 생각하고 있었다. 내가 보기엔 형에게 제일 문제가 되는 것은 그 미움이었다.

나처럼 형은 아버지로부터 벗어나고자 하지를 않고 아버지에 대한 증오의 사슬을 붙잡고 끝끝내 놓지 않고 있었다. 그럼으로써 평생 아버지로부터 벗어나지를 못하고 있는 것이었다. 동시에 형은 그럼으로써 아버지의 저주스런 운명으로부터 자기 자신을 건져내지 못하고 있었다. 아버지만 묶은 게 아니고 자기자신도 아버지에게 묶이고 있으면서도 형은 그것을 모르고 있었다. 얘기를 해 주어도 형은 듣지를 않았다. 끝끝내 아버지만은 용서를 못하고 있었다. 그럼으로써 자기 자신도 용서를 못 받고 있는 것이었다. 형의 죄책감은 그 결과였다 함에도 형에 대한 내 마음 안의 연민을 나는 금할 수가 없었다. 누구보다도 나는 형과 아버지와의 긴 내력을 잘 알고 있었기 때문이었다. 내가 아버지를 안 미워하게 된 것도 어쩌면 형이 내 몫까지 다 아버지를 미워해 주었기 때문인지도 모른다.

작은아버지네 식구들에게도 나는 나의 해부학 교실에 아버지의 사체가 들어와 있다는 사실을 알리지 않았다. 아버지는 이미 오래 전에 우리들을 떠났던 사람이었으므로 그대로 그 일이 계속되도록 내버려두고 싶었다.

이 해부가 다 마쳐지면 다른 시체들과 마찬가지로 소정의 장례 절차를 마치고 화장되어 학교 내 납골당에 안치될 것이다.

아이들에게도 나는 일체 그 얘기는 입도 떼지 않았다.

제16장

　아버지의 사체는 거의 반년 동안 나의 해부학 교실에 누워 있었다. 털부터 깎이기 시작해서 온 내장이 다 해체될 때까지. 눈도 떼이고 심장도 떼이고, 콩팥도 들어내고. 그러는 동안 소독약 처리에도 불구하고 풍기어대는 아버지의 시체 썩는 냄새는 거기 있는 다른 두 구의 시체에서 나는 냄새들보다 더 고약할 것이라고 나는 이유 없이 생각하고 있었다.
　아버지의 시체에 응고되어있는 아버지의 검붉은 피도 나에겐 정말 보고 싶지 않은, 눈을 돌리고 싶은 곳이었다. 그 피가 내 안에도 돌고있으리라는 사실을 상기할 때마다 나는 마치 관속에 들어가 생매장이라도 당하는 듯한 느낌이었다. 그 도망칠 수 없는 곳이 나에겐 그렇게나 싫었다. 그러나 나는,──이렇게 생각하면서 그 자리에 있는 나 자신을 위로하곤 했다. 그는 죽었지만, 나는 이렇게 살아있다. 우리의 생명은 별도다. 나의 생명은 그에게서 난 것이 아니다. 나는 그보다도 더 높은 곳으로부터 온 존재이다.

나는 어서 아버지의 시체가 처리되어 다시는 내가 그 것을 볼 수 없게 되기를 바랬다. 그와 나 사이에 사랑 이란 접착제가 있어본 적이 묘연했기 때문에 그에 대한 애착이란 나에겐 있을 수 없었다.

나는 아무에게도 그가 내 아버지라는 사실에 대하여 발설하지 않았다. 나는 철저히 그 사실을 그들로부터 은폐했다.

결혼한 뒤 내가 수지에게 금기로 하고 있었던 것이 아버지에 관한 얘기였다.

아버지로부터 오는 어떤 불길한 느낌이 우리가 이루 어가고자 하는 것하고 너무나 상반되게 느껴졌기 때문 에 나는 그 얘기를 피할 수밖에 없었다. 그것은 마치 잔칫집에 송장을 끌고 들어가려는 일과도 같이 느껴졌 다.

수지와 같이 살면서 간간이 아버지와의 지난날들을 바라볼 때면 마치 빠져 나온 적지만큼이나 그곳이 나에 겐 엄청나 보였다. 이제는 나에게 다시는 돌아올 수 없 는 날들로서 제발 내게서 영원히 사라져주기만을 나는 바랄 뿐이었다.

그렇다고 수지와의 나의 인생 안에 단맛만이 있어 온 것은 아니었다. 그러나 이곳은 사람의 체온이 살아있는 곳이었다. 반면 저곳은 냉기가 몰아치고 있는 주검의 땅이었다.

내가 봉직해 있는 의과대학에서는 해부학 교실에 기

증된 시체에 대하여 정중한 예를 갖추어 주고 있었다. 사체기증이 해부학 연구에 지대한 공헌을 끼치고 있으므로 거기에 맞는 합당한 대우를 해주고 있는 셈이었다.

 해부학 실험이 끝나는 가을 경이면 실험용으로 쓰인 모든 사체들에 대한 장엄한 합동추도식을 열어주고 합동추도식이 끝나면 각 시체는 학교 구내에 있는 납골당에 안치되었다.

 바로 그 합동추도식 날이었다. 이 날엔 각 시체에 관련된 유가족들은 물론 해부학 교수들과 학생들까지도 참여하므로 수백 명이 모이게 되어 큰 행사가 되고 말았다. 이날 나는 해부학 교수로서 여기 참석해 있었다. 그러나 예삿 사람들로 치자면 아버지 장례식에 참여한 셈이었다.

 그런데 나에겐 예기치 않은 일이 일어나고 말았다. 거기 온 다른 유가족들을 따라 나에게도 갑작스럽게 눈물이란 게 쏟아지는 것이었다. 아버지에 관한 한 피도 눈물도 없는 놈이라고, 나 자신에 대하여 단정하고 있었는데 그래도 그 무엇이 아직도 내 안에 남아 있었던지 내눈에서 눈물이란 게 쏟아지기 시작하는 것이었다. 만일 아버지와 나와의 관계가 정상적으로 이어져왔다면 내가 얼마나 더 화려한 장례식을 아버지에게 치루어 줄 수 있었을까를 생각하면서부터 나의 눈물은 쏟아지기 시작했다. 그리고 가지가지의 내 어린 날의 서러웠던 일들과 순희의 마지막 모습, 공덕동에서 그 지겹게 장사가 안될 때, 아버지의 애쓰던 모습, 그때 당연하다 느끼면서도 한편으론 육친으로서 연민의 정 때문에 몹시 측은하게 보여지던 아버지의 불쌍했던 여러 가지 모습들,——어디 숨어있었던지 그런 기억들이 내 안에서 들끓어 오르며 나의 눈물샘으로 꾸역꾸역 눈물을 밀어내는 것이었다.

그때였다. 마치 그런 틈을 기다렸다는 듯이 어떤 사십대 후반이거나, 오십 대 초반쯤으로 보이는 남자 하나가 나에게 접근했다.

"강준 교수님이시죠?"

접근해서 나에게 그렇게 물었다.

"누구시죠?"

나는 손수건으로 눈물의 흔적을 닦아내고 남자를 쳐다보며 물었다. 남자의 대답이 강웅씨의 시체를 기증한 장본인이라는 것이다. 솔직히 말하자면 내가 궁금했던 인물이었다. 내가 알고자했다면 당장 찾아낼 수 있었던 인물이었다. 그러나 아버지로 인하여 누군가와 특별한 관계를 연다는 것이 싫어서 회피했던 것이었다. 그러므로 그가 갑자기 나에게 접근해 온 것이 나로선 반갑질 않았다. 특히 강웅씨가 내 아버지라는 사실을 그가 알고 있었다는 것도 나에겐 의혹이 가던 일이었다.

그렇게 나에게 인사를 하고 남자는 사라져버렸다. 오래 같이 얘기할 수 있는 자리가 아니었다. 떠나면서,

"나중에 연구실로 찾아 뵙겠습니다. 아버지에 관해 알고 싶으신 것이 많으실테니까요."

하고 남자는 말했다. 그러더니 정말 며칠 후 남자는 나의 연구실로 찾아왔다. 인상이 썩 좋지를 않았다. 거칠고 불량스러워 보였다. 아버지 쪽에서 온 사람이니 좋은 사람들일 리가 없었다.

"아버님이 살아 계실 때 강준 교수님 얘기를 많이 했습니다. 우리 아들이 의과대학 교수라고."

희한한 일이다. 나는 아버지의 소식을 모르고 있었는데 아버지는 내 소식을 알고 있었다. 그러나 남자의 얘기엔 별 진실성이 느껴지질 않았다.

"자기가 죽으면 자기 시체를 강준 교수님이 계신 대학교에 연구재료로 써 달라고 나한테 여러번 말씀을 하셨죠. 친필 유서도 있습니다. 보시겠습니까?"

그는 자기 안주머니에서 봉투 하나를 꺼내면서 나에게 물었다. 왠지 나는 아버지의 글씨를 보기가 꺼림칙해서 그만 두겠다고 손을 내저었다. 그리고 나는 아버지의 글씨를 본 적도 없었기 때문에 그것이 진짜 아버지의 글씨인지 알아볼 수도 없었다. 또 굳이 지금 와서 그걸 캐볼 의사도 없었다. 또 그것은 내가 해야할 일도 아니었다.

"죽어서라도 그렇게 아들 옆으로 가시고 싶었던가 봐요. 살아선 아들 볼 낯이 없다고 찾아갈 수 없다고 하셨어요."

남자가 하는 말들이 나에겐 별 큰 실감으로 닿아 오질 않았다. 나한테 듣기 좋으라고 꾸며대고 있는 말처럼 건성으로만 들렸다.
　"그동안 아버지는 어디 가 계셨나요?"
　"여기저기 옮겨다니셨지요, 한 군데만 있지 않고."
　남자얘기로는 아버지는 남쪽 어떤 항구에 가서 뱃사람을 상대로 술집을 하였던가 보았다. 그런데 잘 안 돼서, 이곳 저곳 자리를 옮겨 다니며 장사를 해봤지만 계속 잘 안되어 말년엔——몸도 늙고 병도 들고 돈도 없고 하였다고 한다
　"그래도 칠십대까지는 말이죠. 아직 힘이 장사고 얼굴도 일 이십 년은 젊어 보였었죠. 젊은 사람 못지 않게 무거운 짐도 부쩍부쩍 들고. 강 교수님처럼 점잖은 분 앞에서 이런 말씀 드린다는게 좀 뭣하지만, 우리 남자들끼리만 있으니 얘긴데, 늙어서도 아버님은 여자들한테 인기 좋았습니다. 힘이 좋았으니까요."
　또 그 얘기다. 얼굴이 뜨끈하다.
　"선생님도 아버님 못지 않겠죠? 대개 아들은 아버지를 닮으니까요. 사모님이 좋으시겠습니다."
　그는 꾀죄죄한 얼굴을 걸레 짜듯하며 히죽히죽 웃는다. 처음엔 다소 격식을 차리고 점잖은 어투를 흉내내더니 금새 도금이 벗겨지듯 안의 야비함이 점차 밖으로 비쳐 나오기 시작한다.
　악인이 위선의 탈을 쓰는 것도 나쁘지만 더 우리를

난처하게 하는 것은 악인이 악인의 제 꼴을 남김없이 폭로하고자 할 때다. 이건 선전포고나 진배없는 일이다. 무언가 목적이 있어 나를 찾아온 것 같다. 틀림없이 돈일 것이다.

아버지가 죽음으로써 이제 그와의 악연이 완전히 끊어지는가 했더니 죽으면서도 아버지는 이렇게 나에게 흑막으로 난 문을 열어주고 갔다. 길고도 질기고도 정말 나에게 고단하게 느껴지는 인연이다. 장례식에서 그로 인하여 흘린 마지막 눈물조차도 후회가 된다.

"실례지만 댁은 우리 아버지하고 어떤 관계로 이런 일을 맡게 되었습니까?"

사체기증은 적법한 보호자가 아니면 할 수 없는 일이다. 설령 본인이 그런 의사를 비쳤다 해도 보호자가 내어주지 않으면 강제로는 절대로 하지 않는다. 특히나 내가 있는 학교에서는 행려자나 무연고자의 시체도 받지 않는다. 인권보호의 차원에서 그들의 확실한 자유의사 표시나 보호자의 동의가 없는 상태에서 제삼자가 임의로 그들의 사체를 해부용으로 쓴다는 것은 받아들일 수가 없는 일이기 때문이다.

"우리 누님이 호적상으로 댁의 아버님의 정식 처입니다. 당당한 친권자지요. 그러니까 교수님과 나는 관계상으로 보자면 조카와 외삼촌 사이인가요? 그러나 교수님 같으신 분이 나 같은 놈을 삼촌으로 모실 수야 있겠습니까?"

그렇게 말하는 투가 다소 시비조다. 어떻게든 꼬리를 잡아서 물고 늘어지려는 기색이다.

"실례지만 무얼 하시는 분이십니까?"

나는 계속 정중한 대우를 놓지 않고 물었다. 저쪽으로부터도 내게 대한 계속적인 정중한 대우를 유도하기 위해서였다.

"아 실례! 아직 명함을 드리지 않았네요. 내 정신이 점점 왜 이래지나."

하면서 안 주머니에서 명함 한 장을 꺼내준다. xx회사 상무이사 아무개라고 써 있다. 그런데 점잖은 회사 중역같이 보이질 않는다. 유령회사가 아닌가, 의심이 간다. 혹시 말로만 듣던 조직폭력배의 일원이 아닌가 하는 의심도 밀려왔다.

"누님 되시는 분은 무얼 하시던 분인가요?"

"우리 누님 말입니까? 대단한 여성이죠. 원래 서울서도 날리던 여자였었죠. 한때지만 우리 누님 인기 좋았었습니다. 나한테도 우리 누님하고 하룻밤만 자게 해달라고 이놈 저놈들이 돈을 막 갖다주고 빽을 썼으니까요. 아마 우리 누님이 같이 잔 남자를 세 보자면 천명도 넘을 겁니다. 천명이 뭐야? 그땐 하룻밤에 거의 매일 한 놈씩 갈아치우곤 했었는데,──그땐 정말 돈 기차게 벌었죠."

남자는 그때 생각만 해도 갑자기 신바람이 나는지 코를 핑 풀어가면서 쿵쿵대며 계속 지껄인다.

"우리 누나가 몸이 기똥차게 빠졌었거든요, 여배우 저리 가라죠. 어떤 여배우가 우리 누나 몸매 생긴 걸 따릅니까? 거기다 남자 다루는 기술이 보통이 아니어서 우리 누나랑 한번 자본 놈은 재산 다 팔아 가지고 와서 달려들었으니까요. 그땐 돈을 자루로 막 걷어들였어요. 그때 나 정말 돈 한번 실컷 써봤습니다. 세상에 태어나서 나처럼 돈 한번 실컷 써본 놈 있으면 나와 보라고 그래요! 내 똘마니들 데리고 난 정말 기차게 놀았습니다. 우리가 떴다 하면 그 술집은 그날밤 문닫았으니까요. 우리 손님만으로도 충분히 그날 수입은 잡았으니까요. 거기 있는 여자들 다 데려다 놓고 진탕만탕 놀았죠. 우리 눈에 거슬리는 놈 있으면 그 놈은 그날이 제 수명 다 채우는 날이었습니다. 모두 우릴 겁냈었습니다. 누님 뒤에 우리가 있으며 잘 돌봐주었으니까 누님도 그 장사를 잘 할 수 있었지, 우리가 없었으면 누님 그 장사 제대로 못했었습니다. 그런데 x팔, x같이, 재수가 옴 붙게, 누님 몸에 국제 매독인가, 뭔가 하는게 딱 걸려버리는 거예요. 코쟁이는 상대하지 말라고 내가 말려두 누님이 그놈들하고 자야 잔 것 같다고 센 놈 찾다가, 신세 망쳐버린 거죠. 몸에 병 걸리니까 소문 쫙 나 손님 떨어지죠, 여기 저기 술집 벌려 놓았던 것 차례로 무너지죠, 게다가 내 똘마니 놈 하나가 사고 쳐서 빵 간에 들어가 그걸 빼내려고 돈 뭉텅이로 쏠어 넣고, 이래저래 다 망해먹고 남은 돈 싹싹 긁어모아 가지고 남모르는 데 가서 다시 술장사 시작한다고 내려간 게 바로 당신 아버지 만난 저 남쪽 항구 아뇨? 뱃놈들 상대로 장사 좀 해 보자고, 그때 마침 당신 아버지가 돈 좀 가지고 거기 내려와서 기웃기웃 무슨 영업 좀 해볼까 찾아다니고 있던 판이었거든, 우리 누님이 돈냄새 맡는 덴 일급이니까 당장 물고 늘어진 거지, 왕년의 그 솜씨가 아주 사라진 게 아니었으니까 우리 누님이 당신 아버지 하나 녹이는 건 식은 죽 먹기보다 더 쉬운 노릇이었거든. 그런데 물린 건 우리 누님도 마찬가지였지. 우리누님 말씀이 당신 아버지처럼 센 놈은 코쟁이들 중에서도 없었다는 거야, 말하자면 x같은 년 놈들이 적수가 맞게 잘 만나서 처음엔 장사도 잘 되고 잘 살았다구. 내가 우리 똘마니들 풀어서 서울서 애들 잡아다 대주어서 영계 찾는 손님들 입맛 맞추어 주면서 한동안 톡톡히 재미를 보았지, 그런데 영계 잡아다 주면 손님들 주기 전에 당신아버지가 먼저 시식을 해서 우리 누님이 칼 들고 죽이겠다고 덤비고 항상 시끄럽긴 했지만, 그걸 보면서 나는 우리 누님두 이젠 늙었구나, 저렇게 어떤 놈한테 퇴박을 당하고, 울고 짜고하는 걸 보면, 하는 생각 많이 했었지, 그렇지만 끝까지 우리누님 죽자 사자 당신 아버지 붙어다녔다구, 결국 죽을 때까지 붙어있었으니까, 이젠 늙어서 누구 딴 놈한테 갈 데두 없지만,……남쪽에 내려가서도 한 땐 장사가 괜찮았었는데, 그 놈의 인신매매단 단속인가, 하는 데에 몇

번 걸려들어 가는 바람에, 우리 애들하고 나하고 빵깐 몇번 들락날락 하는 동안 ……."

처음엔 공대를 쓰다가 차츰 반말로 내려와 침까지 튀기며 끝도 없이 지껄인다.

"아, 고생 많이 하셨군요. 얘기 잘 들었습니다. 우리 아버지가 어디 가서 무얼 하고 계신지를 몰랐었지요, 그동안 우리와는 통 연락두절이었으니까요. 고맙습니다. 은혜 잊지 않겠습니다."

그러며 나는 그에게 빨리 여기서 떠나달라는 의사표시로 일어났다. 그동안 그의 얘기를 듣고 있었던 것만도 나의 큰 인내력을 요하는 일이었다. 얼마나 힘들었던지 큰 짐이라도 얹고있는 것처럼 두 어깨가 짓눌려 뼈근하고 속이 메슥메슥한 게 한바탕 어디 가서 토해내야 할 것 같았다.

"말만 고맙다고 하면 안되지, 우리 세계에선 그런 거 안통하니까. 실물이 있어야죠, 실물이."

"사례금을 달라는 뜻입니까?"

"지금 제 사업이 말이 아니거든요, 운영자금 때문에, 나 당신 아버지 때문에 돈 많이 썼습니다. 긴 병에 효자 없다지만 난 효자 노릇했습니다. 아들은 이렇게 근사한 연구실에서 연구에만 골 쓰고있는 동안 처남인 내가 당신 아버지 시중 다 들고, 돈 다 썼고, 나중엔 시체까지 연구하라고 갖다바치지 않았습니까? 그런데 이래두 됩니까? 당신 같은 사람 사회적으로 매장 당해야

하는 거 아닙니까? 아들로서 자기 아버지 돌보지 않은 것, 요즈음 제 부모 차에 싣고 먼 데 가서 버리는 아들 많다는데, 이것도 그 중 하나 아닙니까? 내가 입 한번 열면 당신 좋지 않을텐데."

돈을 뜯으러 나타났다고는 처음부터 짐작했었지만 사업운영자금 운운하는데 큰 돈을 바라는 눈치다. 거짓말도 유치하고 공갈수법도 저수다. 그러나 남의 약점을 찾아내는 데만은 일급수인 것 같다. 아들로서 자기 아버지를 돌보지 않았다든가, 자기 아버지를 버렸다든가, ——하는 그의 소리가 나의 어딘가를 뜨끔뜨끔 찌르며 당당하게 서 있던 나의 큰 키를 대번 우그러뜨리게 만들어버린다. 하자 없이 산다는 것이 인간에겐 무지개를 따다 자기 망태에 담으려는 허망한 꿈인 듯 하다. 그러나 인간에겐, 이란 보편적 언어를 쓰지 말자. 나 같은 놈에겐, 이라고 하자. 허지만 나의 구부러짐은 놈 앞에서 행하여질 일은 아니다. 이런 놈에게 족쇄를 당하느니 차라리 나는 주검을 택한다.

"그래서 당신이 나한테 원하는 게 뭐요? 구체적으로 말해 보슈."

나도 한때 옛날에 역전에서 구두를 닦던 놈이다. 또한 검은 피로 보자면 나보다 더 검은 피가 없다. 악 중에서는 가장 고수다. 따지자면 내가 싸움을 해서 승산이 있는 쪽은 오히려 밝은 쪽보다는 어두운 그 쪽이다. 그 쪽에 가서 하는 게 더 승산이 있다고 봐야 한다. 왜냐하면 밝은 쪽에서는 아직 내가 그 정도의 높은 고수는 못되니까. 내 표정이 하두 험악하게 돌변하니까 놈은 당장 움추려든다. 대단한 놈도 아니다. 특히 놈의 눈엔 나의 크고 우람한 체구가 만만치를 않아 뵈는 모양이다.

"그동안의 수고를 생각해서 얼마의 사례는 생각하고 있었는데, 당신 그렇게 나오면 내 맘에 안 들어! 한푼도 못 주겠어! 가. 당장 안 가면 경찰을 부르겠어."

경찰이란 말에다 내 위세가 등등하니 내 뒤에 무슨 자기들이 두려워하는 빽이나 있는 줄로 알았는지 놈은 찔끔하며 얼른 일어나서 문으로 나가려다가 다시 한번 돌아서더니

"대학교수면 다야? 사람이 그렇게 살면 안됩니다."

되레 나에게 훈계를 하고는 사라져버린다.

그런데 며칠 후 그가 또 내 연구실 안으로 밀고 들어왔다. 이번엔 혼자가 아니고 아버지와 같이 살았다는 그 색주가의 여자를 동반하고 등장이다.

"사과하러 왔습니다."

놈은 무슨 생각에서인지 요번은 태도를 바꾸어, 들어오자마자 내 앞에서 연구실 맨 바닥에 철썩 무릎을 꿇고 앉더니 죽을 죄를 지었다고 빈다. 마치 암흑가의 사람들이 제 보스 앞에서 그러듯이.

따라 들어온 여자가 하는 짓도 가관이다.

"내가 이 놈 보고 당장 교수님한테 가서 빌라고 이렇

게 데려왔습니다. 거기가 어디라고 감히, 얘가 배운 게 없어요. 맨 날 사람만 치고 가막소만 들락거렸으니."

내 앞에서 그 누나란 여자는 동생에게 갖은 욕설을 다 퍼붓는다. 그렇게 함으로써 나에게 환심을 사보려는 유치한 의도가 훤히 내려다보인다. 나를 자기들보다 하수로 치고 내 앞에서 연극을 꾸미고 있는 모습이 불쾌하기 이를 데 없다. 여자가 하는 욕도 난 생전 들어보지도 못한 희한한 욕들이다. 말끝마다 x같은 새끼, x새끼, 가 아주 여자 입에 늘어붙었다.

육십이 훨씬 넘어 뵈는 여자가 젊은 애들처럼 머리를 노오랗게 물을 들이고 얼굴엔 개흙을 이겨 바르듯 두꺼운 화장을 했다. 눈썹은 문둥이처럼 완전히 밀어버리고 입술은 그 늙은 나이에 선지덩어리처럼 빨갛게 칠했다. 평생 색주가의 여자로 늙어 온 티가 말 안 해도 보는 이의 눈에 당장 들어 난다.

천박이란 말의 의미가 저절로 떠오르게 만드는 여자다. 게다가 얼굴 색은 그렇게 두텁게 화장을 했는 데도 황달병환자처럼 아주 노오래서 흡사 똥물 주사라도 맞은 것 같다. 얼굴뿐이 아니고 목이며 손등이며, 보이는 데마다가 다 이상하리 만치 샛노랗다. 피부도 꺼칠꺼칠 푸석푸석한 게 정상이 아니다. 목소리도 탁하고 걸걸한 게 가래덩어리에서 나오는 것 같애 듣기가 이만저만 거슬리지를 않았다.

남자녀석은 제 누나가 그렇게 벼라 별 욕설을 다 퍼

붓는 데도 잠자코 고개를 가슴에 처박고 무릎을 꿇고 앉아 마치 큰 회개나 하는 양, 심지어 눈물까지 흘릴 자세다. 그들 딴엔 큰 봉이라도 잡았다고 생각하는 눈치다. 그 둘이 꾸미고 있는 모양이 내 눈엔 가관이다.

"이 새끼가 영감태기를 돌봐줬다고 공갈쳤죠? 아뇨! 아뇨! 이 놈은 노상 술만 처먹고 밖으로 나 돌고 나 혼자 다 했어요! 나 혼자 다. 그 영감태기 수발은 나 혼자 다 했어요. 이 놈은 한 일 없어요."

남자는 그 나이가 되도록 제 가정도 아직 못 가지고 제 누이 주변만 빙빙 돌면서 이런 일거리가 생기면 등만 처먹고 살고 있는가 보았다. 여자가, 나 혼자 다 했다, 라고 거듭 강조하는 이유는 돈은 자기에게만 달라는 노골적인 시사인 것 같다.

거기에 그동안 구부리고 앉아 잘 참고 있던 녀석이 불끈하고 말았다. 벌떡 일어나더니, x년아! 하면서 제 누이의 아랫배 쪽을 냅다 걷어찬다. 순간 여자의 입에서, 이 x새끼야! 하는 쌍소리가 뱉어지면서 내 눈앞에서 대판 싸움이 붙는다. x같은 새끼야! x같은 년아, ──이것이야말로 지옥의 풍경이다. 서로의 입에서 쏟아지고 있는 그 비하된 말들이나 치고 받는 그 잔인하고 무법천지적 행동들이 도저히 인간이라고 할 수가 없다.

어둠이란 것을 나는 상징이 아닌 실체적 모습으로 목격하고 있는 셈이다. 이게 아버지가 나에게 남겨 준 유산인 것이다.
 우리를 떠난 뒤 아버지가 제 발로 걸어 들어간 곳이 바로 이들 속인 것이다. 독사뱀들과 개구리들과 구더기들과 살인 악어들이, 온갖 악한 짐승들이 들끓고 있는 더럽고 탁한 늪지의 가장 깊은 심연 속으로 아버지는 아버지 스스로 찾아 걸어 들어갔던 것이다.
 이것이 우리와 두절된 뒤의 아버지의 뒷 소식인 것이다. 그것을 굳이 타락이라고 새롭게 부르고 싶지도 않았다. 아버지는 끝끝내 제가 난 곳을 찾아갔을 뿐이었다. 이 곳이 바로 아버지가 태어난 본 샘이며 고향인 것이다.
 이게 뭣하는 짓들이냐!고 내가 고함을 지르니까 놈은 할 수 없이 제 누이의 머리칼을 거머쥐고 있던 손을 놓고 발길질을 멈추더니 분에 찬 숨을 헉헉거리며 연구실 밖으로 나가버린다. 뒷태로 보이는 녀석의 우악진 몸매가 아직도 한참은 더 사람을 해칠만 하였다.
 남자가 나가고 나자 여자는 연구실 바닥에 다리를 뻗고 앉아 갖은 욕설에다 신세타령을 늘어놓으며 쉰 목으로 꺼이꺼이 운다. 눈물도 눈물 같지 않고 안에 있던 고름이 꾸역꾸역 밀려나오고 있는 것 같다. 이 여자가 아버지의 마지막 아내다. 아버지의 그 독한 기를 쐬고도 죽지 않고 살아남은 걸 보니 아버지보다도 더 고단수인 것 같다.
 "이 놈의 영감태기 강웅 이눔아! 너 나하고 무슨 원수졌다고 나한테 와서 내 간 쓸개 다 빼먹고 시든 꽃이라고 구박할대로 다 하다가 갈 땐 또 병으로 그나마 있는 돈 다 털어먹고 가냐 이눔아! 이 늙은 년이 이제 무얼 먹고살라고?"

그러며 계속 꺼이꺼이 울다가 또 다시
"저 새끼 아무 한 일 없어요. 영감 태기가 죽을려고 하는 걸 보고도 저 새긴 밖에 나갔어요, 술 처먹으려고, 영감 태기 임종 때도 저 놈은 없었어요. 그 유서라는 것도 진짜인지 가짜인지 몰라요. 내 눈으로 직접 영감 태기가 쓰는 걸 본 적 없어요. 난 그냥 내가 장례비 안 들이고 공짜로 장례치루어준다는 바람에 좋다고 했어요. 영감 태기가 그렇게 해 달라고 하는 소리 난 들은 적 없어요. 영감 태기는 그런 말 할 줄도 모르고, 아는 것이라곤 오직 그 짓밖엔 없었어요. 아들 찾아가서 도움 좀 받고 싶어하긴 했지만, 갔다간 아들한테 맞는다고 겁을 내곤 했어요. 돈 받아먹고 팔았다고, 그 놈이 가만 안 있을 거라고, 나하고 처음 만날 때 영감 태기가 가지고 있던 그 큰 돈이 바로 아들 판돈이라고 하더라구요. 그런데 교수님도 사람 치슈?"

여자는 문득 울음을 그치더니 눈 화장이 번져 시커먼 먹물이 얼룩져있는 그 눈으로 내 아래위를 훑어보며 묻는다. 그녀의 입에서 쏟아지는 그 긴 소리들은 다 내 귓가에서 바람처럼 흩어지고 유독 임종이란 낱말만이 내 안에 남는다. 그녀의 입에서 임종이란 말이 떨어진 순간부터 임종이란 낱말을 붙잡고 있노라고 나는 다른 소리들은 건성으로 들을 수밖에 없었다. 그런 여자의 입에서 임종이란 말이 나왔다는 것부터가 나에겐 신기했다. 무식해 보이는데, 어떻게 그런 낱말을 알고 있었던지 모른다.

아버지의 최후에 대한 궁금증이 그 순간 처음으로 내 안에서 일어난 것은 아니었다. 거기에 대한 관심이 전혀 없었다면 그 말이 내 안에 그렇게 뛰어 들어올 수가 없었을 것이다. 솔직히 말하자면 나는 사실 아버지의 최후의 순간에 관한 얘기를 듣고 싶어했었다. 그러나 그러한 관심을 겉으로 나타내 보일 수는 없었다. 그 첫째 이유는 두려움이었다. 그 마지막 순간에 관해서 만은 아버지에 대한 나의 최후의 희망으로 남겨두고 싶었다. 마지막 순간의 비밀만은 나는 끝내 간직하고 싶었다. 그 뚜껑을 열어보지 않고 모르는 채 아버지에 대한 마지막 희망으로 내 안에 남겨두고 싶었던 것이다.

두번째 이유는 그래도 자식으로서 아버지의 임종을 지켜주지 못했다는 데 대한 한 가닥의 양심의 가책 때문이었다. 거기에 대해 물어볼 수 있는 자격이 나에겐 없다는 생각에서. 그리고 또 영혼이란 존재에 대한 나의 관심도 대단한 것이 아니었다. 그런 나에게 아내인 수지는 때때로,

"당신에겐 도무지 영혼에 대한 관심이 없는 것 같애요. 자기 영혼에 대해서나, 남들의 영혼에 대해서나 당

신은 마치 영혼의 불멸성이나 죽은 영혼에게 내려지는 하늘의 상벌에 대하여 전혀 믿지 않는 사람 같애요. 그럼 당신은 개나 다른 짐승들처럼 사람도 죽으면 그것이 끝이라고 생각하나요?"

라고 말하곤 했다.

물론 나에겐 수지에게처럼 영혼의 불멸성이나 상선벌악(賞善罰惡)의 문제에 대하여 관심이 크게 없는 건 사실이지만 그렇다고 내가 사람과 짐승을 똑같이 생각하는 자는 아니었다. 다른 사람의 경우는 몰라도 적어도 덕이에 관해서 만은 언제나 나는 그 애가 죽지 않고 살아있다고 믿고 있었고 죄 없는 어린 날에 신부님을 숨겨주려다가 죽었으니까 그 애가 하늘나라에 가서 상을 받고 있으리라는 생각도 나는 꾸준히 하여 왔었다. 그리고 만일 내가 수지의 말처럼 영혼이나 사후의 세계에 대한 관심이 전혀 없었다면 인생의 시종(始終)에 대한 그동안의 나의 끝이 없이 계속되어 온 사색은 무엇을 향한 것이었단 말인가, 그리고 내가 정의(正義)란 것을 아는 이상 어떻게 상선벌악의 원칙을 부인할 수 있겠는가.

내가 세상의 정의로만 만족할 수 없었을 때에도 내가 참고 견딜 수 있었던 것은 사후의 심판에 대한 희망이 내 안엔 열려 있었기 때문이었다.

다만 내 아버지의 영혼에 대하여 그동안 내가 그렇게 관심을 철폐하고 있었던 이유는 그에 대하여 워낙 오랫

동안 거듭돼온 실망들 안에서 거기에 대한 희망을 내가
더 이상 갖을 수가 없었기 때문이었다. 그러나 나는 그
여자 앞에서 내가 아직도 거기에 대한 희망을 완전히
버리지 못하고 있었다는 사실을 시인해야만 했었다. 왜
냐하면 그 여자의 입을 바라보고 있는 내 가슴이 예기
치 않게도 몹시 두려움으로 떨고 있다는 것을 나는 느
낄 수가 있었기 때문이었다.

 마지막 순간이란, 정말 그의 안에 남아있는 최후의
것들이 올라오는 순간이니까, 마치 배내똥처럼 아버지
안에도 내가 채 보지 못했던, 하늘로부터 가지고 나왔
던 아버지의 그 최후의 것들이 아직 남아 있었던지도
모른다. 설희 엄마가, 죽을 때가 임박하자,──변해가던
모습도 나의 뇌리에 생생하게 남아 아버지에 대한 나의
최후의 희망을 일으켜주고 있었다.

 "그럼, 아버지의 임종을 혼자 지켜보셨나요?"
 "아니죠. 혼자는 아니었어요. 내가 영감태기하고 세를
들어 사는 집 옆에 바로 성당도 있고 예배당도 있어서,
불쌍한 할아버지라고 거기서 종종 사람들이 와서 돈도
갖다주고, 먹을 것도 갖다주고, 노래도 불러주고 기도
도 해 주고, 했어요."

 어떤 죄인이나 악인의 인생 안에도 한 줌의 자비는
주어져 있는 것이라는 사실을 나는 그동안 깜빡 잊고
있었던 것 같다.

 "보통 때 같으면 귀찮아서 내어쫓았겠지만 환자하고

단둘이만 있는 것보다는 그런 사람들이라도 와 주는 게 나는 좋더라구요. 그런데 영감태기는 싫어해서 억지로 참고 있다가도, 그 불같은 성질이 터지면 나가라고 버럭버럭 소리를 질러대서 내어쫓곤 했었죠. 그래서 영감태기가 정신이 멀쩡할 땐 사람들이 곁에 오래 있을 수가 없었어요. 그런데 죽기 며칠 전부터는 혼수상태에 빠지더라구요. 병명은 아시죠? 시체를 보셨으니까."

"네."

"우리집 바로 밑에 있는 구멍가게 옆에 딸 하나를 먼 외국으로 수녀로 보내고 오랫동안 혼자 살면서 열심히 기도만 하는 할머니가 있었어요. 그 할머니한테 내가 영감태기가 옛날에 천주교를 다녔었다는 얘기를 했어요. 영감태기가 제 입으로 옛날에 성당 다니며 신부님 돈을 떼어먹었다고 자랑삼아 떠드는 소리를 내가 들었거든요. 그 얘기를 듣고는 할머니는 사람에게는 죽는 순간이 제일 중요하다고, 매일 와서 영감태기 머리맡에 앉아, 그 끈으로 된 것 있잖아요?"

"묵주라는 거 말입니까?"

"묵주인지 뭔지, 하여튼 그걸 들고 영감태기 영혼을 위하여, 영혼이 뭔지 난 모르지만, 기도를 해 주었거든요. 그런데 그날은 혼수상태에 빠져있던 영감태기가 갑자기 벌떡 일어나더니, 멀쩡한 사람처럼 눈을 부라리고, 이 늙은 년아! 가! 하고 그 할머니한테 냅다 소리를 지르며 뺨을 철썩 때리는 거예요. 그런 힘이 어디에 남아있었던지, 그리곤 뒤로 벌떡 나자빠지며 그 길로 임종을 하더라구요. 그러니까 그 이 늙은 년아, 가! 하던 소리가 영감태기가 세상에서 한 마지막 소리예요. 어떻게나 그 영감태기한테 세게 얻어맞았는지, 그 할머니는 그 길로 집에 돌아가서 며칠 자리에서 일어나지 못하고 앓았어요. 열심한 할머니여서 죽어가는 사람들을 많이 찾아다니며 기도도해주고 임종도 지켜주고 한다는데,——임종이란 말도 그 할머니한테 배웠어요.——그동안 자기가 수도 셀 수 없이 많은 임종을 지켜봤어도 영감태기 같은 사람은 처음 봤다고 하더라구요. 원래가 영감태기가 그 쪽을 싫어했어요. 나두 마찬가지였구.”

그 말을 다 듣고 나서 나는 마치 바보처럼 허허허허 하고 빈 너털웃음을 웃지 않을 수가 없었다. 그것은 웃음이라기보다 내 안에서 나오는 헛바람 소리였다고 표현해야 맞을 것 같다. 괜한 얘기를 꺼냈던 것 같앴다.

참으로 아버지다운 임종이라 아니할 수 없다.

사람이 이렇게 한 가지 길로만 계속 가기도 이만 저만 어려운 일이 아닐 게다. 누구나 선악 양면을 가지고 악을 일삼으면서도 다른 한쪽도 아주 포기하지는 못하는 법인데 아버지는 악 일변도의 길에서 조금도 후퇴하지 않고 끝까지 나아가 기어코 악마에게 승리의 월계관을 아주 확실하게 씌워준 사람이다. 이렇게 한 사람에게서 악이 완전한 승리를 거두기도 어려운 일일 것 같다.

아버지의 임종 곁에도 구원의 사자들이 보내졌었다는 사실이 그런 중에도 내 눈길을 끈다. 신은 아버지 같은 사람에게도 자비의 문을 열어놓고 계셨는지도 모른다. 인간은 아무도 제 스스로의 손으로 자기 자신을 악마에게 넘기지 않는 한 악마에게 갈 수 없다. 선한 의지가 악마와 합할 수는 도저히 없는 일이다. 그것은 빛과 어둠을 서로 묶어 놓으려 해도 묶어놓을 수 없는 일과 똑같다.

이렇게 하여 나는 아버지에 대한 최후의 나의 희망을 끝내고 예전의 자리보다도 더 완전한 나의 자리로 돌아왔다. 또 한번 아버지에 대해서 가져보았던 나의 희망은 내가 얼마나 어리석었는가에 대한 반증밖엔 되지 못했다.

나는 여자를 돌려보내고 집으로 돌아왔다.

어느 때보다도 더욱 열렬히 수지에 대한 나의 사랑을 껴안고.

빛을 희구하는 사람들에겐 어둠의 침입이란 다만 더욱 더 빛으로 다가가게 하는 힘이 될 뿐이다.

그날밤 나는 모든 식구들이 다 잠든 뒤 혼자 옥상으로 올라가서 하늘을 향하여 외쳤다.

거기 누구 계십니까? 나를 아시는 분이! 나를 보내신 분이 거기 계시다면 반드시 나에게 응답해 주십시오! 마치 호랑이를 피해서 나무꼭대기로 올라간 동화 속의 소년이 하늘을 향하여 동아줄을 내려 달라고 청하듯이 나는 그렇게 하늘에 대고 동아줄을 내려달라고 소리질렀다.

 나를 여기다 두지 말고 그리로 끌어올려 달라고, 내가 여기서 지금 바라는 것은 오직 죽음 밖에 없다고, 내가 지금 당신에게 바치는 나의 죽음의 의지를 받으시고 나의 새로운 생성(生成)을 달라고, 마치 창조 때처럼.

 나를 내 아버지의 주검의 그루터기에서 완전히 뽑아주시고, 내 안에 이젠 정말 새로운 것들로 채워달라고, 당신의 빛의 칼로 나의 심장을 찔러서 내 몸 안의 시궁창 속같은 흑혈을 모두 뽑아내시고 나에게도 당신의 선홍색의 빛나는 새 피를 나의 머리끝에서부터 발끝까지 가득 채워주시라고!

 ──창조주이시며 천상 수혈자이신 하늘에 계신 그분께 나는 열렬한 희원으로 빌었다. 얼마나 그 희원이 열렬했는지 내 가슴 안에서 하늘로 불기둥이 치솟는 듯하였다. 그렇게 열렬한 희원을 타고 내가 뛰어올라간 하늘의 자리는 수지나 덕이 보다도 더 위였다. 그들이 저 아래로 내려다 보였다.

 그들을 젖히고 나는 하늘로 계속 뛰어오르고 있었다. 덕이 위에도 또 이렇게 하늘이 있었다. 수지 위에도 또 이렇게 하늘이 있었다. 나는 하늘들 중에서도 제일 꼭대기 하늘 위에 올라가 있었다. 내가 있는 곳은 하느님

바로 맞은 편이었다. 누구도 나만큼 이렇게 빛을, 그리고 깨끗한 피(血)를 열망할 수는 없을 것이기 때문이었다.

아마 그날밤 내가 부르짖었던 소리보다도 더 크게 하느님 귀에 들릴 수 있는 소리는 이 지상에도 하늘위에도 없었을 것이었다. 그날밤 내가 몇째 하늘까지 올라가서 거기서 무엇을 보고 듣고, 느꼈는지는 나는 여기서 말할 수 없다.

사람은 누구나 자기의 비밀을 가질 권리가 있으니까.

그리고 나의 이 엄청난 이야기를 아무도 알아주지 않고 다만 해부학 교실에 들어온 어느 한 구의 시체에 얽힌 조그만 일화 하나로만 받아들여준대도 나로선 할 수 없는 일이다.

◎ 略 歷

1943年 서울 出生.

1961年 首都女高 卒業.

1965年 高麗大學校 英文學科 卒業.

1963年 東洋라디오 개국 기념 50만원 현상 文藝 소설부문 《머무르고
　　　　싶었던 순간들》當選.

1976年 《어떤 神父》로 中央日報 新春 文藝 入選.

◎ 著 書

《머무르고 싶었던 순간들》,《사랑이 그리워질 무렵》,《머무르고 싶었던 순간들(후편)》,《연지골 연사》,《情이가는 발자국 소리》,《해가 지지않는 땅》,《故鄕 이야기》,《사랑의 샘》,《자유를 향해 날의는 날의 풍경화》,《임종1,2권》,《朴啓馨 全集》外多數.

환희(歡喜)2권

2001年 6月 25日 印刷	著 者　朴　啓　馨
2001年 6月 30日 發行	發行者　張　基　燮
2002年 5月 15日 重版	組版所　和　成　社
	印刷所　瑞一印刷社
	製 冊　元進製冊社
	發行處　**三育出版社**
	서울 特別市 城東區 金湖1街洞252
	電話　02)2298～6039
	02)2235～6039
	H·P　011)9913～6039
	FAX　02)2282～6049
값 9,500원	登錄 1968年 4月 8日 第2～299호

ISBN 89—7231—059—X
ISBN 89—7231—002—6(세트)